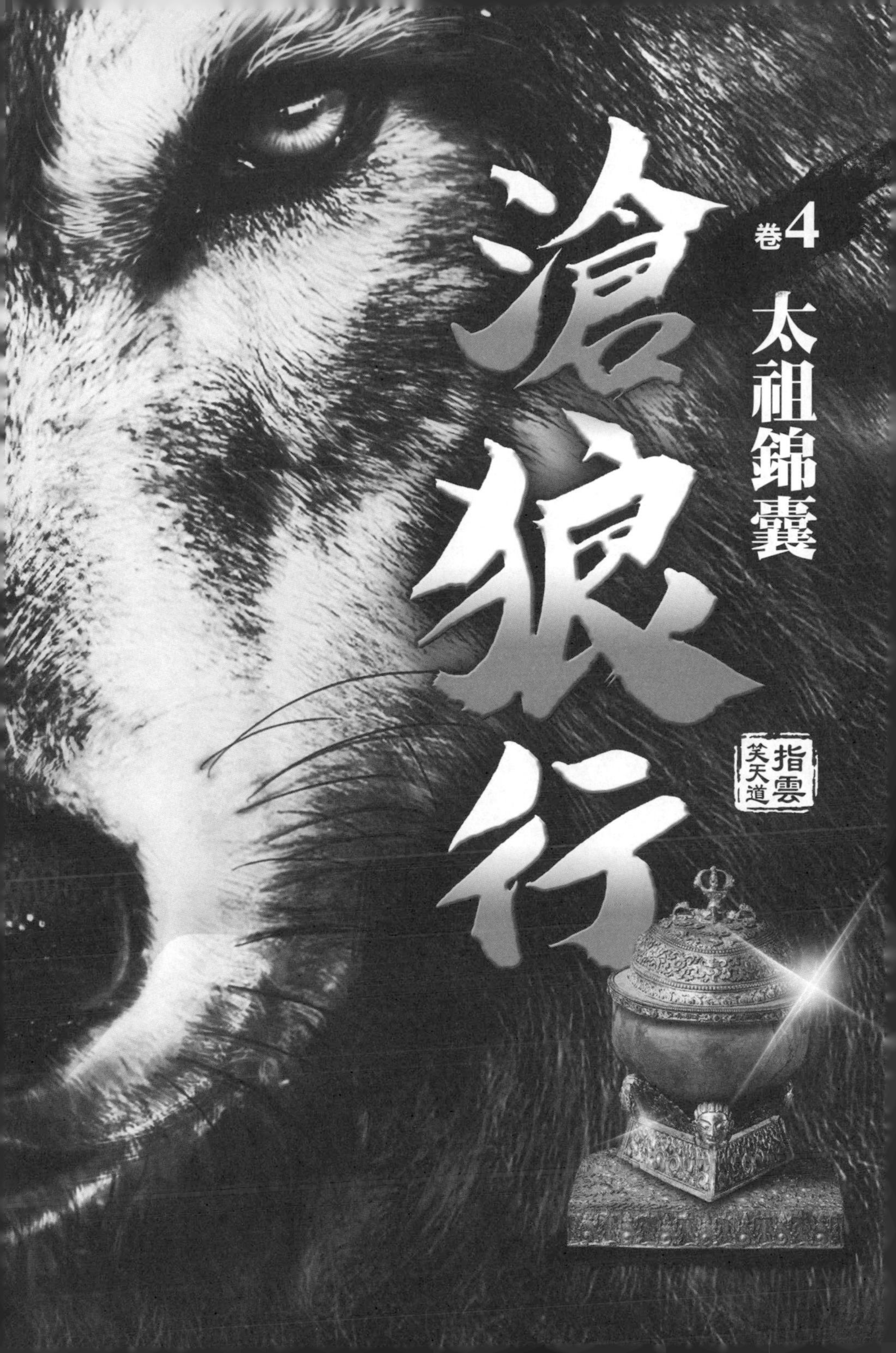
滄狼行
卷4
太祖錦囊
指雲笑天道

目錄

CONTENTS

第一章

弒師凶手

李滄行睜開眼，發現自己身在陰暗的屋子裡，
火華子蜷縮在一角，李滄行連連叫他都沒反應，
環顧四周，原來這是幫裡的柴房，
李滄行明白自己與火華子定是被當成弒師凶手，
所以被囚禁在這裡。

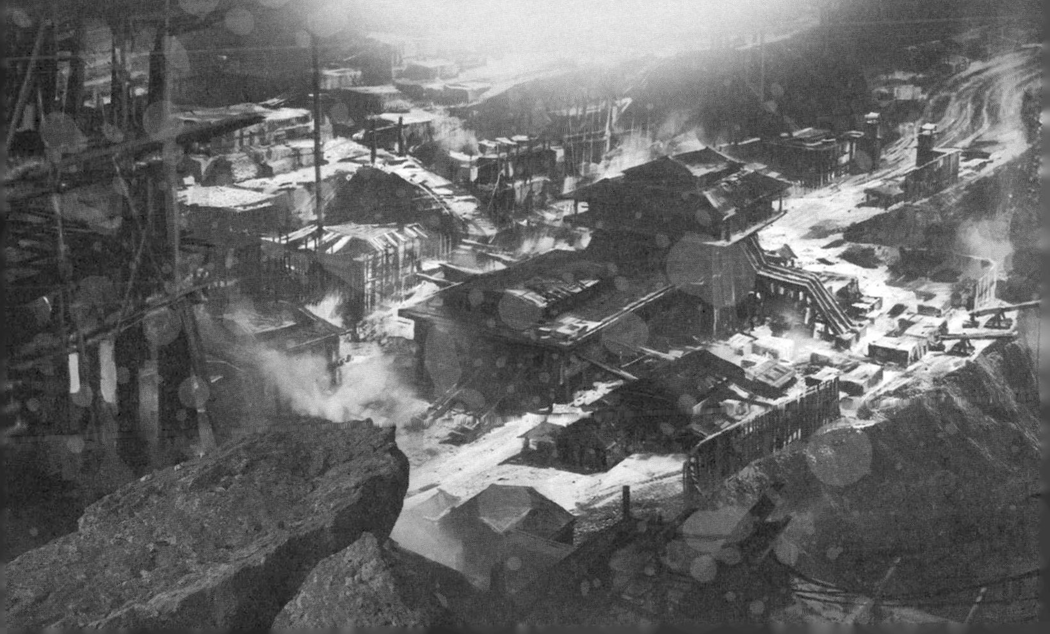

一夫拼命，三軍辟易，還想要命的火松子碰到了不要命的李滄行，當然不想跟他一起同歸於盡。這招他親眼見過，知道以李滄行的功力，在這一丈以內的距離使出這**同歸於盡的殺招**，即使強如老魔向天行也無法抵擋，只能拿沐蘭湘當盾牌，自己現在卻沒這樣好的盾牌。

情急之下，火松子顧不得再斬殺李滄行，一個懶驢打滾，向後滾出一丈多，才逃過這一劍，站起身時，只覺頭上涼嗖嗖地，一摸腦袋，大半頭髮已經被劍削去，再慢得一瞬間，恐怕人頭就不保了。

李滄行站在火松子剛才所立之處，看著地上的那把大刀，一下子恍然大悟，哈哈大笑道：「火松子師兄，我道你哪來這麼強的功力，居然可以以氣御刀，原來是靠這東西啊。」

只見那把大刀的柄上繫著一根細細的鏈子，非金非鐵，烏黑黑的不知道是用何材質做成，鏈子另一端連在火松子手上，他正是通過這鏈子來操縱大刀的，黑夜裡看不清這黑絲，鏈子又極細，難怪李滄行打了半天，還以為他可以以氣御刀。

「哼，**兵不厭詐**，這六陽至柔刀是本門至寶，掌門人才能練，需要極高的內力，我現在還達不到以氣御刀的程度，再說了，歷代祖師按上半冊練刀都是用這辦法先練，練到下冊才講以氣御刀法，你懂什麼！」火松子臉紅得像猴子屁股，還在強辯。

李滄行冷冷地「哼」了一聲：「你這話跟掌門去解釋吧，說，那兩本秘笈在哪裡？」

火松子搖搖頭：「不是我拿的。」

李滄行上前一步，劍指火松子：「事已至此，你還要狡辯？」

火松子瞪著李滄行，語氣中盡是不服：「你覺得有這必要嗎？我連六陽至柔刀都承認學了，區區折梅手與鴛鴦腿有何不敢認的？」

李滄行想了想，的確如此，以他的情況，學了六陽至柔刀，確實沒必要再學低一等的武功了，略一思量後，便道：

「師兄，我來三清觀只是落難來投，並無奪掌門之意，我在武當都不想去爭這勞什子掌門，到了三清觀更不可能，不管你信不信，反正我就是這樣想的。至於你，嫉妒同門，怨恨師父，不惜勾結魔教妖人偷學武功，還想殺同門滅口，這些罪行我無法為你包庇，念在同門一場，你現在跟我回去見掌門，我會求他老人家從輕發落的。」

隔著臉上的黑巾，火松子的眼神閃爍不定，似是在做激烈的內心交戰，眼光也在不斷地四處打量著。

李滄行看出他心思，走上前一步，舉劍直指他的胸前，道：「不用費心想逃跑，你知道我的劍法和輕功，這會兒已經完全封住你的去路，如果你不肯懺悔，我只好點你的穴，帶你回去見掌門了，到時候也不會再幫你求情。」

突然，空中有破風之聲，李滄行心道不好，連忙向後跳去，使出**夜戰八方式**護住周身並掩住口鼻。

只聽砰得一聲，那暗器在地上炸了開來，騰起一陣輕煙，李滄行認出這是那日達克林脫身時用的煙霧彈，輕煙散盡後，火松子所立之處已是空空如也，連地上的刀也沒了蹤影。

李滄行心中暗罵自己沒有當機立斷制住火松子，導致他在同夥的接應下脫了身。

突然一個可怕的想法浮上了心頭，那同夥使的**分明就是錦衣衛用的煙霧彈**，而火松子則是和魔教的人有來往，因為無論是與傅見智接頭，還是偷學被魔教搶走的六陽至柔刀的上半部，都是只與魔教有關，與那錦衣衛卻沒有關係。再回想火松子與傅見智接頭時所說的話，似乎**三清觀內部還有錦衣衛的內線**。

想到這裡，李滄行身上冷汗直冒，想到在武當的時候，錦衣衛的內鬼可以同時在自己與小師妹的房裡放迷香，奔馬山莊如此森嚴的守衛部署，也在這些人面前毫無秘密可言，心中不由得一下子擔心起雲涯子與火華子的安危來，當下發力向黃龍鎮奔去。

奔到鎮上客棧，李滄行看見火華子一個人坐在大堂角落的一張桌上，心裡的石頭落下一半，環顧了一下大堂四周，沒有看到可疑的人，這才放了心，走到桌邊坐了下來，低聲問道：「師兄那邊可否順利？」

火華子指了指自己的懷中，輕聲道：「幸不辱使命，刀譜已經奪回。」

李滄行大喜過望：「真的嗎？太好了！這刀譜真偽可曾確認？」

火華子掩飾不住自己的興奮：「嗯，我看過下半冊的刀譜，那招式口訣沒錯，不會有假，而且我翻的前幾頁紙都發黃，顯然是古書，不可能偽造的。」

李滄行點點頭：「師兄既然這樣說，那一定是沒錯了。那賊人呢？」

火華子嘆了口氣：「這狗賊被我追上後開打，他不是我對手，本要被我所擒，結果把書拿出來，說是要毀掉，後來我答應只要書留下可以放過他，他才把書扔下，逃走了。」

李滄行有些失望：「師兄還是太過實誠，對付這種魔教妖人不用講這麼多道義的，你想想他們在落月峽怎麼對付我們的？」

火華子微微一笑：「話雖如此，我們正派人士誠信為本，總不能和魔教匪類一樣不擇手段，不然早晚也會墮入魔道的。」

李滄行跟著笑了起來：「師兄教訓得是。對了，你知道我追的那人是誰？」

「如果我沒猜錯的話，應該是火松子吧。」火華子看著李滄行，平靜地說道。

李滄行有些意外：「咦，師兄怎麼會猜到？」

火華子嘆了口氣：「他每次下山必去那牡丹閣，每次去牡丹閣便會想法支開同行的師兄弟，那傅見智號稱花花太歲，最喜歡流連這種地方，在這種地方與他接頭自然方便得多。實際上，在你和他下山前，師父就已經注意到他了，曾經警告過他不要過多出入青樓，可他上次還是和你去了那裡，巧的是魔教使者也同時出現。剛才我一看傅見智從那裡出來，就猜到八成是他了，果不其然。」

李滄行豎起了大姆指：「師兄高明。那你覺得他會是錦衣衛的內鬼嗎？」

火華子想了想，搖搖頭：「這個不好說，但我覺得不太像，火松子為人心胸狹窄，但本性並非大奸大惡，我料想他與魔教之人勾結，多半是因為嫉妒你我二人，尤其是你。此人好色，又控制不住自己的情緒，也不知道隱忍，我想不太符合錦衣衛的潛伏標準。」

李滄行笑道：「師兄真厲害。你判斷得一點不錯，這火松子居然能使出六陽至柔刀法，我差一點就見不到你了。」

火華子臉色大變：「什麼，他怎麼可能練成這刀法？我記得歷代掌門都需要內力達到神火心經的第七層，衝開督脈後才能修練這刀法的，因為下半冊講的全是以氣御刀的法門，他的功力怎麼可能達得到？」

李滄行想起剛才的那場激鬥，心有餘悸地道：「師兄有所不知，這傢伙不知道用了什麼材料做了根鏈子，繫在刀柄處操縱，雖然達不到以氣御刀的效果，但黑夜之中也能唬住別人，小弟就差點著了他的道。」

火華子半晌說不出話來，「原來如此，是為兄失算了，要是師弟有個什麼閃失，就算奪回這刀譜也沒什麼意義了。」

李滄行笑了笑：「別這樣說，小弟命何足惜，倒是這刀譜是幫裡的傳派之寶，必須取回。那火松子後來被我制住，但有同夥把他接應走了，用的正是當日達克林的那個煙霧彈。」

火華子倒吸一口冷氣：「師弟，事不宜遲，我們這就回去稟報師父，要是去晚了，只怕賊人會提前發動什麼陰謀！」

言罷二人雙雙起身，李滄行把一枚碎銀放在桌上當酒錢，高喊了一聲：「小二，酒錢放桌上了！」然後便跟著火華子出了大門，直奔三清觀而去。

一路上，山道崎嶇，李滄行一反常態地搶在火華子身前，一是他輕功確實高火華子一點點，二是知道此時火華子身負秘笈，比二人性命都重要，斷不得有半點閃失。

幫內的內鬼知道火松子計畫敗露，難免會狗急跳牆，放手一搏，因此自己必須要擋在師兄之前，即使拼了這條命，也要保得師兄安全把書交到雲涯子之手。

奇怪的是，這一路上並無任何伏擊，二人一路全速奔馳，提氣打起十二分的戒備，就這樣在緊張的心情中，直奔後山雲涯子的閉關山洞。

到了洞外，隔著石門的縫隙，兩人依然能看到裡面的燈光透出，火華子對著石門道：「弟子火華子與師弟李滄行有要事求見師父。」

從洞內傳出雲涯子激動的聲音：「華兒，滄行，你們可回來了，速速進來，讓為師好好瞧瞧。」言罷石門自開。

這一趟西域之行，端的是凶險異常，李滄行現在聽到雲涯子的聲音，一直提著的心才徹底放了下來，整個人如釋重負，火華子也是長出了一口氣，兩人一起走進洞中。

一進洞，只見雲涯子在石床上正襟危坐，一見二人便說道：「華兒，滄行，快來為師這裡讓我好好瞧瞧。」

火華子再也忍不住心中的激動，直接撲到雲涯子的腳邊，卻是一句話也說不出來，雲涯子也是老淚縱橫，輕輕拍著火華子的後背。

李滄行見他們父子天性流露，心中不禁感慨萬分。

良久，雲涯子父子才分開，雲涯子對李滄行道：「讓你見笑了。這一路辛苦了你，你們留在奔馬山莊的事我也有聽說，實在是太衝動了些，一聽到這消息就讓練兒去接應你們，讓你們趕快回來，這一路上沒碰到他人嗎？」

火華子搶道：「師父，這不關李師弟的事，是我作主留下來的，因為我們知道了落月峽之戰和林鳳仙之死都是錦衣衛的陰謀，想留在奔馬山莊查個究竟。因為錦衣衛在我們這裡很可能也有內鬼。至於練師弟，我們沒碰到他，大概是因為我們先送武當沐姑娘回去，路上岔開了吧。」

雲涯子臉色一沉：「你們就不想想那歐陽可這樣得罪了達克林，會有什麼好結果？你們這身武功留在那裡，能幫得上他什麼？就連為師也未必是那達克林對手，更不用說錦衣衛高手如雲，是我們得罪不起的。」

火華子垂首道：「徒兒知錯，當日碰到達克林，幸虧師弟與沐女俠使出了兩儀劍法，才打退那惡賊，但奔馬山莊卻被錦衣衛徹底摧毀。」

「居然有此事？我只聽說奔馬山莊被人突襲毀於一旦的事，你確定是兩儀劍法，不是天狼刀法？」雲涯子說著，看了李滄行一眼。

李滄行坦然答道：「弟子確實沒學過兩儀劍法，說來也怪，弟子總在夢中夢到和師妹練劍，當日以為必死，不知怎麼的，就和師妹使出那劍法來，居然僥倖打退了那惡賊。」

雲涯子還是不信：「不對啊，達克林乃是當年的霍達克，他年輕的時候我就和他交過手，當時連我也無法勝過他，依那歐陽可所說，後來他還在峨嵋學成了幻影無形劍，創出游龍戲鳳，武功之高，可算當今的絕頂高手，而兩儀劍法在武當似乎地位不如太極劍，對付一流高手尚可自保，碰到達克林這樣級別的，恐怕無法打敗他吧。」

李滄行回道：「掌門有所不知，這兩儀劍法如果是二人合使，雙劍合璧，威力比一人使出要大了數倍。我當時也不敢相信居然能打敗如此高手，一不留神讓他扔了個煙霧彈跑了。」

火華子做證道：「師父，徒兒在一旁親眼所見，師弟所言句句屬實。」

雲涯子長嘆一口氣：「原來如此，武當武功淵源流長，居然還有這種雙劍合璧的武功，難怪能成為武林中的泰山北斗數百年。你們平安回來就好，在我三清觀，諒他們錦衣衛也不敢亂來，我們這裡畢竟不是奔馬山莊，可以讓他們為所欲為。」

火華子得意地道：「師父，徒兒把六陽至柔刀譜給奪回來了！」

雲涯子從榻上跳了下來：「什麼，竟有此事！刀譜何在？」

火華子從懷裡摸出一個布包，打開後，裡面還包了層油紙，一邊打開一邊道：「孩兒怕汗水將刀譜浸濕，故而如此。」

雲涯子湊了上來，看著刀譜：「你可驗過這刀譜的真偽？」

火華子把刀譜遞給雲涯子，說道：「剛到手時翻了幾頁，確實是刀譜真本無疑。」

「如何得到的？」雲涯子接過刀譜，順口問道。

火華子微微一笑：「從那魔徒傅見智手上得到的。對了，他和火松子接頭，那火松子就是幫裡的內鬼，他還偷練了六陽至柔刀。」

雲涯子微微一愣，也顧不得看刀譜，詫異地道：「火松子是叛徒早在我意料之中，但他的功力怎麼可能學成那六陽至柔刀？就連我師父都是三十多歲時才勉強能做到以氣御刀，那火松子天分雖然還可以，但他人太好色，早破了童子之身，給他刀譜，這輩子也未必能練成啊。」

李滄行說道：「掌門有所不知，火松子是用了一條鏈子繫住那刀柄，在黑夜裡一下子讓弟子看不清虛實，還以為是以氣御刀，實際上走的還是鏈子刀的路數。」

雲涯子沉吟了一會，道：「也不太對，如果是鏈子刀，不可能使出六陽至柔刀的路數，要打出漫天的刀光必須要有相當強的內力才行。滄行，你確定他用的是六陽至柔刀法？」

李滄行很肯定地點了點頭：「千真萬確，正是您和弟子說過的『小樓一夜聽春雨』，而且刀影如山，弟子根本無法突破，後來是揭破了他的身分，讓他分了心才找到機會將其制服。」

雲涯子搖搖頭：「這可就怪了，難不成他另有奇遇，使得功力大增不成？先不管他了，華兒，你做事未免太不小心，魔教妖徒掉落的東西你就直接摸？就不怕他們在書上下毒？」

火華子的臉上閃過一絲慚愧之色：「徒兒慚愧，一見本派至寶，心中急切，竟忘了這層，不過好在書上無毒，孩兒翻過前面了，並無異狀。」

「以後要多留個心眼，我來看看這書是否是當年的原本。」雲涯子開始翻書，火華子連忙拿了油燈湊近了為他照亮。

雲涯子一頁頁地翻過，呼吸也變得急促起來，邊翻邊喃喃地道：「沒錯，這正是祖師爺留下的刀譜。」

翻到最後幾頁時，頁腳黏到了一起，雲涯子怕撕壞書，蘸了點口水才將其翻開，看到內容後才恍然大悟。

雲涯子對著站立的二人說道：「原來這裡交代了那練刀之法，功力不足時可以編烏金絲來代替以氣御刀。華兒，滄行，隨我來，咱們取回了刀譜，現在向祖師爺行禮通報。」

雲涯子帶著二人走到石洞邊的一幅祖師爺肖像前，鄭重地上了三炷香，跪下來朗聲道：「祖師爺在上，弟子三清觀第十六代掌門裴敬宗，幸不辱命，迎得本門至寶六陽至柔刀譜回歸，特以此物祭拜祖師。」言罷，磕頭於地，長跪不起。

李滄行與火華子也跟著跪下磕頭，三跪九叩後，見雲涯子仍長跪於地並不起身，火華子輕聲喊了幾聲師父都沒有反應。

二人相視一眼，覺得有些不對，便走上前去扶了一下雲涯子的肩頭，這一扶不要緊，**只見雲涯子應聲而倒，方才還紅潤的臉已經變得鐵青，七竅中黑血長流，竟是已經死去！**

火華子登時大叫一聲，暈了過去，李滄行也被這巨大的打擊驚得手足無措，半天沒回過神來，腦子裡一片空白，不知過了多久才被外面嘈雜的人聲拉回了人間。

只聽到火練子的聲音在洞外響起：「師父，您老人家可否安好？山門前的火星師弟看到有兩條黑影奔向您這裡，弟子正巧回山，火松師弟又不在，就領著大家過來了。」

李滄行心亂如麻，先去開了洞門，外面的火光一下子照得他眼睛又熱又痛，定了定神，李滄行木然地道：「掌門他老人家已經歸天了。」

「怎麼可能！師父他老人家晚飯時還好好的，還問了我練功進展的事，怎麼會歸天！我不信，我不信！」火星子把火把往地上一扔就要衝進洞去，卻被火練子一把攔住。

「李師弟，這種事情開不得玩笑，你和火華師兄不是去了西域奔馬山莊麼，怎麼回來也不跟大家說一聲？還有，師父武功蓋世，如火星師弟所說晚飯時還好好的，怎麼會突然過世了？」火練子臉色大變，但說話還是很有條理。

李滄行喃喃地道：「掌門怕是遭了奸人的毒計，中毒身亡的。」

火練子手中的火把一下子掉到了地上：「什麼！……師父現在屍體可在？」

「就在洞內。」李滄行失魂落魄，一切說話做事幾乎都是本能反應。

火練子推開李滄行衝進洞去，眾師弟們也都扔下火把跟了進去。少頃，裡面響起一陣撕心裂肺的哭聲，而沒能進得了洞的師弟也都一個個哭倒在地。

李滄行想起自己來三清觀這兩年來，雲涯子對自己如師如父的關懷，自從澄光死後，他是第一個像父親對待自己的人，往事歷歷在目，一件件湧上心頭，這種愛，以後恐怕再也沒有了。

連日來的心力交瘁，加上巨大的悲傷湧上心頭，他再也支持不住，「噗」地一聲，吐出一口鮮血，眼前一黑，終於不省人事。

等李滄行睜開眼睛的時候，發現自己身在一處陰暗的屋子裡，火華子蜷縮在房間的一角，蓬頭垢面，一動不動，整個人的靈魂像是被抽乾了一樣。

李滄行連連叫他都沒有反應，環顧四周，原來這是幫裡的柴房，到處堆的都是柴火，只是劈柴的斧頭已經全部被收走了。李滄行長嘆一口氣，明白**自己與火華子定是被當成弒師的凶手了，所以被囚禁在這裡。**

此刻最重要的事，便是**梳理整個過程，為自己洗清冤屈**。

他把所有發生的事情在腦海裡梳理了一遍後，豁然開朗，起身走到火華子面前，搖晃著他道：「師兄，你醒醒！看著我。」

火華子仍是老樣子，呆若木雞，一動不動。

李滄行猛的一個巴掌打在火華子臉上，這一下他用了七分力，火華子的臉立即腫起老高，人也跳了起來，怒道：「你瘋了麼？」

李滄行冷冷道：「我沒瘋，你才得了失心瘋！師兄，掌門去世，我跟你一樣悲痛，但你不思報仇，卻在這裡自暴自棄，你這樣對得起師父麼！」

「我還能怎麼樣，他死了！再也活不過來了！」火華子向李滄行吼著，一邊身軀在不停地搖晃。

李滄行的印象裡，火華子永遠是溫和沉靜的謙謙君子，泰山崩於前而面不改色，眼前卻是盡情地釋放情緒，變得讓李滄行一下子不認識了。

李滄行定住火華子劇烈晃動的雙肩，盯著他的眼睛，又用額頭抵住他的額頭，感覺火華子粗重的呼吸噴在自己的臉上，火辣辣的感覺撲面而來。

「師兄，外面恐怕有耳目，恕小弟無禮，你要是想為你爹報仇，現在就聽我的話，先坐下。」

火華子的瞳孔開始收縮，人倒是依言而行，慢慢盤膝坐下。

李滄行在火華子的對面坐了下來，口中念起武當的**清水靜心口訣**。這套心法注重的是凝神定氣，李滄行幼時習武經常操之過急，有幾次差點走火入魔，後來澄光傳他此法，讓他在練功失控前先凝住自己的心神。

這幾年隨著年齡增長，李滄行很少再用這口訣，沒想到今天居然對火華子用上了。

不一會兒，二人便如老僧入定，漸漸地物我兩忘。

再度睜開眼時，李滄行發現剛才很陰暗的屋子，這會兒已經完全黑得伸手不見五指，看來天色已經全黑，火華子還在自己身邊打坐，李滄行能感受得到他不再激動，呼吸非常均勻。

此時傳來火華子的聲音：「多謝師弟打醒愚兄，並傳這口訣助我凝神，現在我們該怎麼辦？」

李滄行低聲道：「從頭開始，先梳理一下事情的經過。」

火華子點點頭：「好。」

李滄行逐條分析道：「從我們碰到火松子和傅見智時說起，顯然**火松子勾結的是魔教，並非錦衣衛，真正策劃整個陰謀的人，只怕也不是他。**」

李滄行刻意壓低聲音，輕得如蚊子哼，外面的人絕聽不到二人的交談。

「何以見得？」火華子問。

李滄行反問道：「掌門如何中的毒？」

火華子恍然悟道：「我明白了，定是賊人在書中下毒，只是為何我卻沒事？」

李滄行嘆道：「可能是旁觀者清，你和掌門當時一見刀譜便欣喜若狂，失了平時的冷靜，掌門說得對，你在拿到書時不作驗證就直接翻書，魔教妖人下毒可是無處不在。」

火華子急道：「你還沒回答我，師父是如何中的毒？」

李滄行悄悄說道：「恐怕毒粉是塗在書的最後幾頁，掌門翻到最後幾頁時翻不動，情急之下蘸了口水去翻書，這細節你注意到沒有？應該就是那幾頁上塗了毒。要知道以師父的功力，即使手上中了毒，只要察覺到有異狀，也能運功逼出。」

說到這裡，李滄行嘆了口氣：「只有讓毒在他不知情的情況下進了臟腑，才有可能致命！任何人在他那位置，乍看秘笈回歸，激動之下都會失了防範的，**賊人必是洞悉人性，才會想出此毒計**。」

「原來是這回事，好狠的狗賊，我一定要殺了這天殺的惡賊。」火華子激動地叫了起來，一拳打在身後的柴禾上，發出一陣巨響。

外面傳來一陣怒喝：「叛徒惡賊搞什麼搞，老實點！」

李滄行伸手拉了拉火華子，他才又安靜下來。

李滄行語重心長地說道：「掌門之死已是不可挽回的事實，悲痛無用，理清事實找機會報仇才是首要的，師兄，一定要忍啊。」

火華子抓住李滄行的手，目光堅毅：「我聽你的！師弟。」

李滄行也緊緊地握住了火華子的手，安慰地道：「那我們繼續分析。這火松子被我撞破，又被人救走，顯然不敢回幫，我出洞時也沒看到他。」

火華子點點頭：「不錯。」

「聽他和那魔教妖人的對話，是準備第二天由那魔教妖徒將書給師父，這樣雖可能毒害師父，但陷害不了你我，火松子無法從師父的死得到什麼好處。他若使出六陽至柔刀法，直接就證明了和魔教妖人的勾結，無法辯解。」

「師弟分析得有理，那你說，**誰才是真正的主謀？**」

李滄行雙眼神光閃閃，說出了自己的判斷：

「我認為**那真正的內鬼，也就是錦衣衛的奸細！**這兩年多來，江湖上過於平靜，正邪雙方都在落月峽之戰後培養新生力量，沒什麼大的正面衝突，依歐陽莊主所說，這讓朝廷害怕。」

火華子完全同意李滄行的觀點：「不錯，所以錦衣衛就勾結魔教，用這毒計來陷害師父？」

李滄行搖搖頭：「**只怕魔教也有錦衣衛的內鬼**，我認為不太可能是那姓傅的，因為如果他獻的書有毒，當場害死師父，很可能自己要送命當場，所以恐怕連姓傅的自己也不知道書上有毒。」

火華子恍然道：「有道理，魔教的內鬼暫且不談，只說我們這裡的，你認為會是誰？」

李滄行咬牙切齒地道：「毫無疑問，**誰從這事情中得益最大？**不知道師兄有沒有注意一點，火松子知道我二人五天前就到了江陵，但我們一路坐船順江而下，他卻沒掌握這點行程，還以為我二人要過兩天才到。顯然是有人故意這樣安排，就要我等撞破火松子。」

火華子覺得心裡一陣寒氣起來：「太可怕了，居然能算計到如此程度，連時辰也算得分毫不差。」

李滄行冷笑一聲：「如果對手是錦衣衛，這一切皆有可能，我們不是沒見識過他們的手段。」

火華子沉默了一下，開口道：「**你是懷疑火練子嗎？**」

李滄行點點頭：「他確實最有嫌疑，眼下火松子畏罪消失，我等又背上這冤屈，三清觀勢必落入他的掌握，從這點上看，他是最大的得利者。如果我們在西域回不來，他可以把毒殺師父、勾結魔教妖人的事推到火松子身上，可我們回來了，他就需要把我們一併收拾掉，這樣才能完全掌控三清觀。最重要的一點，掌門讓他去找我們，**為什麼他偏偏在師父中毒的時候，正好帶著師弟們出現在洞外，這不是太巧了嗎？就算他說一路上沒見到我們，只能回來覆命，那他為何回來後不見掌門，卻直接帶了幫師弟來洞外問罪？**」

火華子猛得一拍大腿，「果然是這惡賊，師父一直說看不透這人，要我多加留意，可是到頭來還是著了他的道，不將這狗賊碎屍萬段，我誓不為人！」

李滄行無奈說道：「在考慮報仇前，我們還是先想想如何脫身吧，這才是最現實的問題。」

火華子看了一眼四周，道：「這是幫裡的柴房，外面有兩名弟子把守，事實上，我從恢復了意識後就一直奇怪，這樣的防守根本無法困住你我二人，這裡雖然堆了不少木柴，卻並無火藥硫磺，想縱火燒死我們也非易事，**似乎是火練子有心讓我二人逃跑。**」

李滄行面色凝重地道：「不錯，我也發現了這點，火練子確實是有意想讓我二人逃跑，這樣就**坐實了我們毒殺掌門的指控**，這叫不打自招。即使你我逃出三清觀，以後在江湖上也無法立足，正道中人會不齒我們，追殺我們，魔教巫山派更不用說，唯一的可能只有**投靠錦衣衛，為虎作倀**了。」

火華子咬牙切齒地說：「我死也不會加入錦衣衛的。」

李滄行道：「所以我們不能中他們的計，我相信不可能所有弟子都向著火練子，對此起疑心的人肯定也不少，師兄你在幫裡這麼多年，服你的師弟是多數，除了火練子的幾個死黨外，多數人應該也是半信半疑，這就給了我們駁斥火練子的可能。」

火華子神情黯然道：「如何駁斥？只憑他回幫後直接帶師弟們去師父閉關之處就說他有問題，這恐怕難以服眾吧，這幾天他肯定把理由給安排好了。」

李滄行嘆了口氣：「確實，指認他的人證物證都沒有，除非找到火松子。」

火華子搖搖頭：「我覺得這個希望也不太大，有可能連火松子也被他們滅口了，至少會消失很久。不過有一點可以肯定，如果我們一直被困在這裡，是不可能找到火松子的。」

李滄行眼中神光一閃：「那只有一個辦法了，就是**暫時不指認火練子**，**只說火松子與傅見智勾結的事**，一口咬定我二人也不知道書中有毒，說因為奪回了秘笈，加上西域之行事關重大，急著見師父，所以不慎中了歹人的奸計，為了報仇雪恨，我二人決定下山追查火松子的下落，為掌門報仇。」

火華子佩服道：「只怕也只能如此，師弟，你確實見識遠勝愚兄，我這人還是過於迂腐了，拘泥於形式只會害己害人。」

李滄行微微一笑：「師兄快別這麼說，你那是本性良善使然。」

火華子臉上浮現一絲殺機：「我還是不甘心就這樣放過火練子這狗賊，要不，我們下山後，再折回來宰了這狗賊如何？」

李滄行想了想，否決道：「此計不太可行，這狗賊這陣子一定會多加防範的，火練子的功夫固然不高，但他背後可是有錦衣衛的支持。」

火華子的臉上一陣陰一陣陽，看得出他在盡力壓抑自己的情緒。

「這血海深仇就這麼算了我實在不甘心，即使是死，我也不想放過這機會。師弟，你下山後就回武當找沐姑娘吧，錦衣衛的勢力太龐大，不是我等江湖中人可以對付的，你也沒有必要陪我一起送死。」

李滄行神情堅毅，誠摯地道：「師兄說哪裡的話，我們兄弟可是要生死與共的。」

火華子激動地抓住了李滄行的手，四隻手再次緊緊地握在了一起。

柴房外突然響起一陣笑聲，在這黑色的夜空中顯得十分陰森。

「好感人的兄弟情，好精彩的分析推理，好機智的應對措施，李滄行，你果然是難得的人才，我實在是太喜歡你了。」

李滄行與火華子嚇得魂飛魄散，兩人的聲音一直輕如蚊蚋，即使在室內，二人近在咫尺都不太容易聽清楚對方的話，身在屋外，隔著門的人卻能聽得一清二楚，實在太可怕了。

二人大驚之餘，如彈簧般從地上跳起，雙雙衝出了門外，只見月光下一個高大的身影負手背對二人而立，守門的兩名弟子卻倒在牆邊，人事不省。

李滄行衝著來人厲聲喝道：「**閣下何人**，為何傷我同門，還偷聽我二人談話？」

那人還是不回頭，聲音如金鐵相交：「年輕人，我們應該見過面，武當的時候，我沒留意你是個失誤，落月峽一戰前後的表現你讓我震驚，尤其是徒手格斃向天行實在是精彩，我太喜歡你那神秘的爆發力了。」

來人的聲音震得李滄行耳膜直響：「那種原始野獸般的衝動與力量我很想親身見識一下。現在**要想保住你們的秘密**，**只有殺了我一個辦法**，來吧，拿出你的本事，讓我好好看看。」

說完，他轉過身，一張黑裡透紅、稜角分明的臉映入二人的眼簾，兩人同時虎軀一震，失聲叫道：「陸炳！」

第二章

太祖錦囊

「太祖錦囊？這是什麼東西？」
紫光道：「據說是太祖朱元璋留下的一個錦囊，
傳說得到了這東西就可以坐擁天下。」
李滄行道：「不可能吧，哪有這麼神奇的東西？
我朝立朝二百年，也沒聽說過這東西啊。」

來人正是名震天下的**天字第一號大特務陸炳**！

他笑了笑，露出滿口白牙，在月光下顯得特別的嚇人：

「你們的聲音夠輕，但還是低估了我們錦衣衛，要知道我們首要的任務就是監視與竊聽，**除非你們練成了傳音入密的內功，不然再輕的聲音也逃不過我的耳朵**，三十年前我就練成了一里外能聽大臣在密室裡談話的本事，在成為指揮使前，我在我們錦衣衛內部被稱為**聽風者**，這些你們的師父沒跟你們提過嗎？」

火華子恨恨地說：「大意了，不過，我們實在沒想到區區三清觀竟然能讓你這天字第一號大特務親自跑一趟。我們知道不是你陸大人的對手，但是血海深仇，非要找你討回這公道不可。」言罷，擺出架勢，就要上前動手。

李滄行拉住了火華子，冷冷說道：「陸大人，我們確實不是你對手，你所說的那個神秘力量，我也不知道是怎麼上了我的身，不過，你應該知道我根本無法主動引發這力量，更不用說控制它，不然對付你們達副指揮的時候，我早就會用上了。」

陸炳笑了笑：「呵呵，我也奇怪為啥你在碰到克林的時候沒用出那本事，本來我還想看一齣好戲的，結果實在讓我失望，你和你師妹劍法雖然精妙，但不是我感興趣的那種類型，而且陸某自信能應付得了。徒手格斃向天行時，你那摧毀一切的天狼刀法才是我欣賞的。」

李滄行聞言一震：「什麼，這麼說你當時在場？」

陸炳得意地點點頭：「嘿嘿，我在離你們十幾丈外的一棵樹上，好久沒看到過這麼精彩的對決了。不枉我跑一趟西域。」

火華子罵道：「你好狠毒，看著自己的副手被打成這樣也不出手！」

陸炳輕蔑地伸出兩根手指搖了搖：「我沒告訴克林我去西域的事，也不該告訴，這樣是對他的不信任，會傷他自尊，而且，達克林要是沒本事從你們三個小輩手上脫身，他也不配當我副手了。當然，實在是性命攸關時，我也會出手的。」

李滄行忽然想起自己那晚與小師妹差點做了夫妻的事，不由羞得滿面通紅，問道：「你，你還看到聽到什麼？」

陸炳一陣壞笑：「該看該聽的我都沒錯過，李滄行，你豔福不淺啊，要換了我是你，絕對把持不住的。」

李滄行怒吼一聲，恨不得衝上去掐死這個可惡的傢伙。

陸炳眼中閃過一陣失望：「唉，李滄行，我剛才還誇你遇事冷靜，這下子你又忍不住了，你們在那裡摟摟抱抱、軟玉溫香的時候，我可是只能看著吞口水啊，也不想想我老人家在那寒風中在樹上待了一夜有多辛苦。直到最後也沒上演什麼精彩劇碼，實在是掃興。」

李滄行突然冷靜了下來，意識到**陸炳是在故意激怒自己**，自己越是動怒，此人會越高興，因而說道：「不用再說這些無聊的事，陸大人，你似乎有些失職啊，放掉歐陽莊主，卻來偷看我和小師妹，不覺得既失身分又無必要嗎？」

陸炳不屑地「哼」了一聲：「歐陽可的行蹤，我可是一清二楚，他帶著朱雀那個叛徒逃到大漠客棧，這事瞞得了別人，可瞞不住我。」

李滄行問道：「你既然知道歐陽莊主的行蹤，為何不去斬草除根？」

陸炳勾了勾嘴角：「他在我眼裡已經是個死人了，坐擁奔馬山莊的時候都不是我對手，現在他只剩一個人，家破人亡，如喪家狗一樣，我難道還會怕了他不成！」

火華子突然開口道：「恐怕沒這麼簡單吧，你定是**看上了奔馬山莊的祖傳武學**，在滅莊前，歐陽莊主已經把這些秘笈轉移地方了，你肯定是想追著歐陽兄，得到這些武功。」

陸炳從鼻子裡「哼」了一聲：「蛤蟆功？早過時了，根本入不了我的眼。我連歐陽可的逃生通道都一清二楚，哪可能不知道他把書藏哪裡了，火華子，你這樣說也太小看陸某了吧。」

火華子一時語塞，氣得臉色一陣青一陣白，道：「那朱雀呢，你們錦衣衛不是從不放過叛徒嗎？就算你肯放過歐陽兄，也不會放過她吧？」

陸炳擺了擺手：「這是我們錦衣衛內部的事，不勞你煩心了，不過，如果你們肯加入我們，我倒是很樂意告訴你原因。」

李滄行斬釘截鐵地說道：「不勞你掛心了，我是不可能跟你這種人同流合汙的。陸大人，你為了一己的私欲攪亂武林，就不怕給你害死的那些冤魂找你算帳麼？」

陸炳收起了笑容，對著李滄行沉聲道：「年輕人，你要學的還很多，軍國大事不是你們幾個江湖武人的性命可以相比的，與天下安定相比，死些江湖人不算什麼，在踏入江湖的時候，不，是在你們從小學武的時候，就該做好這種覺悟了吧。」

李滄行反駁道：「不對，**百姓的命是命，我們江湖人的命就不是命了嗎？**國家應該保護每個子民才對，而不是無端的犧牲一部分人的性命。我們並沒有造反對抗朝廷，為什麼要消滅我們？陸炳，你這道理根本講不通。」

陸炳哈哈一笑：「你們沒聽說過幾十年前的**寧王謀反**嗎？當時寧王散盡家

財，天下武人群起回應，那陣仗，你們的師父師伯們都應該提起過吧？當時無論正派邪派、鏢局綠林，幾乎人人有分，聲勢可比落月峽之戰大得多了。你覺得經歷了這種事後，**朝廷還應該再等你們這些江湖門派積蓄力量，等著下一個寧王出現？**」

「這……」李滄行一時語塞，這個問題他確實沒有考慮過。

陸炳接著說道：「再說了，沒有我們出手，你們正派不是照樣把這聯軍組織起來了？這可不是我安排的吧？你該記得，在你們出發前，我好言相勸過，讓你們解散，你們不聽，怪得了誰？」

「不，你說得不對，我們是除魔衛道，天經地義……」

沒等李滄行說完，陸炳就直接打斷他：「哼，你剛才不是說江湖人的命就不是命了嗎，同樣的道理，**魔教的命也是命，憑什麼就該被你們剝奪？**」

這下子李滄行又沒話說了：「這……」

陸炳的話就像連珠炮一樣：「而且，我只是安排克林去除掉林鳳仙罷了，巫山派本就是綠林土匪，橫行江南七省，朝廷不去剿匪，那要我們這些公門之人做什麼？」

「就算你說得有道理，那為什麼早不剿，晚不剿，非要在我們正邪決戰前剿？你分明就是存心不良，想害我們天下正道。」李滄行抓到陸炳話裡的漏洞，質問道。

陸炳笑著搖搖頭：「李滄行，你當日也親歷了落月峽一戰，你覺得就算不被巫山派從背後突擊，你們正派聯軍就能打得贏？老實說，冷天雄的表現讓我也吃了一驚，這傢伙夠狠，當日即使是我指揮你們正派聯軍，恐怕也只能稍減損失罷了，想打贏是不可能的。早知如此，我就不用費事安排巫山派去配合魔教了。」

李滄行換了個話題：「那奔馬山莊遠在西域，沒有招你惹你，為何要對他們下這麼重的毒手？」

陸炳眼中殺機一現：「拒絕我的邀請，還向天下公開我們的計畫，就是這個下場。」

李滄行突然心中一動：「不對，你既然有這樣的本事可以一夜之間滅了奔馬山莊，又怎麼會任由歐陽莊主向全天下公開你們的陰謀？從歐陽莊主廣發英雄帖的舉動，你就應該知道他不可能和你們合作了。陸大人，你能給我一個解釋嗎？」

陸炳先是一愣，然後笑了起來：「呵呵，李滄行，我真的是越來越喜歡你了，江湖人士我見得太多，沒幾個能像你這樣有頭腦，看來我一路跟著你，還真沒看錯人。好吧，作為對你這智慧的回報，我今天就破例告訴你一些內情。**我是故意讓歐陽可公開我們的計畫，然後再滅了他的。**」

李滄行怒道：「我在等你的解釋。」

陸炳負手而立，踱著步道：「第一，我可以**讓天下各派人人自危**，知道內部有可能有我們的勢力，開始清查內部，這樣他們就無力展開對我們的報復，也不會有精力去搞什麼聯盟。我對我們的人有信心，他們沒這麼容易暴露。」

李滄行忍不住道：「陸大人過於自信了吧，火練子不就是被我們查出來了麼？」

陸炳神色平靜地說：「你們知道了也沒用，剛才你們自己都說，只能先把凶手推到火松子頭上，以後再慢慢對付火練子。但你們太低估我們的實力了，三清觀已經落入我的掌控，無論是揭穿火練子的身分，還是想回來刺殺他，你們都不可能做到了。」

火華子還擊道：「也許吧，不過，你護得了火練子一時，護得了他一世麼？我可以忍十年，二十年，你總有罩不了他的時候。」

陸炳向火華子豎起了大姆指：「好，年輕人就要有這種狠勁，火華子，你今天終於讓我刮目相看了一次。呵呵。」

李滄行冷冷地提醒陸炳：「別囉嗦，你只說了第一條。」

陸炳繼續踱起步來：「第二，奔馬山莊地處西域，世代與韃子都有聯繫，甚至可以說是韃子在西域的一個同盟，我就是要**敲山震虎**，**向這些草原的強盜顯示一下我們的實力**，讓他們不敢對我大明有非分之想。」

李滄行不以為然地罵了句：「哼，我看你們才是強盜，人家至少沒有像你們一樣殺人放火。」

陸炳停下腳步，表情凝重道：「年輕人，你們如果這輩子有機會到北方的邊關去看看，待上一年半載的，就會明白我今天的話了。」

李滄行也聽說過草原民族剽悍凶殘，幾乎年年侵犯邊關，所過之處如蝗蟲過境，一路燒殺搶掠的事，一時也對陸炳的話無從反駁。

陸炳又道：「第三，現在不能跟你們說，不過，如果你們肯加入我們錦衣衛，我會考慮告訴你們。」

「少拿話誆人了，我看你根本就沒有第三，故意忽悠我們的。」火華子恨聲道。

陸炳笑聲中透出一股輕蔑：「呵呵，火華子，你覺得以我的身分有必要做這種事嗎？太小看陸某了吧。」

「你以為你是什麼東西，一個躲在陰暗處只會使陰謀詭計、製造衝突、殘害忠良的特務頭子罷了，今天我就要為天下人除害，為我師父報仇！」

火華子越說越激動，殺父仇人就在眼前，他無法保持冷靜，一下子就要衝出去，被李滄行死命抱住。

等火華子安靜下來後，李滄行轉向陸炳：「陸大人，聽你的話，我差不多能知道你的想法和目的了，要不我們打個賭吧。」

陸炳一下子來了興趣：「哦，有意思，你想賭什麼？」

「我若是說出你放過歐陽莊主的真正原因，你今天放過我們，三年內不得向我們出手，即使我們破壞你在別派的臥底，你也不能加害我們，如何？」李滄行提出條件。

陸炳笑了起來：「呵呵，這條件很有意思，我接受。不過，**如果你說錯了，你要加入我們錦衣衛**，火華子肯不肯來，我無所謂，我只在意你，李滄行！你要是肯來，我會讓你娶到你朝思暮想的小師妹的，而且你放心，我不強迫她也加入。你敢賭麼？」

李滄行沒有理會一旁火華子不斷對他使眼色，不假思索地說道：「沒問題。」

陸炳饒有趣味地道：「那你說吧，我倒想看看，你究竟有多聰明。」

李滄行笑了笑，平靜地說道：「陸大人，你是**養寇自重**吧？」

陸炳死死地盯著李滄行，眼珠子都沒有轉一下，李滄行和火華子突然感覺到空氣中強烈的殺氣，耳邊傳來陸炳鋼鐵一樣鏗鏘的聲音：

「說下去。」

李滄行挺直了腰，一字一頓地說道：「陸大人畢竟不是當今皇上，只不過是鷹犬罷了，**鳥盡弓藏**，**兔死狗烹**的道理應該比我懂，就算你們是同胞，但**在權力面前**，**連親情都不算什麼**，更不用說你們的這種友誼。」

「繼續說！」隨著陸炳冷冷的聲音，李滄行發現陸炳的手已經按在了刀柄上。

李滄行知道自己說到陸炳的心坎了，侃侃說道：「你如果真的把江湖上的門派都消滅了，那你也**沒有利用價值**了，陸大人本事通天，**想必當今聖上也深為忌憚**，**不可能對你無保留地信任**。如果我是聖上，就憑您這雙能聽到密室交談的耳朵，我也不可能對你放心，你若是起了反心，皇宮大內也不再安全嘍。」

陸炳突然叫了起來，呼吸也變得急促：「住口，當今聖上何等聖明，陸某對他只有仰望的份，於公於私都不會有二心。」

李滄行心中暗喜，他原本打定主意，先想辦法讓火華子脫身，再尋機自殺，死也不會加入錦衣衛，沒想到急中生智，竟真的**說中陸炳的心思**了。

李滄行信心大增，調侃道：「陸大人好像有點激動呢，你用不著對我們兩個無名小卒子表忠心，沒這必要！言歸正傳，聖上需要你去鏟平江湖上可能會給他造成威脅的勢力，而你陸大人正是**執行這項計畫的最佳人選**，不過，如果你的計畫太成功，**所有的門派都被你剷除消滅了，那你們錦衣衛這個熟悉各種權力鬥爭，擅長陰謀詭計的龐大組織，就成了皇帝眼中最大的釘子**，到時候你陸大人的好日子恐怕就要到頭了。」

李滄行注意到陸炳按在刀上的手在微微地發抖，看來他死馬當活馬醫的推斷是正確的。

陸炳突然放聲大笑，震得李滄行與火華子胸中氣血翻湧。

在月光照耀下，陸炳的那張黑臉顯得陰森森的，格外的可怕，只聽他沉聲道：「還有沒有？」

李滄行腦袋飛速旋轉著，順著思路道：

「所以你對各門各派，對歐陽莊主，**都只是削弱，而不是殺絕**，一方面不能讓我們的力量強到你無法控制，比如結盟這種事就超過了你的控制範圍，這也是你不惜親自去武當的原因。如果你的本事，無論是來明的還是來陰的，能直接讓聯軍解散，你也不會當著天下群雄的面跑來威脅利誘，而是會像消滅奔馬山莊，搞亂三清觀這樣，在暗中指使你的手下做事，自己卻不現身。

「另一方面，**你也不能徹底消滅我們江湖門派，我們全部完蛋時，也是你陸大人身首異處之日**。聖上對你也同樣是既利用又防範，你自己也很清楚這點，所以像歐陽莊主、火華師兄這些與你有血海深仇的人你都會留著，**你需要有人跟你作對，用來向皇帝證明江湖上還有反抗的力量，還離不了你陸大人，**對吧？」

陸炳聽李滄行說了這麼一大段，一言不發，許久後，方才嘆了口氣道：「說完了嗎？」

「說完了。」李滄行注意到陸炳的手不知何時已經離開了刀柄。

「你們可以走了。」陸炳這時的語調全然不復一開始時的強硬與囂張。

李滄行強忍住心中的激動道：「這麼說我猜對了？」

陸炳長嘆一聲：「哼，想不到你年方弱冠，對人心居然有如此深刻的瞭解與掌握，只可惜你還是太年輕，**只看得懂人心，卻看不懂軍政**，這也難怪，畢竟你在武當長大，沒人教你這些**腹黑權謀**。李滄行，你雖然只猜對了一半，但已經很難得了，我今天依約放你一馬，你們走吧，**三年內我不會向你出手**。不過，我越來越喜歡你了，我一定會想辦法讓你加入我們的。」

李滄行很有自信地道：「李某三年內必會勤學苦練，三年後你見到的，絕不會是今天的我！」

火華子突然道：「等等，陸大人，你是想害我們吧，我們剛才商量過不能這樣一走了之，你把我們騙走了，我們弒師的罪名就坐實了，以後也沒法在江湖上混了。」

李滄行心中暗叫慚愧，自己急於脫身卻忘了這層，**差點又中了陸炳的計**，轉頭感激地看了火華子一眼。

陸炳陰險地道：「呵呵，這可不怪我，是你們打賭說要走的。也罷，去留兩便，我走便是。」說完身形一動，也不見怎麼抬腿，整個人就像在空中漂浮一樣直接飛了出去，正是在武當大會時使過的**御風千里**的神奇輕功。

李滄行嘆了口氣，對火華子道：「今天真是九死一生，看來這陸炳比我們想像中的還要可怕，師兄幸虧剛才沒有出手，不然只怕已經遭他的毒手了。」

火華子咬咬牙道：「我當時沒打算活了，雖然明知打不過他，但總不能向他屈膝求饒啊。」

李滄行安慰道：「留得青山在，不怕沒柴燒，留得有用身，方能報得血海仇，師兄切記。」

火華子點點頭：「嗯，我們這就回柴房吧，明天一早依我們商量的，與那火練子當面對質，先求脫身下山，再圖後計。」

二人走向柴房，突然聽到一個中氣十足的聲音：「兩位，又見面了。」

李滄行回頭一看，只見一個光禿禿的腦袋在月光下顯得格外的亮，濃眉大眼，面色黝黑，分明是寶相寺的**不憂和尚**。

驚喜之餘，李滄行與火華子轉身奔向不憂，問道：「你怎麼會在這裡？」

「家師命小僧與一我師叔一起來貴派商議兩派結盟之事，白天聽說二位有弒師之嫌被關了起來，小僧雖然和二位相處時間不長，但自信能看出二位的人品。」不憂笑道：「當日離開奔馬山莊後，小僧才聽說二位留下來協助歐陽莊主護莊，心中只慚愧自己做不到這點。對萍水相逢的歐陽莊主，二位都可以不顧性命去守護，又怎麼可能對自己的恩師下毒手？這其中一定有隱情，而且貴派如無意外，也會由火華師兄接任未來的掌門，你們根本沒有任何作案的動機，所以小僧到了夜裡打聽到二位的關押之所，便過來救你們了。」

「一我大師呢？」李滄行問。

「這……師叔還有事要辦，沒跟小僧一起過來。」不憂突然變得支吾起來。

李滄行發現不憂神色有異，追問道：「不憂師父，你來救我們，和一我大師打過招呼了嗎？」

不憂的臉色發白：「……師叔確實有要事辦，李少俠別多問了，快跟我走吧，遲了就怕來不及了。」

李滄行心中疑慮越來越重：「**是誰跟你說我二人被囚禁在柴房的？**」

不憂想了想，道：「一個瘦高個的道士，山羊鬍子，臉色蠟黃，年紀大約三十出頭。」

火華子馬上叫了起來：「那是**火峰子**，此人跟火練子關係最好，他讓你來救我們，是想害我們，我們要是這樣一走了之，就坐實了弒師的事，而且還會牽連你們寶相寺。**火練子是錦衣衛的內鬼，他才是殺師父的真凶**。」

「啊，竟有此事！」不憂給驚得張大了嘴，一句話也說不出來。

這時，遠方傳來一陣急促的梆子聲，伴隨著高聲叫喊：「有賊入藏書樓了，快快拿住賊人！」

不憂聽到聲音，臉上陡然變色。李滄行看在眼裡，一把抓住他的手問道：「不憂師父，**一我大師是不是去偷三清觀的藏書了？**」

不憂一下子給說中了心事，本能地說道：「你，你怎麼知道的？」

李滄行嘆了口氣，鬆開了不憂的手：「果然是這樣，一我大師出家前是揚州飛賊『**八面猴**』**程劇**，飛簷走壁的功夫是江湖一絕，對吧？也正因此，一相大師才會派他來偷三清觀的藏書。」

不憂臉色慘白，像是當場行竊被抓的小偷一樣，咬了咬牙：「李少俠，師叔是奉了家師之命被迫前來的，你們切莫怪他。如果你們要抓賊，拿住我就是了，不要為難我師叔。」

李滄行誠摯地道：「不憂師父，你捨命來救我們，我們怎麼可能抓你？只是你們**怕是中了賊人的奸計**，現在時間來不及了，你趕快離觀下山，如果我所料不差，一我師父會有辦法脫身的。明天午後，我們應該就可以下山了，到時候找個地方把這些事說清楚。」

不憂跺了跺腳：「好，我這就走，我和師叔約好了在黃龍鎮西十五里的山神廟接頭，就在那裡恭候二位……我還是有點不放心師叔，他不會有事吧？」

李滄行拍了拍不憂的肩膀，道：「放心，賊人的胃口大得很，絕不止你們二人。快去吧，以你師叔的輕功，是不可能讓他們捉到的，而且他們也不想捉他。」

黃龍鎮西十五里的山神廟裡，日已當中，兩位僧人正在焦急地張望著外面的小路。

年長的中年僧人一身夜行裝束，對著門外那名濃眉大眼的青年僧人說道：「不憂，進來吧，如果他們來了，一里外我就能聽到動靜的。」

「是，師叔。」不憂不情願地看了眼外面後，走回了山神廟。

兩人相對無言。

一我突然開口說道：「我們等到黃昏，如果他們還不來的話，就立即回寶相寺。這次我偷書失手，兩家勢必交惡，還得讓掌門師兄早做安排才是。」

不憂想到昨天晚上李滄行的話：「師叔，李少俠說這是錦衣衛的一個陰謀，故意讓我們去偷書被撞破，好讓兩邊結怨。」

一我點點頭：「現在看來確實如此，師兄跟我說，三清觀肯定已經陷入內亂，讓我趁機去偷鴛鴦腿譜和黃山折梅手，我們出發的時候是五天前，那時候三清觀還沒出事，他怎麼可能知道雲涯子在前天暴斃，引發內亂？這實在太可疑了。」

說話間，外面走進來二人，正是李滄行與火華子！

二人進來後，先向一我行禮，一我說道：「李少俠，我們在甘州城的時候，就議論過掌門師兄在武當山上突然提出比武奪帥的事，當時讓我們也吃了一驚，加上這次的事，確實不由得讓我們懷疑起掌門師兄來，**難道他也是錦衣衛的內鬼？**」

李滄行正色道：「這個問題我和火華師兄分析過，基本上可以排除這個可能。理由很簡單，一相大師入貴寺的時候，陸炳還是個娃娃，他不可能讓你師兄當內線的；而且，如果你師兄已成錦衣衛的人，那錦衣衛勢必早就全面控制了寶相寺，不需要再引起寶相寺和別的幫派的衝突與矛盾了。」

一我鬆了口氣，還是有些半信半疑地問：「那師兄的行為又如何解釋？上次比武受傷後，他就像換了一個人，成天以德服人不離口，卻做出這種事，身為他師弟我都汗顏，要不是他抬出當年師父的收留之恩，我寧可離寺也不會幫他偷書的。」

李滄行嘆了口氣：「你師兄有可能是被陸炳唆使了，據我的觀察，一相大師心高氣傲，一心想當武林盟主，也想把寶相寺發揚光大，以報當年被少林逐出寺門之仇，**這給了陸炳利用和教唆的空間**。三清觀內亂的事，是陸炳早安排好的，提前通知你師兄這事，讓他派你們前來偷經書，順便讓不憂師父把我二人救走，這樣**三清觀與寶相寺勢必成為死仇**，會相互攻擊，正派的伏魔盟一事也會大受影響了。」

不憂提出疑問：「如李少俠剛才所說，三清觀已經落入錦衣衛的掌控之中，他們就不應該安排自己的組織和別派再產生內鬥，與你的分析似有不合啊。」

火華子在一旁解釋道：「我昨天晚上也是這樣問李師弟的，他說火練子威望不足，在幫內難以服眾，我二人此番以報師仇、尋火松子的名義下山，隨時可能回去奪他位置，而他在山上如果大肆引入錦衣衛的人，勢必會引起多數師弟的懷疑與不服，要是弄不好，反而可能會失去三清觀，所以**處理內部矛盾最好的辦法就是引入外敵，這樣內部反而會團結**，而這個敵人不能太強大，魔教是現階段無論如何不能招惹的，思前想後，規模實力與三清觀相當的寶相寺，就是最好的選擇，利用一相大師的貪婪，讓寶相寺在這時候來偷書，正好可以讓兩家翻臉成仇。」

不憂和一我聽得連連點頭，火華子說完，一我問道：「那接下來應該怎麼辦？」

李滄行看了火華子一眼，火華子立即出廟門巡視了一圈，趁這當口，李滄行用腳在地下寫字「陸炳昨夜出現過，此人聽力驚人，我等最好只寫不說。」待不憂與一我看完後，再用腳把地上的字擦去。

一我與不憂對視一眼，也用腳在地下寫道：「明白，李少俠的意思是讓我寺不要與三清觀正面起衝突嗎？」

李滄行點點頭：「正是，三清觀的頂尖武功書並不在藏經樓，而是由掌門隨身保管，這個情報源就有問題。」

一我嘆了口氣：「現在看來，這一定是陸炳的毒計，他故意讓我寺與三清觀起衝突，你剛才分析得太有道理了。」

李滄行又寫道：「麻煩二位回寺後，對一相大師曉之以理，動之以情，儘量讓他斷絕與錦衣衛的關係，他鬥不過陸炳的，**只能當他的棋子，即使靠他的力量當上了武林盟主，也不過是個傀儡**，這也有違他的本意。」

一我正色寫道：「明白了，我等回寺後會規勸掌門師兄的，這段時間就暫時減少本寺弟子的外出，避免與三清觀的衝突。李少俠，你看是否有必要將錦衣衛的陰謀公開？」

李滄行搖搖頭：「現在手上沒有證據，而且各派都有他們的內線，很難聯合起來；再說，魔教巫山派現在是公開的敵人，這種情況下再與朝廷為敵，沒有好處。」

不憂寫道：「明白了，那少俠師兄弟有什麼打算？」

李滄行想了想：「火華師兄會雲遊江湖，暗中組織反抗錦衣衛的力量，找時機再奪回三清觀，我則回武當再作打算，如果武當不肯收我，只能再找某個門派暫作棲身了。」

「我的眼睛一亮：「可否考慮來我寶相寺？」

李滄行笑了笑：「這個等我回武當後再決定，貴寺當然也是在下考慮的去處之一，只是一相大師他……」

「我嘆了口氣，不再說話。

不憂寫道：「李施主，寶相寺永遠歡迎你，如果需要我們幫忙，托人捎話即可，帶上這個。」他寫完後把隨身的一枚金鋼錘給了李滄行。

火華子的聲音在門外響起：「差不多了吧，外面一切正常，陸炳應該不在附近。」

廟內三人走了出來，才發現日已西沉，在地上寫字果然很耗時間，不知不覺中，半天已過。四人互道珍重後，一我與不憂先行離開，只剩下火華子與李滄行留在原處。

火華子看著二人的身影消失在林外，對李滄行道：「我們既已離開三清觀，我也就恢復俗家本名了，以後**裴文淵這個名字會隨著『布衣神相』這個外號一起在江湖上出現的**。李兄之才十倍於我，破除錦衣衛的陰謀以及報師門血仇的擔子就靠你了，如果你覺得時機到了，隨時可以來找我，愚兄肝腦塗地也在所不惜。」

李滄海正色道：「裴兄言重了，今後你一人在江湖上漂泊，千萬要當心，未來成大事的時候還有賴裴兄的幫忙。」

裴文淵突然想起了什麼，表情變得非常凝重：「如果你不能回歸武當的話，我建議你不要急著去華山。」

李滄行微微一愣：「為什麼？不瞞裴兄，我本意就是欲去華山，因為相較其他門派的掌門，我和司馬兄與林兄的關係更親密些，也與司馬掌門有過兄弟之約。」

裴文淵嘆了口氣：「我自幼蒙師父傳過一些相面之術，依我第一次見司馬兄的面相，實在是命犯天煞孤星，會拖累身邊之人，上次落月峽一戰就是證明，而且如果我算得不錯的話，數年內他會死於冷天雄之手，如果你去華山，至少不要在司馬掌門生前去。」

李滄行有些不信：「有這麼準？」

裴文淵笑笑道：「命相之說本是虛妄，我本也不信，但我們去西域前，師父曾算出過大凶，會有血光之災，但又有劫後餘生的卦象，這次我們的經歷正印證了這點，所以我更相信這個了。」

李滄行聽了，好奇問道：「那我的命運如何？」

裴文淵搖搖頭：「李兄的命理極為奇怪，無論是我還是師父都沒能看出來，似乎是**難得一見的自主命運之人，並不由天定**。」

李滄行哈哈一笑：「呵呵，我還有這本事啊，能自己掌握自己的命？」

裴文淵收起笑容，正色道：「至少愚兄相信你就是天命所歸之人。」

「好，這些我記下了，去華山的事就依兄所言暫不考慮，我先回武當，以後要找你的話，就直接找『布衣神相』裴文淵。」

「如果你本人不能來的話，帶上這個做信物，約定碰頭地點就行。」裴文淵說著，交給李滄行一塊算命的龜甲。

李滄行把龜甲放入懷中，向裴文淵一抱拳：「那好，裴兄，就此別過，珍重。」

裴文淵眼中閃過一絲不捨，抱拳道：「珍重。」

五月底的一天，武當山北十里鋪的渡口鎮上，「玉堂春」酒樓的劉掌櫃正在招呼客人。

門外走進來一個戴著斗笠的高大漢子，一見劉掌櫃便壓低了聲音道：「天王蓋地虎。」

劉掌櫃臉色一變，瞬間又恢復了正常待客的神采，笑著拉著客人向裡走，嘴裡卻低聲道說了句：「寶塔鎮河妖。」

「莫哈莫哈。」高大漢子回應道。

「正晌午說話誰也沒有家，客人裡邊請。」劉掌櫃把這漢子迎進了裡屋。漢子進屋後摘下了斗笠，是一張四十多歲的中年人的臉，絡腮鬍，看不出任何表情。

劉掌櫃看清來人後，又問道：「臉為什麼這麼紅？」

「精神煥發。」高大漢子冷冷地說道。

劉掌櫃微微一笑：「又為啥發黃了？」

高大漢子說出最後一句切口：「面具塗的蠟。」

全部切口對完，劉掌櫃確認這就是他兩年來一直在等的接頭之人，壓低聲音問道：「兄弟此番前來是想見掌門麼？」

那高大漢子點點頭：「正是，還請掌櫃通傳。」

「請在此處稍等片刻。」劉掌櫃匆匆出了門。那肥胖的身軀居然一閃身就直接從後門奔了出去。

高大漢子在窗外看到他的身影幾個起落間就變成一個黑點消失在山道中，心中不禁感慨這劉師叔梯雲縱的功夫可一點沒擱下。

這漢子正是李滄行，與火華子分別後，一路行來趕到了武當，這套接頭的暗號與地點，是兩年前紫光派他臥底時交代他的，讓他有急事回來聯絡時，就按這套方案與劉掌櫃聯繫。

「玉堂春」的劉掌櫃乃是紫光的俗家師弟，把這裡作為武當的一個秘密聯絡站，順便打聽一些江湖的情報。

兩年來，李滄行除了奔馬山莊之行外，從未有機會離開三清觀出遠門辦事，與紫光也一直沒再見面，也不知道沐蘭湘回幫後，有沒有把奔馬山莊發生的事全盤向掌門彙報。

來的一路上，他設想著見面後的各種可能，雖然明知不可能，但還是希望紫光能不要再讓自己去別派臥底，探查什麼錦衣衛的事，而能讓自己重回武當，從此與小師妹不再分離。

約莫一個時辰後，劉掌櫃匆匆奔回，對李滄行說道：「渡口西五里的亂石灘，掌門在那裡等你。」

李滄行來到那片亂石灘，記起上次和紫光見面時就是在這裡，看了一下周圍的環境，方圓三里都是光禿禿的灘塗。他明白紫光選擇這種地方見面，可以不用擔心有人借著樹木之類的藏身偷聽，心中不由嘆服掌門的江湖經驗遠勝自己。

遠遠地，他看到岸邊有個漁夫穿著蓑衣在釣魚，他知道那一定是紫光，便取下面具，奔了過去。

「你來了！」紫光摘下斗笠，抬頭笑道。兩年不見，他的頭髮已經變成全白，臉上的皺紋又多了不少，可見這兩年他過得有多辛苦。

李滄行看到紫光這樣，心下黯然，上前行禮道：「是的，晚輩李滄行回來向您覆命，兩年不見，師伯……前輩可否安好？」

紫光嘆了口氣，臉上閃過一絲失望：「老樣子，這兩年來，那個內鬼似乎停止了一切行動，可能是他覺得我在盤查內部，不敢輕舉妄動，倒是你，這兩年辛苦了。」

李滄行聽得眼圈一熱，無論是武功還是見識，他都與兩年前不可同日而語，江湖行走的歷練讓他充分地領略了人心的險惡，讓他從少不理事的武當小子成長為一個沉穩冷靜的俠士。他心中有千言萬語卻不知從何說起，竟呆立當場說不出話來。

紫光看著李滄行的眼睛，說道：「我知道這兩年來你經歷了許多事，光是從蘭湘那聽說你們奔馬山莊一行所遭遇的事，就夠稱得上驚心動魄了。前幾天我聽說你回三清觀後就出了事，本來準備親自下山去救你，走到半路，聽說凶手是火松子，而你和火華子已經安全離開，就折回了武當。這些事情我想聽你親口對我說。」

李滄行平復了一下自己激動的心情，清了清嗓子，從兩年前自己初上黃山時的事情一一講起，一直說到前兩天與陸炳的相遇，除去自己與沐蘭湘的親密接觸外，幾乎事無巨細，通通作了彙報，連雲涯子讓自己藏好鴛鴦腿譜與折梅手兩本書的事也沒有隱瞞。

這一說就從日正當午講到了滿天繁星，紫光幾乎沒有插過話，一直在靜靜地傾聽，待李滄行說完，才長長地出了口氣，拍拍他的肩膀道：「孩子，你真是受苦了，可惜雲涯子這麼好的人，竟然也沒能逃過他們的毒手。」

李滄行沉痛地說道：「都怪晚輩魯鈍，沒有識破賊人的奸計，才連累了雲涯子前輩。」

紫光拍拍李滄行的肩膀，安慰道：「這不怪你，錦衣衛策劃多年，局布得太巧，如果雲涯子沒拿那書，他們也會想別的辦法，甚至會像滅奔馬山莊那樣直接突襲。三清觀畢竟還是勢單力孤，很難抵擋他們的正面進攻，**這個結局是註定的，只是時間早晚的問題。**」

說到這裡，紫光嘆了口氣：「雲涯兄讓你們去西域時，可能已經意識到了這結果，他本來是想讓你們避禍的，沒想到人算不如天算，還是沒能躲過去。」

李滄行抬起了頭：「前輩，那我接下來怎麼辦？是繼續臥底還是回武當？」

紫光想了想說道：「武當的內鬼還在，你若是現在回來，他肯定會狗急跳牆的！這兩年我還沒有完全恢復武當的元氣，這種情況下，如果錦衣衛也跟我們來硬的，未必能擋得住，即使防住，也會損失慘重，所以**你還是再找個門派暫且棲身為好**，那陸炳雖是心機深沉，但一向言出必行，這三年內他不會找你麻煩，要好好利用這點。」

雖然早就知道會是這個結果，李滄行心中還是有點失望：「嗯，明白了，我確實不宜此時回幫，把危險帶回武當，那依前輩所言，繼續臥底，您看我下一步去哪裡為好？」

紫光顯然早有準備，說道：「去蜀中，最好能進巫山派，不行的話就去峨嵋。」

李滄行一愣：「前輩這樣安排有什麼特別的意義嗎？巫山派怎麼可能收我？」

紫光微微一笑：「你被我逐出師門後，已非正道中人，有了三清觀的經歷後，江湖上也會流傳你對雲涯子之死負有責任的傳言，現在的你可以說是亦正亦邪，不要說巫山派，就是魔教也可以加入。」

李滄行恨聲道：「我死也不去魔教，不管有沒有內鬼存在，我都要親手消滅魔教，為師父報仇！」

紫光點點頭：「這是自然，我剛才只是打個比方罷了，我也不能確定巫山派會不會收你，總之見機行事吧。聽說近一個多月，屈彩鳳和林瑤仙進了玉門關後，就開始互相攻擊，激戰連場，下個月，峨嵋可能會直接攻擊巫山派總壇，到時候你可以出手相助其中一方，以求得一個打入其內部的機會。」

李滄行聽了道：「那女魔頭屈彩鳳我看到就煩，徐師弟就是給她害得到現在仍音訊全無，我實在不想打入巫山派，成天對著她。」

紫光哈哈一笑：「滄行，那可是江湖頂尖的美女啊，多少人看一眼就神魂顛倒了，你居然對她沒一點興趣？」

李滄行搖搖頭：「前輩又取笑我了，我又不是登徒子，屈彩鳳這女土匪雖然是人間絕色，但粗野衝動，動不動就打打殺殺的，沒一點女人的樣子，而且，一想起徐師弟的事我就會忍不住，時間長了難免會露出破綻，還是算了。」

紫光收起笑容，正色道：「這個你自己決定吧，去峨嵋也可以，我這裡的情報顯示，陸炳之所派達克林去殺林鳳仙，最主要的原因恐怕還是為了**太祖錦囊**的事。」

「太祖錦囊？這是什麼東西？」李滄行第一次聽說，一下子起了興趣。

紫光道：「據說是我朝太祖朱元璋留下的一個錦囊，傳說得到了這東西就可以坐擁天下。」

李滄行不信地道：「不可能吧，哪有這麼神奇的東西？我朝立朝兩百年了，也沒聽說過這東西啊。」

紫光表情嚴肅地說：「你錯了，這東西確實存在，當年燕王朱棣起兵就是謊稱有這錦囊，英宗從土木堡之變回來後，持此錦囊逼得他弟弟景宗退位，又把皇位奪了回來，幾十年前的寧王謀反，也是持了這錦囊起兵，天下英雄盡皆回應。」

李滄行倒吸一口冷氣：「弟子真是頭一次聽說，看來這錦囊真是厲害，能讓天下大亂，寧王謀反失敗後，這錦囊難道沒有回歸大內嗎？」

紫光長嘆一聲：「沒有，聽說是被某個綠林人士趁著兵荒馬亂給帶走了，當今皇上登基後一直在找這東西，我想林鳳仙既為綠林首領，這二十多年來巫山派的勢力急速地擴張，朝廷卻一直不出兵圍剿，這點太不正常了，**會不會是因為林鳳仙取得了錦囊，以此要脅朝廷，使之投鼠忌器呢。**」

「很有可能。」李滄行完全同意紫光的看法。

紫光看著李滄行道：「所以我希望你如果能打入巫山派，將重點放在錦囊上，而且你身上那天狼刀法的來歷，我也希望你能自己在巫山派找到答案。」

李滄行恍然大悟，這才明白了紫光的良苦用心：「晚輩明白了，優先打入巫山派，實在不行就進峨嵋。」

紫光叮囑道：「如果要出手時，一定要留分寸，峨嵋是我們的同盟，不可真傷人性命，不然以後也不好見面了。」

李滄行站起身鄭重行禮：「弟子謹記，小師妹就有勞前輩多費心照顧了。」

紫光知道他心裡最關心的就是她，微微一笑：「不用你說我也會照顧好蘭湘的，她現在是大師姐了，也是我們武當未來的希望，你早點完成任務回歸武當才是正道。」

「前輩，就此別過。」

「一切小心。」

第三章

魔教教主

眾人看去，只見巫山派門口那把高達數丈的大刀上，
站著一個黑色的身影，一襲黑衣在風中獵獵作響，
頭戴烏金冠，面如金紙，雙眉如劍，目光如炬，
額頭上一道符紋若隱若現，正是魔教教主冷天雄。

六月十三。

重慶府裡的「天福客棧」人來人往，李滄行戴著面具，裝扮成一個三十多歲的黃臉漢子，坐在角落的一張桌子，慢慢地吃著麵條。

他在這裡已經等了三四天了，分手前紫光說過，情報顯示峨嵋會聯繫蜀中盟友一起攻擊巫山派，重慶城乃是從蜀中前往巫山派的必經之處，李滄行希望在這裡能碰到峨嵋的人。

可是三天過去了，一根尼姑毛也沒見到，甚至連江湖人士都沒幾個，他有點懷疑起這情報的正確性，下意識地摸了摸一天比一天乾癟的錢袋子，心中暗暗懊悔，離開武當時怎不多要些盤纏在身上。

從昨天晚上開始，他開始改吃最便宜的陽春麵，即使如此，也快付不出兩天的店錢了，他認真地考慮盤纏用完後該怎麼掙錢的事。

當他正思索著要不要吃完這碗麵後就跟掌櫃的申請打工時，一個銀鈴般的聲音鑽進了李滄行的耳朵裡：「掌櫃的，來四屜饅頭，兩屜包子。」

伴隨著一陣香風，一個綠衣女子來到櫃檯前，體態婀娜，正是那**「花中劍」柳如煙**。

李滄行不禁搖頭，兩年了，每次見她都是這種風風火火的樣子，不知怎的，李滄行對這姑娘有種特別的感覺，他突然醒悟過來，是因為這姑娘的性格實在是很像小師妹。沐蘭湘也是這種先做了再想的性子，也許這種天真的性格正是小師妹吸引自己的地方吧。

「姑娘一個人要吃這麼多？」掌櫃的有點意外。

「呸呸，當本姑娘是豬麼？打包帶走啦。」柳如煙不高興地撅起了小嘴。

掌櫃一邊連聲賠罪，一邊吩咐夥計去打包食物。

片刻之後，三大袋鼓鼓囊囊的包子饅頭便送了上來，柳如煙打開每個袋子後，把所有饅頭包子的數量都數了一遍，又拿出一個包子一個饅頭攥在手裡，這才滿意地付錢離開。

李滄行心道：女人就是女人，總是小心眼，吃不得虧，換了自己，是絕對不會去數一遍的，他拍出三個銅板放在桌上，身形一動，跟在柳如煙後面出了門。

柳如煙走到城門口，把手上的饅頭和包子各撕了一半，扔給門口趴著的一條大黃狗，那狗嗅了嗅後便吃了起來。柳如煙盯著那黃狗，一如李滄行在她身後三丈處的牆角，也死死地看著她。

過了一會兒，那黃狗吃完了，高興地搖著尾巴似乎是還想要吃，柳如煙衝著黃狗做了個鬼臉後，歡快地出了城門，邊走邊吃剩下的半個饅頭和包子。

李滄行一邊跟蹤，一邊暗讚此女心思縝密，**以狗試毒**這招，自己還是在去西域的時候火華子告訴自己的，這小姑娘年紀比自己還小了兩三歲，閱歷卻在自己之上，實屬難得。

柳如煙出城後，繞了城走了個大圈，似乎是想甩掉跟蹤的人，可惜李滄行的武功這幾年內大有提升，已經能完全隱藏自己的氣息，始終能悄無聲息地跟在她身後十餘丈處。

柳如煙最後向城北奔去，約莫小半個時辰後，來到一處破廟之中，李滄行借著樹林隱蔽身形，在黃昏的餘暉中，看到百餘名勁裝女子，尼俗各半，在廟外的空地處打坐，端坐其中的，白衣飄飄如同仙子的那位，正是沉靜如水的冰美人林瑤仙。

柳如煙上前把三大袋食物放在地上，解開袋口，空氣中頓時瀰漫著肉包子的香氣，聞得樹上的李滄行直流口水。

尼姑們一人拿了兩個饅頭各自找地方吃了起來，俗家的弟子們則一人一個包子一個饅頭，林瑤仙默默地等所有人都拿完後，才拿了自己的那份，吃之前問柳如煙：「師妹可否吃過？」

柳如煙笑了笑：「路上早吃過了，掌門師姐快吃吧。」

林瑤仙這才放心地吃了起來。

等大家都吃完，天色已經黑了下來，破廟的四周點起了火把，照得這塊空地如白晝一般。

林瑤仙擦了擦嘴，對柳如煙問道：「城內可有異動？」

柳如煙搖搖頭：「一切正常，正如我們一路來的樣子，連江湖人士都沒看到兩個，更不用說是巫山派的大批屬下了。」

林瑤仙秀眉微蹙：「我總覺得不太對勁，這次我們雖然是晝伏夜行，但這麼大規模的行動不可能完全保密，何況這是在巫山派的勢力範圍，連一點反應也沒有，太過反常了。」

柳如煙笑道：「師姐怕是多慮了，巫山派這兩年在江南七省被一個個定點清除下屬分寨，眼下勢力也只有湖廣和廣東兩省，外加巫山派的總部兵力，全算在一起也不過數百人，即使正面對決，我們這次來的都是精銳弟子，也不會吃虧，唯一要擔心的就是他們的機關埋伏這些東西。」

林瑤仙點點頭，臉色稍微舒緩了一些：「但願如此吧，只是我總想起落月峽之戰，心神不寧的。」

柳如煙自信地說：「師姐不用擔心，這次我們有萬全的準備，連華山雙俠都親自出馬助陣，巫山派這回絕對是難逃此劫了。」

林瑤仙還是一副心事重重的樣子：「我就是擔心萬一有啥閃失，連累華山的師兄就麻煩了。」

「林掌門多慮了，就幾個土匪我還沒放在眼裡。」一個洪亮的聲音在天空中響起，夜空中，一黑一白兩道身影先後落在了空地上。

李滄行遠遠地看得真切，那魁梧的黑衣漢子背後繡了個紅色「休」字，長劍在手，正是那華山掌門司馬鴻，離了十餘丈也能感受到他劍鞘裡的凜然劍氣，才幾月不見，他的劍術修為顯然又上了個層次。

而展慕白白衣勝雪，背後那個大紅的「休」字格外地醒目，其人一言不發，李滄行還是感覺到他那陰惻惻的奇怪氣息在空氣中瀰漫。

林瑤仙臉上終於露出了笑容，站起身，對二人拱手：「二位肯助拳，這回巫山派的賊婆娘再也要不出什麼花樣了。」

司馬鴻哈哈一笑，一邊回禮一邊說道：「林掌門過譽了，落月峽之仇今日就要作個了斷，而且我等同為武林正道，相互援手乃是天經地義。我派恆山分舵一直有勞貴派楊姑娘照看，就衝這個，您一開口，我們兄弟也當兩肋插刀。」

此時一名尼姑匆匆奔了過來，道：「唐老太太到。」

林瑤仙大喜之色溢於言表，須臾間，一位銀髮似雪，拄著龍頭拐杖的老太太，帶著百餘名夜行裝束的男女走了過來，剛才還顯得有點空曠的空地一下子全站滿了人。

林瑤仙與司馬鴻上前以晚輩之禮見過了唐老太太。

李滄行心中也莫名的興奮，在武當時就一直聽說過**唐門暗器馳名天下**，這次得見**唐門正宗傳人**，不知一會兒的大戰中會給自己怎樣的驚喜。

林瑤仙、司馬鴻、唐老太太三人坐在地上開始商議起作戰的方案來，峨嵋與唐門的弟子則圍在四面警戒著，三人的聲音很小，又是黑夜，李滄行隔得太遠，看不清他們的部署。

不一會兒，三人起身相互抱拳，只聽林瑤仙說了句：「有勞司馬大俠了。」

司馬鴻也不多話，還了禮轉身便走，火光下，李滄行終於看到了他的正面，差點沒驚得從樹上掉下來，只見一道刀痕從額角斜著貫穿了他整張臉，左眼上則罩了一個眼罩，標準的獨眼龍造型，胸前一個血紅的死字讓李滄行渾身發毛。

他終於明白司馬鴻為何成了讓人聞風喪膽的煞神了，落月峽一戰中，司馬鴻重傷致殘，師父師娘與師妹皆死於非命，這種仇恨只怕比自己還要深，至死方休。

兩人走後，林瑤仙也站起了身，與唐老太太並肩前行，後面兩派的弟子們皆魚貫而出。

李滄行遠遠地跟在後面，摘下了人皮面具，他現在還沒拿定主意一會兒幫著哪一方，看這架式，巫山派怕是在劫難逃，如果一舉被滅掉，自然不用再去臥底。但內心深處，李滄行隱隱地覺得哪裡有不對勁的地方，一如林瑤仙剛才的感覺，突然他心頭一凜，**「魔教」二字湧上了心頭**。

是啊，雖然落月峽之戰後，魔教與巫山派的合作便告一段落，雙方均嚴守中立，可是有了前次的合作，難保不會有第二次，司馬鴻與展慕白固然劍術通神，但面對魔教眾多長老護法也難免寡不敵眾。

李滄行想起了火華子那個可怕的預言，心亂如麻，再也顧不得跟蹤峨嵋眾人，向司馬鴻離去的方向使出十二成的輕功發足狂奔。

奔了約莫半個時辰後，一直沒見到二人的蹤影，李滄行跑到一處斷崖處，猛的發現崖下燈火通明，赫然正是巫山派的山寨，仔細一看，寨中只見火把，一個人影也沒有。

李滄行雖未讀過兵書，卻從小聽紅雲師叔講過不少評傳，這不正是三國演義裡所說的空營麼，他甚至可以想像到林瑤仙衝進來時，會像那些中計的將軍一樣，大叫著「不好，中計了！」接著伏兵四起，接著箭如雨下，接著……

就在李滄行沉浸在自己的世界裡時，突然感覺到背後冷颼颼的，他不敢回頭，只怕動一下就會給刺個透心涼，從來人的劍離自己不到一尺才被自己發覺來看，此人必是個高手，自己的功力絕對擺脫不了他的追殺。

李滄行慢慢舉起了手，讓後面的人能看到自己的行動，抱住頭，他感覺到來人的殺氣減弱了些，似乎對自己的行動很滿意。

接著，一個陰陽怪氣的聲音鑽到了自己的耳裡：「慢慢轉過來，別玩什麼花樣，不然你會知道自己是怎麼死的。」

李滄行苦笑道：「展兄弟，好久不見。」

那人微微一愣，手上的劍也輕晃了一下：「你是誰？怎麼會認識我，你是巫山派的人？」

「是我，李滄行啊。」李滄行平靜地說道。

「什麼！是你?!別動，你這招數騙不了我，現在聽我的口令，我喊一二三，你再慢慢轉過來，敢耍花樣就要你命。」

李滄行只好依他所言，等他喊到三後才慢慢地回過身來，一轉身，一柄寒光四射的長劍就抵到了他的胸口。

展慕白一見，果真是李滄行，吃驚不小：「真是李兄啊，兩年不見，一向可好？前一陣在奔馬山莊時，未何不現身相見呢。」他一邊說著，一邊放下了手上的劍。

李滄行沒有看到司馬鴻，心中焦急：「客套話一會兒再說，司馬兄呢？」

「我在這裡，李兄有何指教？」從後面的草叢中走出了司馬鴻高大的身影，獨眼和刀疤在月光下顯得格外地嚇人。

李滄行暗暗鬆了口氣，他怕展慕白只是放風，而司馬鴻自己則殺進了巫山派裡。

「事情有些不對，巫山派怕是作了埋伏，引二位上套呢。」

司馬鴻哈哈一笑，豪氣干雲：「區區巫山派還沒放在我兄弟眼裡，也就是屈彩鳳勉強能和我們打打，其他人根本不夠看。」

李滄行問：「如果有魔教的人，或者是錦衣衛的人插手呢？」

司馬鴻微微一愣，顯然沒有考慮過這種情形：「竟有此事？不太可能吧！魔教暫且不說，錦衣衛和巫山派乃是死仇，怎麼可能合作？」

李滄行嘆了口氣：「**只有永遠的利益，沒有永遠的敵人，生死存亡關頭一切皆有可能**，錦衣衛達克林說過，他們的目的是要**維持各派的力量平衡**，不會坐視巫山派就這麼給消滅的，而且巫山派上次聯手與魔教夾擊我們，其中錦衣衛的挑唆恐怕出力不小。」

司馬鴻還是搖搖頭道：「我還是不太相信錦衣衛與巫山派聯手，屈彩鳳何等的心高氣傲，就算沒有林鳳仙的事，也不會願意與官家合作，更何況殺師之仇已經揭露了。」

李滄行換了個方向問：「那魔教呢？他們以前就合作過了，這次也不能排除再次合作，巫山派此次沒有大隊分寨的屬下來援，也不可能對你們這次大舉圍攻的動向一無所知，**唯一合理的解釋，就是他們邀請了少數武功極高的幫手來助拳**，有這等實力的，**除了魔教外，只有錦衣衛**。既然二位不相信錦衣衛會和他們合作，那就只有魔教了。兩位可知道最近魔教的長老級高手們的動向？」

司馬鴻眼中光芒閃爍，陷入了思考，過了一會兒才抬頭說道：「確實最近一月以來，冷天雄、東方亮、上官武、慕容劍邪、宇文邪、林振翼這些人都突然失蹤了，只有司徒嬌和傅見智留在總壇之中。」

李滄行吁了口氣：「這就是了，這幾個魔教頂尖的人物不在總壇，也不在江湖上攻擊別的門派，一消失就是一個月，除了來這裡，還有別的解釋麼？」

司馬鴻懷疑道：「那這樣做的話，巫山派無異於要成為魔教的下屬了，他們肯嗎？」

李滄行道：「好漢不吃眼前虧，先防了這次再說啊。而且冷天雄心機深沉，未必會這次就吞併巫山派，也許只會說是賣個人情，或者說是還上次巫山派援手之恩罷了。這兩年來，巫山派在各處的分寨被一個個地清除，早沒了正面抗擊正派的實力，要魔教幫忙是遲早的事。」

李滄行說著，撿起一塊石頭，在手上掂了掂，扔了下去，以流星趕月的暗器手法打到了一處隱秘的部位，只聽空中破空聲不絕於耳，黑夜中看到點點綠光如暴雨一樣射到落石之處，綠光中，一道白色的巨大刀影格外的醒目，響了一陣後，下面重歸沉寂。

司馬鴻的臉色變得格外地猙獰：「**芙蓉醉香**，老子這隻眼睛就是傷在這東西上，老子做鬼也不會忘了它，還有那刀光是毀滅十字刀的**斬天烈**，上官武這狗賊果然在。」

司馬鴻轉向李滄行，鄭重地抱拳謝道：「李兄果然分析入微，見識超人，司馬慚愧，今天你又救了我一次。」

李滄行笑笑道：「司馬掌門太客氣了，現在值得擔憂的，應該是正面進攻的林掌門和唐老前輩她們，既然魔教與巫山派已經聯手，那顯然正面的攻擊也不會奏效，我這就去通知她們速速撤離。」

司馬鴻點點頭：「嗯，我們兄弟原來與林掌門她們約定，由我二人潛入巫山派中放火，然後從背後突擊正面作戰的土匪們，現在看來此計不成，有勞李兄去通知女俠們早作撤離，我們還是回林中破廟再作計較。」

「如果正面廝殺了起來，還有勞二位在此地佯攻。」李滄行不忘交代一句。

司馬鴻奇道：「這又是為何？敵人應該有了埋伏和準備啊。」

李滄行這兩年兵書也看了一些，正好用上：「如果二位不現身牽制住魔教的幾個長老級高手，這些人一起殺向正面的話，我怕林掌門她們抵擋不住。上官武既然在此，想必冷天雄、東方亮等人也在附近，二位若能拖得他們一時半刻，也好為林掌門她們爭取撤離的時間。切記，**佯攻即可，不要戀戰**。」

司馬鴻反應了過來：「那就依李兄的計畫行事，珍重。」

「珍重。」李滄行說完，身形一動，幾個起落便消失在茫茫夜色中。司馬鴻與展慕白對視一眼後，也閃身而去。

當李滄行繞了一圈奔到峽口時，發現此處已經是激戰正酣了，幾百人正在手持刀劍一團混戰，地上躺了數十具屍體。

遠遠望去，如同白衣仙子一樣的林瑤仙正在與一襲紅裝的屈彩鳳殺作一團，刀光劍氣四溢，旁人皆近不得身，唐老太太則揮著龍頭拐杖，與上次在奔馬山莊見過的那使槍的林振翼交手，柳如煙與另一名峨嵋俗家女弟子湯婉晴，則雙戰一名使斬馬刀的魔教壯漢。

那壯漢刀法勢大力沉，四尺三寸的雙手大刀在其手中如小兒玩具一樣，揮得是虎虎生風，柳湯二女以二敵一，猶自守多攻少，很難殺進其身前三尺之處，只能在邊上遊走。

除去幾名首腦人物外，雙方的弟子與嘍囉們也殺成一團，李滄行看的這半炷香時間裡，雙方又倒下了十餘人，多為巫山派裝束的寨兵。

李滄行心中暗想：此次峨嵋唐門出動了精英弟子，果然戰力非同一般，若非魔教相助，巫山派此番絕逃不過大劫，雖然紫光掌門更希望自己打入巫山派，但既然巫山派已經與魔教合作，這個選擇就不再作為考慮了。

判斷了一下戰場形勢後，李滄行抽出長劍，直奔那使斬馬刀的壯漢而去。

那壯漢突然間感覺到一陣勁風撲面，忙捨了對面二女，大刀在頭上揮了一圈，一記橫掃千軍便向側面的來人攔腰掃去，勢若雷霆。

李滄行見其力大，沒有硬接，一踏玉環步閃過了這一刀，同時左手抽出腰間的軟劍，以纏字訣搭上那人的大刀，手腕一抖又使出卸字訣，軟劍如靈蛇一樣地在那刀上繞了六七圈，緊緊地攪在了一起。

李滄行左臂畫了半個圈後向後一拉，想要將對方整個人帶過來，右手的長劍卻使出霞光連劍的穹光破雲一式，直刺那人當胸氣海穴，腳也沒有閒著，右腿使出鴛鴦出水，直踢對手左腿的膝彎處，整個動作一氣呵成。

他在觀察壯漢的武功路數時就算到此人的應對，一切都按著自己腦中的計畫而行，為了達到突襲的效果，甚至沒有施放暗器。

只聽壯漢「咦」了一聲，似是對來人的武功路數和功力之高非常吃驚，隨即暴喝一聲，李滄行感覺空中的內勁一下子加強了許多，左手立即感受到千鈞之力，心中暗叫一聲不好，再想卸力已來不及。

「噹」地一聲，軟劍已經被那人注在刀上的內力震得斷成十幾段，紛紛落地，李滄行右手的長劍被壯漢的大刀以刀柄撞擊，虎口一陣劇痛，再也持不住劍，直飛到天上。

李滄行未料到此人竟力大如此，內力也強到可以以震字訣直接震斷自己的軟劍，可謂**至剛破柔**，當下他雙手已無武器，一咬牙只有**破釜沉舟**，右腿貫足了十二分的勁，一腳踢到此人的膝彎處。

壯漢悶哼了一聲，他的力量全集中於雙手，腿上卻失了護身的勁，被一腳踢到膝彎，當即酸麻不已，單膝幾乎就要跪倒在地。

李滄行見一擊得手，不給他喘息的機會，左腳連環踢出，正中他右手神門穴，嗆啷一聲，大刀也掉在了地上。

李滄行一下子欺身而進，一招**黑虎掏心**又打在壯漢的胸腹之間，他能清楚地聽到此人胸甲被自己打破的聲音，正要緊接一拳再打那破甲處時，壯漢那碩大的腦袋一頭撞在自己的胸口。

李滄行覺得自己像被一記大錘重重地砸到，張口一大口血就噴了出來，整個人倒著退出去了六七步，再也支撐不住，一跤摔在地上。

李滄行覺得胸口一陣陣地劇痛，骨頭像是全碎了一樣，暗地責怪自己為何今天不穿護身甲。

他自問體格健壯如牛，外家功夫在整個武當數一數二，但今天這壯漢似乎體格比自己還要強壯，中了自己兩腳一拳居然還有餘力反擊。

他的腦子裡突然靈光一閃，此人的路數與當日碰到的老魔向天行幾乎如出一轍，**莫非是老魔頭的弟子？**

李滄行摸到身邊的一把劍，拄著劍站了起來，看了眼周圍的情況，柳湯二女被兩個巫山派的人纏住了廝殺，此二人劍術頗高，打法凶悍，絕非一般匪兵。

一時間柳湯二女脫不了身，方圓幾丈內只有自己與那壯漢二人，而那壯漢被自己連續重創，這會兒也是單膝跪地，連喘粗氣。

火光下，李滄行看清了壯漢的臉，滿臉都是橫肉，一身發達的肌肉幾乎要將護身的鐵甲撐爆，銅鈴大的眼睛正帶著血絲，惡狠狠地盯著自己，嘴角的抽搐中，鮮血也不停地流下。

李滄行心道此人終歸不是向天行，還不至於那樣刀槍不入，剛才自己那幾下雖未竟全功，卻也是重創了此人。

壯漢一邊喘著粗氣，一邊道：「你是什麼人，怎麼會武當的功夫？」

「你又是什麼人？」李滄行反問道。

那壯漢哈哈一笑：「老子就是魔尊冷天雄座下大弟子**宇文邪**，手下不死無名鬼，小子，報上名來，再跟爺爺大戰三百回合。」

這時候，兩人耳邊傳來了屈彩鳳冷冷的聲音：「這小子是武當棄徒，江湖上著名的淫賊李滄行。李滄行，你好本事啊，當年姑奶奶見你的時候怎麼就沒看出來，你這濃眉大眼的還有這麼多花花腸子呢。」

李滄行扭頭一看，只見屈彩鳳以刀護身，嬌喘微微，左手袖子已被切開，對面的白衣仙子林瑤仙的髮簪已經不見，整個秀髮披了下來。看來剛才兩人各出殺招，均險些一擊成功。

行家一出手，就知有沒有，這下二人均知對方功力與自己不相上下，都不敢再行冒險攻擊，而是刀劍相對，先行守好門戶。

林瑤仙眼睛盯著屈彩鳳沒有移開半分，嘴上說道：「多謝李大俠仗義援手，這是峨嵋與巫山派的事，少俠不必牽涉其中，今天援手之恩感激不盡，日後定當回報。」

李滄行急道：「林掌門，魔教妖人在此，顯然不是你們和巫山派單方面的恩怨了，巫山派寨中還有魔教長老護法級別的高手埋伏，再打下去亦沒有勝算，還請速速退兵再作商議，司馬掌門他們也是這意思。」

「你見過司馬大俠了？」林瑤仙訝道。

李滄行正色道：「在下就是為他們傳信而來的。」

林瑤仙聞言，略一思索，將食指伸入櫻桃小嘴中打了個呼哨，場中峨嵋與唐門的弟子都停止了廝殺，戒備著退到了林瑤仙的身後，巫山派與魔教諸人也都站到了屈彩鳳的身後，兩邊的人都在退後時把己方的屍體拖了回來。

林瑤仙對著屈彩鳳道：「屈彩鳳，想不到你為了保命，居然甘做魔教屬下，請來魔教的人幫忙助拳，從今以後，你也不用再打巫山派的旗號，直接當魔教的一個分舵好了。」

屈彩鳳秀眉一動，鼻孔裡不屑地「哼」了一聲：「就許你們找華山武當的人幫忙，不許我找神教的朋友？上次落月峽之戰，我們幫了他們，這回他們投桃報李，有什麼奇怪的？姓林的，你不用費神挑撥了。」

「那好，我看魔教是不是一輩子在你們這裡不走了，改天我們再一較高下。我們走！」林瑤仙放下句狠話，轉身便要走。

「只怕你們走不了咯。」

宇文邪趁這會兒功夫站起身，從懷中摸出了個信號彈，朝空中一發，一道火光竄到了半空中，炸出一個大煙花。

林瑤仙等人的後方突然無聲無息地閃出了上百名黑衣蒙面、手執利刃的高手，為首一人面色陰沉，正是那**魔教副教主東方亮**。

從這些人的悄無聲息的身法看，個個俱是高手，武功絕不在峨嵋此次帶來的精銳弟子之下，比起唐門眾人更是要強了許多。

「林瑤仙，你好大的面子，師父為了你，居然不惜動用了一半的總舵衛隊，這回你們別想生離此地了。」宇文邪得意地笑道。

峨嵋眾人聞言一陣騷動，李滄行知道當年落月峽之戰中，不到二百名總舵衛隊生生擋住了上千名正道高手的正面突擊，其陣法合擊尤其厲害。這回為了伏擊峨嵋，冷天雄不惜動用了一半的總舵衛隊，看來今天在場峨嵋眾人絕難善了。

李滄行再一看峨嵋眾人，不少人都已經面帶懼色了。

「斬妖除魔為我正道中人分內之事，我們峨嵋沒有怕死的。」林瑤仙的回答如斬釘截鐵一般，後面的同門也都齊聲呼應。

宇文邪臉上的肌肉在跳動，惡狠狠地道：「你們要走也容易，只要答應我一個條件。」

林瑤仙冷言道：「有啥話就直說。」

宇文邪一指李滄行，咬牙切齒地說道：「這小子剛才偷襲我，我要和他單打獨鬥，要是他勝過了我，就放你們走。」

李滄行一見宇文邪指名與自己約戰，便站直了身，向前走去，才走兩步，胸前一陣血氣翻湧，差點一口血噴了出來，人也搖搖晃晃險些摔倒。

柳如煙一下搶出扶住他，關切地說道：「李少俠，不要緊吧。」

「沒事，那廝傷得不比我輕，他的功夫我清楚，我能對付得了他。」李滄行看了一眼柳如煙，只見她水汪汪的大眼睛中滿是焦慮。這一刻他腦海裡突然浮現出沐蘭湘那秀美的臉，是的，小師妹那日在奔馬山莊外也是這樣扶著自己。

「為了我的愛人，為了還在武當等著我的師妹，我一定要打贏這戰，一定要活下去。」李滄行心裡想著，手上一把推開柳如煙，大步向宇文邪走了過去。

「且慢！」林瑤仙的聲音在身後響起。

「林掌門還有何指教？」

這回說話的是林振翼，他剛才掏出了幾根針扎在宇文邪的左腿彎附近，又不斷地為其舒筋活血。就這片刻功夫，宇文邪高高腫起的左腿竟已消下去一大半，這也是他敢於出聲挑戰的原因。

林瑤仙沉聲道：「你們兩個不過是冷天雄的徒弟罷了，東方亮還在這裡，輪得到你們發號施令麼？他會聽你們的話？萬一李少俠打勝了，你們要賴怎麼辦？」

「宇文的話就是本座的話，他說這小子贏了，我們神教就放你們走，不再阻攔，絕無虛言。」一個威嚴的聲音在空中響起。

眾人抬頭看去，只見巫山派門口那把高達數丈的大刀上，站著一個黑色的身影，一襲黑衣在風中獵獵作響，頭戴烏金冠，面如金紙，雙眉如劍，目光如炬，額頭上一道符紋若隱若現，正是**魔教教主冷天雄**。

李滄行第一次如此近距離地看到冷天雄，一股寒意莫名地從心底生了出來，除了陸炳外，還沒有人給過自己這種無形的壓力，那是一種難以形容的威嚴與霸氣，讓人不敢直視。林瑤仙嘆了口氣，再無話可說。

宇文邪站起了身，與林振翼一起恭敬地向冷天雄行禮，在場的所有魔教徒眾也都以手撫胸，鞠躬向冷天雄行屬下禮，口中道：「恭迎教主！」其聲整齊劃一，而持著兵刃的手則一直處在戒備之中沒有絲毫鬆懈。

李滄行看在眼裡，不禁暗讚這魔教精銳弟子果然訓練有素，巫山派一戰聯軍輸給這樣的對手，實在不冤。

「宇文邪，怎麼比，你劃下道來吧，小爺接著，皺半下眉頭不算好漢。」

李滄行見了冷天雄親臨，剛開始時心中寒意頓生，轉瞬間突然又豪氣萬丈，想著幾百雙眼睛都盯著自己，轟轟烈烈地與魔教大弟子一戰，即使死了也是人生幸事。想及於此，他挺直了腰，指著宇文邪大聲地喝道。

「姓李的，你軟劍已斷，我若再用兵刃勝你只怕你不服，剛才你偷襲老子用的是拳腳功夫，雖不是武當的路子，倒也精妙。來來來，老子就陪你走走拳腳。剛才你偷襲老子，老子也穿了甲，算是扯平，這回老子赤身和你鬥上一鬥，今天不把你打成一堆肉泥，老子的姓倒過來寫。」

宇文邪咬牙切齒地脫去外衣，把貼身的寶甲向地上一扔，只見那寶甲上胸腹處一個拳印深深地陷了進去，觸目驚心。

而寶甲一脫後，宇文邪滿身黑黝黝的腱子肉配上毛茸茸的胸膛，看起來三分像人七分像個大猩猩。他的胸前紋了一個鬼頭，面目猙獰，兩臂上則是刺滿了符文咒語，顯然並非漢字，不少峨嵋女弟子都不好意思地背過了臉。

李滄行心中暗思此人雖然身在魔教，卻也不願占人便宜，可稱得上是條好漢，再一看他鐵塔般的身軀與壯碩的肌肉不在自己之下，心中也豪氣頓生，一下子脫了外衣擲於地上。

李滄行胸前與背上的肌肉隨著呼吸與運氣，如波浪一樣有節奏地起伏，而胸前茂密的汗毛也不知是隨風而起還是被氣所激，像雄獅一樣根根倒豎起來。兩人都鼓起了十分勁，在場的人個個是練家子，全都閉住了氣，等待著他們接下來驚天動地的碰撞。

李滄行的腦子裡飛快地旋轉著，這宇文邪用的護身勁乃是老魔向天行的森羅萬象煞，自己剛才那記**黑虎掏心**結合了折梅手裡的**毒龍鑽**，打上去後用力一擰，正好打在對手換氣的空檔，也是他氣勁最弱之時，方能一擊得手。

若非宇文邪有寶甲護身，此刻至少也是重傷不起了，而他反擊自己的那一頭則用的是少林派的**鐵頭杵**，這是少林七十二絕技之一，乃霸道至極的鐵頭功。

李滄行剛才不知此人居然還會少林功夫，才會吃了這虧被其絕地反擊，不過這下也提醒了他：此人走的是至剛至猛的外家路子，舉手投足都可作為攻擊的武器，連鐵頭也可以撞人致死。

李滄行剛才運氣間已隱隱感覺有些氣血不暢，恐怕已經受了些內傷，暗想切不可與此人硬拼，**需要鬥智方可**。

打定了主意後，他便雙掌連環，使出武當綿掌直奔對手中路而去。

宇文邪哈哈一笑，喝了聲：「來得好！」也不閃避，沙包大的拳頭帶起虎虎風聲，直接一記右勾拳就向著李滄行的腦袋奔來。

旁觀眾人皆讚此人雖外表粗獷，卻是極為精明，**這一下以攻代守，打上去了李滄行非送命不可**，而自己挨一掌最多只是受點內傷，對手勢必只能跳開自保，這樣會被他搶到先機一直壓制下去。

柳如煙驚地叫出了聲，林瑤仙也緊咬著嘴唇不說話，屈彩鳳的粉面閃過一絲得意的笑容，就差沒笑出聲來，冷天雄則一直是皺著眉頭一言不發，似乎看出了些什麼。

說時遲那時快，李滄行突然一個**夜叉探海**，身子生生地向前傾去，左腿單足立地，一雙手卻是變掌為指為拳，右手食中二指直接戳中剛才打的氣海穴，左手則狠狠地一拳打在宇文邪的左肋之上，與此同時，右腳一記蠍子擺尾，凌空倒勾，直接一腳踹上了對手的面門。

宇文邪一拳掄空後便知情況不妙，自己中門大開，忙運氣護身，但突然間胸腹處氣海穴遭到重戳，氣勁為之一洩。緊接著左肋被狠狠的一拳打中，五臟六腑如翻江搗海，甚至可以清楚地聽到自己肋骨折斷的聲音。

還沒等他反應過來，只見一隻黑糊糊的鞋底帶著三天沒洗的腳臭味撲面而來，眼前一下子多出了幾千個金色的星星，接著鹹鹹濕濕的液體從自己的鼻孔間和嘴角流了下來。

饒是如此，宇文邪仍是作出了反擊，左膝使出豹子頂的招式，直撞出去，掄空的右拳則變拳為鐵肘狠狠地下砸。

只聽「砰」地一聲，膝蓋和鐵肘撞到了一起，直痛得宇文邪哇哇怪叫，而李滄行則氣定神閒地在三尺外抱臂而立，好不瀟灑。

宇文邪自出道以來還沒吃過這麼大的虧，如果是比武切磋點到為止的話，他已經輸了，但此戰二人有言在先，要打到一方趴下爬不起來為止。宇文邪越挫越勇，雙拳一擺，揉身復上。

他體質驚人，尋常人受到李滄行這一連串的重擊早已支撐不住，而他卻看不出身形有任何遲滯。峨嵋一方的女俠們初見李滄行得手，無不歡呼雀躍，這一下一個個都張大了嘴，說不出話來。

李滄行心中也暗暗一驚，剛才那一連串組合拳腳打得連自己的手腳都給震得隱隱作痛，自以為完全可將其擊倒，誰曾想反而使其更加嗜血瘋狂。李滄行再無討巧之心，擺開架式，腳踏玉環步，雙掌則使出折梅手，儘量鎖拿宇文邪的雙臂穴道。

宇文邪上次吃過了虧，此次招式雖然剛猛依舊，但也是攻中有守，不再將招式用老，給敵可乘之機，二人各用師門絕學，一時間拳來腳往，一百多招過去仍難分高下。

圍觀眾人很難看到如此精彩的拳腳攻防，無不交頭接耳，竊竊私語，就連屈彩鳳、林瑤仙二大高手也都看得目不轉睛，柳如煙更是心都要從嗓子眼蹦了出來，粉拳一直緊緊地握著，手心裡都攥出汗來。

突然間，宇文邪招式一變，剛才剛猛霸道的森羅萬象煞一下子換了一套路數，變得陰柔詭異起來。

李滄行跟他肉搏了半天，拳腳交加間，每次都給震得雙手發麻，正暗地叫苦不迭：打中他身上次數雖多，但此人肌肉如同裝了彈簧的鋼板一樣，自己的內家功力無法震散其護體氣功，而自己給他打中兩拳卻是氣血翻湧，差點吐出血來。

這下此人突然變了路數，不知是氣力不支還是使出別的招數，突然間幾個字閃入了他的腦海，伴隨著林瑤仙的驚呼聲：「李少俠當心，這是三陰奪元掌。」

不用林瑤仙出聲示警，李滄行也意識到這是**魔教的鎮派掌法三陰奪元掌**了，冷天雄早年憑這一雙肉掌，不知打死多少英雄好漢，在屍山血海中硬是殺到魔尊之位。

此掌法陰毒凶殘，練者需要從腐屍上吸取陰氣，中招之人會陰風入體，漸失內力，招式卻是變化多端極其精妙，防不勝防。

李滄行想不到這宇文邪鐵塔一般的硬漢居然也學到了如此凶殘歹毒的招數，心下一凜，打起十二分的精力，打定主意以擒拿手法避免與其直接對掌。

宇文邪眼中泛著可怕的綠光，碩大的身形如泥鰍一般，腳下的身法突然變得也是詭異之極，掌影在黑夜中一閃而沒，讓人極難判斷出來路。

李滄行以折梅手的擒拿手法一直想鎖拿住他的胳膊，但打了大半個時辰，二人早已渾身濕透，那手臂滑得如水中的魚，一抓上就直接滑脫了去，反過來就是連環的幾掌，李滄行不敢與之硬接，往往只能閃避，被那陰風掃過都覺得如寒冰入體，說不出的難受。

如此這般過了三十多招，李滄行心中倒是漸漸有了數，這宇文邪顯然是年紀尚輕，修為不足，而且其純陽至剛的體質也沒有完全適應三陰奪元掌的奧義，還不能做到以至陽轉至陰，徒具其形而已。

只有當宇文邪直接打到人時，才能發揮三陰奪元掌的威力，光靠這陰風掃體，李滄行固然一時半會覺得難受，但宇文邪自己的真氣消耗也非常大，只三十多招下來，就已身形稍緩，掌風也不復開始時詭異。

李滄行看穿了這一點，立馬信心大增，多以鴛鴦腿法遠距離攻擊，始終與宇文邪保持一定距離，避免與其直接近身纏鬥。如此一來，果然效果顯著，宇文邪無法欺近身前，掌風在三尺外幾乎對李滄行不再有大的影響，陰風入體的刺骨感也減輕了許多。

又鬥得四五十招，李滄行已經漸漸地掌控主動，將宇文邪逼得只能在圈外遊走了。

宇文邪突然暴喝一聲，聲勢復振，不再使用三陰奪元掌，而是變回了森羅萬象煞，但幾下拳腳相交後，李滄行心中明白，對手剛才在三陰奪元掌上消耗了太多的真氣與體力，這幾下在外人看來勢如奔雷，但拳腳上的力量卻是比前番小了許多，自己完全可以與其正面硬對掌腳，不用像開始那樣還要以巧破千鈞。

李滄行心下不由又感嘆起自己自幼練習的武當功夫，雖然聲勢沒有魔教武功這麼威猛，但勝在借力打力，內力持久綿綿不絕，與宇文邪已經打了一個多時辰了，雖然消耗巨大，但越打反而越有勁。

周身的酸痛並沒有影響自己行動的敏捷，那宇文邪的身形則經明顯慢了許多，只要再拖個一時半會兒，絕對可以對其戰而勝之。

想及於此，李滄行信心百倍，適逢宇文邪一拳正擊向自己的面門，這回他不閃不避，大喝一聲，也一拳鼓足十分勁打了回去，兩拳相碰，「砰」地一聲，震得地上塵土飛揚。

第四章

兩儀劍法

兩儀劍法講究以氣御劍，內力後發而先至，威力何等驚人，
李滄行雖然擋了一下，卻是虎口劇震，幾乎握不住劍，
劍氣把衣衫畫出數道裂痕，如一條條的布條一樣，
前胸小腹的肌肉上一下子多了十餘道劍痕。

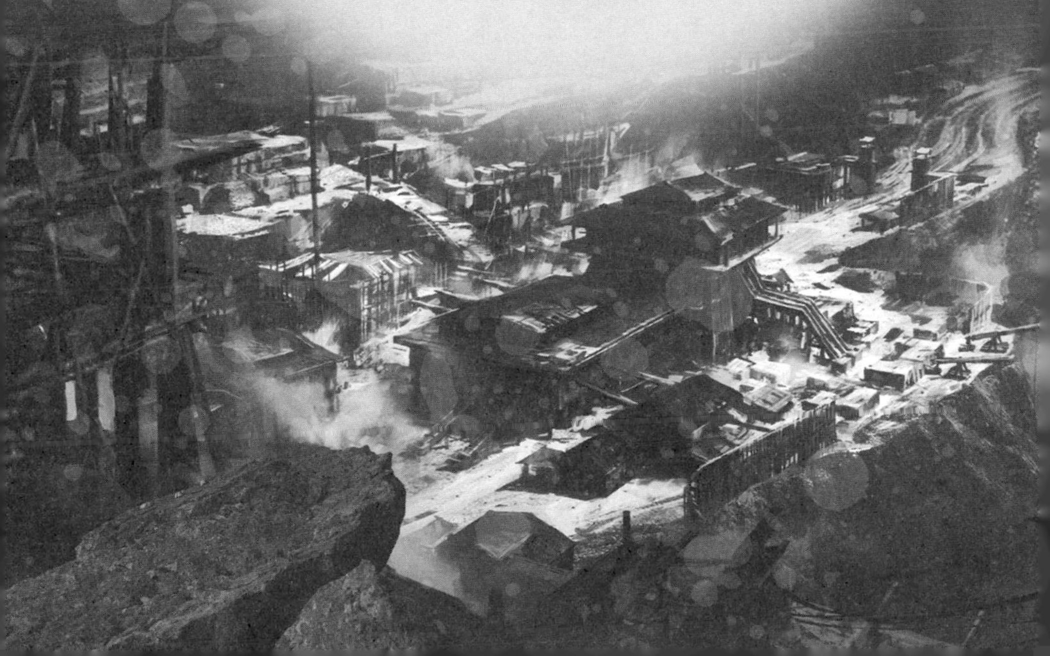

只見李滄行只退了一小步，而宇文邪則整整退了三大步，左腿彎的傷處一扭，幾乎要摔倒在地。

李滄行再不給宇文邪喘息的機會，大吼一聲雙腳連續踢出，中間夾雜折梅手的精妙招式，招招不離宇文邪的要害，饒是他蠻牛一樣的體魄，左支右絀間，也是連續挨了不少拳腳，那「砰砰啪啪」的拳腳到肉的聲音，聽得觀戰眾人也無不動容。

李滄行一套連招打完，在宇文邪反擊自己之前，就倒踏玉環步閃到了安全距離，自己剛才那套招數的力量足以開碑裂石，宇文邪在承受了如此重的連續攻擊後仍能搖搖晃晃，就是不倒地，這點實在出乎他的意料之外。

他甚至有些不忍心再繼續對他施以攻擊了，雖然此人是他最痛恨的魔教之人，還是冷天雄的大弟子，但其為人豪爽磊落，這性格李滄行倒是有七分喜歡。

李滄行抱拳對宇文邪道：「兄臺的體格果然天賦異稟，李某佩服，不如就此作罷如何？」

宇文邪口鼻之中鮮血橫流，雙手扶著膝蓋，讓自己不至於就此摔倒，兩隻充滿了血絲的眼睛就像惡狼一樣死死地盯著李滄行，氣喘如牛，胸口在劇烈地起伏，身上到處青一塊紫一塊，瘀青累累，讓人目不忍睹。

趁這難得的機會，他貪婪地喘了幾口氣，調整了下內息，終於可以說話了：

「姓李的，老子不需要你做好人！老子說過，打到爬不起來為止，現在老子還能打，還沒輸！」

話音剛落，宇文邪突然擺了一個奇怪的架式，口中念念有詞，雙拳及腰紮起馬步來，一雙血紅的眼睛一動不動地盯著李滄行。

就在此時，一直在大刀頂部觀戰的冷天雄身形一動，如鬼魅一樣地從半空中飄了下來，落在宇文邪身邊，出指如風，連點他十餘處穴道，頓時宇文邪動彈不得，張大了嘴巴道：「師父，您這是為何？」

冷天雄道：「宇文，你輸了，不要再勉強自己。」

宇文邪激動地吼道：「不，弟子沒輸，弟子還能打，神教的顏面不能毀在弟子身上，就是拼了同歸於盡，弟子也要把這姓李的打趴下。」

冷天雄緊緊地盯著宇文邪的牛眼：「宇文，對我來說，你比神教的面子重要。**命只有一條，沒了就沒了，而面子今天丟了，明天還可以找回來**，這個道理你不明白嗎？」

宇文邪還是不甘心：「師父，我……」

冷天雄擺了擺手：「不用多說了，你用了那招就算和這小子拼個同歸於盡，師父也不會高興的，神教個個都是英雄豪傑，不需要用自殺式的壯烈來證明這點。是男人的話，就給我回去好好練功，以後打敗這小子以雪今日戰敗之恥。這是我作為師父，更是作為教主的命令。」

宇文邪無奈地說道：「……是，師父。」

冷天雄轉過頭來盯著李滄行，一雙眼睛似乎要把他的內心看穿。李滄行雖然心裡發毛，但一想到師父的死，恨上心頭，毫不退縮地回瞪著冷天雄，眼睛都不眨一下。

冷天雄「嘿嘿」一笑：「小子，不錯啊，能勝我神教大弟子，不過你用的好像不是武當的功夫。」

李滄行傲道：「哼，小爺機緣巧合，自有高人授業對付你們這些妖人，降妖伏魔，還要管是哪門哪派的武功麼？」

冷天雄的臉上殺機一閃而過：「敢這麼跟我說話的，你是第一個！」

李滄行胸中豪氣頓生，朗聲道：「有本事，你今天就在這裡殺了我，不然總有一天小爺練成神功，早晚要你的命。」

冷天雄突然放聲大笑，聲音震得每個人耳膜都像充了氣一樣地膨脹，說不出地難受，部分巫山派與唐門的弟子功力稍低的，更是扔了兵刃以手掩耳。

李滄行離他最近，胸中的氣血不停地翻湧，上次這麼難受還是在黃山碰到陸炳的時候，不過有了那經歷，這回感覺好多了。他的臉上擺出一副不在乎的表情，卻是暗中運氣相抗。

冷天雄笑罷，陰森森地道：「小子，今天本座說話算數，放你一馬，來日你就沒這麼好運氣了。最後送你句話，年輕人不要氣太盛。」

李滄行脫口而出一句：「不氣盛還叫年輕人麼？」

本已回頭的冷天雄突然轉過了身，眼中凶光四起，殺氣大盛，李滄行心中暗叫壞菜，有點後悔剛才自己過於強硬，但事到如今，悔也無用，只能硬起頭皮，瞪著冷天雄。

冷天雄的臉上肌肉抽搐了幾下，面色忽而金色，忽而碧綠，幾番糾結後，還是長嘆一聲，轉身而去，而攔住後路的那些魔教總壇衛隊也都隨著冷天雄一起撤離，片刻間場中走得只剩下峨嵋、唐門與巫山派的人。

李滄行知道自己從鬼門關走過一圈，突然間整個人像虛脫一樣，渾身上下沒有一絲力氣，風吹在身上，冷颼颼的，讓他說不出的難受。

李滄行轉過身來，拖著身體走回峨嵋眾人之中，再也支持不住，眼前金星直冒，兩腿一軟，只覺得全身一陣發虛，幾乎要摔倒，卻被柳如煙輕出素手，一把扶住。

一個冷冷的聲音鑽進了李滄行的耳朵裡：「李少俠拳腳功夫果然不同凡響，不知你武當劍術練得如何？屈某不才，想討教一二。」

李滄行還沒來得及開口，柳如煙就罵了起來：「你這賊婆娘好不要臉，李少俠打了半天，你在這時候向他挑戰，分明是想佔便宜！你怎麼不打上兩個時辰，和人動手千餘招後再向他挑戰？」

峨嵋眾女也都隨聲應和，大罵屈彩鳳乘人之危。

「哼，柳姑娘，你不是跟那武當沐蘭湘最是要好麼？怎麼，才見了這姓李的幾面就想橫刀奪愛了？哈哈哈，難道你們峨嵋門風一向如此，喜歡姐妹相爭麼？」

屈彩鳳不怒反笑，峨嵋眾妹的反應早在她預料之中，她早想好了如何應對。

峨嵋眾女氣憤難平，卻找不出合適的話反駁。

柳如煙更是氣得粉面通紅，嚷道：「才不是，我只是路見不平罷了，李少俠不顧性命地出手相助我們峨嵋，還不許我們幫他說句公道話嗎？」

「行啦，柳姑娘，不用解釋，大家都看得到，英雄救美嘛。」屈彩鳳調侃了一把柳如煙後，轉向李滄行：

「李少俠，想不到兩年不見，你現在這麼厲害了，只是不知道你的武當功夫還剩下多少？峨嵋的人說我乘人之危，那這樣好了，我用武當的劍法向你討教一二，在比武之前先讓你歇息一會兒，等你恢復了氣力，再來與我比試。放心，我雖和峨嵋有深仇大恨，但跟你李少俠卻是往日無怨，近日無仇。只是如果小女子勝得一招半式，以後我們和峨嵋的事，還請少俠不要插手，不知少俠意下如何？」

李滄行心中飛快地在計算屈彩鳳的話，這屈彩鳳應該是不願意與自己正面為敵，以後平添個勁敵，想以這種方式讓自己就此罷手。

此女明明是乘自己現在這樣力戰之後氣力不濟時佔便宜的無恥之舉，卻被她說得這樣有理有節，好像反成了她是讓了李滄行一籌，言語間還以武當武功相激，顯然是料到為了師門武功的尊嚴，他非戰不可。

李滄行知道自己沒有退路，唯一不確定的是屈彩鳳對武當的武功瞭解多少。當年林鳳仙偷了霍達克的藏書，不過霍達克在武當並未學到頂尖的武功，充其量只學到自己所學的柔雲劍法與連環奪命劍之類，若是如此，自己還是有把握戰勝她的。

想到這裡，李滄行有了信心，朗聲道：「屈姑娘請稍待片刻，容我調息一下，即來領教閣下的武當絕學。」

李滄行打坐於地開始調息，一炷香的功夫後，李滄行感覺內息運轉重新流暢，靈臺也變得一片清明，全身上下充滿了勁，他睜開眼，長出一口濁氣，從地上一躍而起，順手拾起一把長劍，走到屈彩鳳面前三尺處，拱手行禮道：

「謹領教屈姑娘高招。」

從今晚李滄行與宇文邪惡鬥開始，屈彩鳳便一直目不轉睛地盯著李滄行，徐林宗曾多次向她提起過自己的大師兄，但屈彩鳳知道武當一向打壓李滄行，不讓他學頂尖武功，所以內心深處並不把李滄行放在眼裡。

然而剛才一戰讓她徹底改變看法，她吃驚地發現此人拳腳功夫勝過自己不少，可今天若是如此放過了峨嵋眾人，實在心有不甘，於是提出與李滄行比試劍法，見李滄行答應，暗自竊喜，早已想好應對之策。

屈彩鳳盈盈一笑，道：「刀劍無眼，李少俠可要當心了。」

笑聲一止，紅色的身影如閃電一樣撲了上來，**正是武當的七十二路連環奪命劍**。

李滄行與師弟們無數次拆過次劍法，對其中的變化與破解全都了然於心，一見屈彩鳳的來勢，便知她內力很強，但對於招式的理解並不如純正武當弟子那樣精深。李滄行暗暗鬆了口氣，長劍一招柔雲劍法的「有鳳來儀」卸去來勢，守中帶攻，與屈彩鳳纏鬥起來。

數十招一過，屈彩鳳的喘息聲開始沉重起來，連環奪命劍講的是個「快」字，與武當正宗劍法以巧破敵、借力打力的宗旨不太一樣。屈彩鳳性格衝動，不喜歡武當劍法中軟綿綿慢吞吞的柔性劍術，這連環奪命劍招招狠辣，迅捷如風，正合她的胃口。

屈彩鳳本以為李滄行成天鑽研亂七八糟的功夫，武當正宗功夫有限，沒想到他的柔雲劍法如此厲害，心知這樣以連環奪命劍再打下去有敗無勝，於是銀牙一咬，連攻三劍迫李滄行回劍防守，人卻趁勢向後跳開，只見她長劍如挽千斤之力，極慢地畫出一個大光圈，又突然加速，連畫三個小光圈，整個人彷彿被這光圈所罩，一股強勁的劍氣直撲李滄行而來。

激蕩的劍氣風雷聲伴隨著李滄行吃驚得變了調的聲音：

「**兩儀劍法！**」

李滄行大驚之下只顧看劍，忘了自己正身處險地，叫出兩儀劍法的同時劍氣已經近身，這才發現大勢不好，匆忙一擋。

屈彩鳳自幼得遇奇緣，誤食過火睛怪蛇，得長十餘年內力，加之身為林鳳仙的愛徒，一向從小服食各種靈丹妙藥助其修為，雖是年紀與李滄行相若，卻已有中年高手的內家修為。

兩儀劍法講究以氣御劍，內力後發而先至，威力何等驚人，李滄行雖然擋了一下，卻是虎口劇震，幾乎握不住劍，劍氣則把衣衫畫出數十道裂痕，掛在身上如一條條的布條一樣，前胸小腹的肌肉上一下子多了十餘道淺淺的劍痕。

所幸屈彩鳳功力尚淺，一丈距離還不至於劍氣透體，饒是如此，傷口仍有的深達半寸，開始微微地滲出血來。屈彩鳳愣了一下，卻又畫出兩個圈，杏眼圓睜地繼續攻了過來，這一回，人劍合一，誓要將李滄行徹底擊倒。

這一刻，**李滄行的眼中沒了屈彩鳳，只剩一個光圈中婀娜起舞的身影**：大大的眼睛含情脈脈地看著自己，長長的睫毛上滾動著相思的淚珠，厚厚的小嘴唇嘟著，似是在怪自己不解風情；最是動人那一抹紅黑色的風情，烏雲一樣的黑髮，紅得炫目讓人如癡如醉的唇，**這分明是自己朝思暮想的小師妹**。

李滄行手中的劍漸漸地開始發起了光，一種久違的感覺在他體內復蘇：是的，**兩儀劍法，小師妹，她就在那裡，等著我李滄行與之共舞**。

他手中的劍不由自主地也畫出兩個大圈，從極快到極慢，與屈彩鳳攻過來的劍正好正反相交。長劍的碰撞中，二人的身形也撞到了一處，四目相對，心意相通。

這一刻，李滄行的眼裡是沐蘭湘，而屈彩鳳的秀目中卻滿是徐林宗的影子，不自覺地，兩人伸出了手臂挽在一起，共同使起兩儀劍法來。

圍觀的人們都吃驚地張大了嘴巴。這一刻開始，兩人不再以劍互擊，而像是一對同門師兄妹，不，應該說**更像是一對愛侶，在使著合璧的劍法**。

李滄行的手熟練地在屈彩鳳的粉肩、腋下、軟腰、翹臀、小腿、足底活動著，一次次地摟著她，托著她；一次次地把她向空中以各種不同地角度拋出去。屈彩鳳則化身成一個個旋轉的劍圈，在空中作出四圈五圈的旋轉，身姿如蝶舞翩躚，是那麼地曼妙。

所有人都屏住了呼吸，看著這美侖美奐的表現，既是力與美的結合，更是絕大多數人從未見過的精妙絕倫的劍法。

不知過了多久，一套兩儀劍法使到了最後一招兩儀合璧，二人四目相對，左臂互握，舉劍向天，倏地分開。男極快，女極慢，二人畫出周身的光圈，漸漸地他的身影淹沒在光圈與捲起的塵土中。

突然二人同時大喝一聲，兩把劍高速地旋轉起來，向前飛出，所過之處一片天崩地裂，強烈的劍氣，連隔了十餘丈遠的圍觀眾人也感覺如小刀在割肌膚，忍不住紛紛後退。

漫天的煙塵散去後，只見兩個身影緊緊地抱在一起，屈彩鳳滿眼是淚水，螓首深深地埋在李滄行裸露的胸膛上，癡癡地呢喃著：「林宗，林宗，你終於回來了，我等得你好苦。」

李滄行則如中了魔怔，嘴脣輕輕地動著，卻說不出話，從口型上看，他分明在呼喚著小師妹三個字。

屈彩鳳在李滄行的懷中，如夢囈一樣地自言自語：

「林宗，你去了哪裡？這幾年找得我好苦！你答應過我，說你回了武當稟告師父後，便與我退隱江湖，再不問世事，你答應要回巫山派帶我一起走！你知道嗎，你不在的時候，我白天強顏歡笑，為了巫山派的生存而奮戰；晚上夢裡俱是你的身影，我不相信你會就這麼不在了！你說過你會回來帶我走的，我信你，今天你果然來了，彩鳳好開心！這回我說什麼也不會再讓你離開我了！」

說著說著，她環著李滄行的手更緊了。

李滄行在見到屈彩鳳使出兩儀劍法的時候，就一直處於幻覺之中，腦海裡的一切像是每天晚上做的夢一樣，那麼地虛幻，卻是那麼地真實。

一陣香氣鑽進了李滄行的鼻子，讓他瞬間清醒，這不是沐蘭湘慣用的蘭花的幽幽清香，而是一種牡丹花混合著少女汗香的特殊氣味，馥鬱誘人，讓人沉醉，**但絕不是小師妹的味道**。

李滄行一下子回過了神，捧起了那顆緊緊貼著自己胸膛的臉，一雙水汪汪的大眼睛正含情脈脈地盯著自己，眼中盡是說不完的愛意。

突然這眼神中的情愛變成了吃驚，眼睛的主人一下子意識到了什麼，環著自己的玉臂猛的縮了回去，狠狠地推開了自己，緊接著，一隻纖纖柔荑帶著虎虎地風聲和長長的指甲啪地落在了李滄行的臉上。

火辣辣的感覺一下子佔據了李滄行的左半邊大腦，左耳瞬間聽不到任何聲音，右耳中卻傳入屈彩鳳憤怒變調的怒吼聲：「臭流氓，我殺了你！」

李滄行的腦子還是一片糊塗，他怎麼也沒想明白，**明明剛才眼中的小師妹為何突然變成了一個怒不可遏的賊婆娘**。那一巴掌上臉的時候，他甚至沒想到閃避，在感覺到疼痛以前，李滄行只感覺到左耳嗡嗡直響，什麼也聽不見，眼前金星直冒。

突然間李滄行左肩一痛，再一看眼前，屈彩鳳那張美麗的臉已經因為咬牙切齒而變了形狀，右手握著一把短劍，劍身插進自己的左肩。

李滄行覺得自己像是飄上了雲端，就像上次腿差點讓小師妹砍掉的那種感覺，他能察覺到自己的身子在向後倒，耳邊傳來一聲怒吼：「好狠的潑婦！」在失去意識前，他彷彿看到一個高大的身影掠到自己前面，攻向屈彩鳳，另一個白色的身影則飛了過來，接住了自己正在落下的身軀……

當李滄行醒過來的時候，天光已經大亮，鑽進他鼻子裡的是刺鼻的藥味，再就是一陣淡淡的茉莉花的清香。

他轉眼一看，發現自己正躺在一張柔軟的床上，床邊掛著輕紗羅幔，一邊的桌上放著香爐，屋內的廳裡，八仙桌上擺著一盆茉莉花，這房間與沐蘭湘的臥室是那麼地相似。

李滄行意識到這是一處女子的香閨，驚得差點要跳起來，稍稍一動，左肩卻是一陣劇痛，這才發現自己的左肩已被牢牢地用繃帶綁住。

一個粉衣女子端了一碗藥走了進來，一見李滄行如此，急忙把藥碗向桌上一扔，奔了過來。

女子扶著李滄行的背，讓他躺了下去，嘴裡說道：「李少俠，你的傷沒好，現在不能亂動。你就老實躺下吧，我來伺候你吃藥。」

李滄行轉眼望去，一張清秀可人的瓜子臉映入眼簾，正是那「花中劍」柳如煙：「多謝柳姑娘了，我這是在哪裡？那天後來怎麼樣了。」

柳如煙道：「你現在是在峨嵋，在我的閨房裡。」

「什麼！」李滄行一聽大驚，忙掙扎著要起身。

柳如煙板起了臉：「不許亂動，再動！我要拿你試試師姐教的點穴功夫了！哼，我還沒在哪個男人身上試過呢，我看你皮糙肉厚的，點錯了應該也沒事，你說是吧，李少俠。」

李滄行知道此女性格衝動，做事不計後果，自己好漢不吃眼前虧，當下不再試圖起身。

一抹笑容在柳如煙俏臉上浮現：「這就對了嘛，你現在是病人，也是我們峨嵋派的恩人和客人，當然要好好照顧。上次在黃山的時候，我衝撞了你，這回把自己的房間讓給你，就當賠罪啦。你要是還不滿意，等你傷好了以後，讓你再打我一頓好了。」

李滄行給這可愛的小姑娘弄得哭笑不得：「好了好了，柳姑娘，你還沒說在下怎麼會在這裡呢！那天後來發生什麼事了？我只記得給屈彩鳳那女魔頭刺了一劍，後來就什麼都不知道了。」

柳如煙一下子來了氣：「別提那潑婦，呸，好不要臉，明明是她自己抱你的，卻又大喊大叫，好像被你占了多少便宜似的，打了一耳光不知足，還拿劍刺你，幸虧她只是拔了隨身的短劍，情急之下發的蠻力，沒有刺準，你的動脈沒被刺到，不然你這條手臂怕是難保了。後來司馬大俠突然出現，幫你擋下了第二劍，還打了那賊婆娘幾個耳光，我們姐妹們看得可解氣了。」

李滄行一聽有司馬鴻的消息，忙問道：「司馬大俠趕來了嗎？」

柳如煙回道：「是的，他教訓了那賊潑婦之後，本可以殺了她的，但那賊婆娘哭哭啼啼的，他一個大男人不忍下手，就放過了她。」

李滄行轉問：「展兄弟呢？」

柳如煙笑道：「司馬大俠說，展少俠在後山與那上官武交手，他放心不下，跑來寨前查看，幸虧他趕上了，不然那賊婆娘發瘋撒潑，真有可能要了你的命呢。」

李滄行長出了一口氣：「有司馬兄在，自然可以技震群魔。奇怪，魔教的人既退，以司馬兄的性格為何不就此一鼓作氣，滅了巫山派呢？」

柳如煙伸出手來，摸了摸李滄行的額頭：

「李少俠，你是不是中劍發燒，腦子不太清楚了呀？峽中有賊人的埋伏，山道上還有他們的機關，既然是作了準備，自然不可能這麼容易滅掉的。再說那魔教的人只說放我等走，可沒說不幫著巫山派防守，真要繼續打下去，我看我們是占不到便宜的，這個道理你會不明白？」

李滄行臉紅無比，心中暗罵自己考慮不周：「李某慚愧，可能真是如姑娘所說，大病在身影響思考了，那現在司馬大俠與展兄弟何在？李某還沒謝過他們呢。」

柳如煙道：「華山雙俠已經回去了，臨行前囑咐我們一定要好好照顧你，司馬大俠還說，等你好了以後，要和你一醉方休呢。」

李滄行點點頭：「原來如此，不過在下身為男子，叨擾貴派女菩薩們的清修恐怕不妥，還請柳姑娘安排在下去別處養傷。」

柳如煙如花的笑臉一下子變了色，小嘴也撅了起來：「李少俠可是嫌棄我峨嵋粗茶淡飯，招待不周麼，還是覺得柳某是輕浮女子，避之唯恐不及？」

李滄行舌頭一下子大了，忙連聲否認：「不不不，在下自幼武當長大，哪會嫌棄貴派？柳姑娘更是冰清玉潔，你說的這些想法，在下從未有過，只是李某覺得自己一個大男人住在貴派，影響各位女菩薩清修，時間長了，傳出去怕對各位聲譽有影響。」

柳如煙一下子站起了身，正色道：「李少俠，我峨嵋派雖皆是女流之輩，也懂得知恩圖報的道理。江湖兒女本就沒那麼多的繁文縟節，自己行得端坐得正即可。我柳如煙為報你幾次救我之恩，把房間讓給你養傷，這又能讓人說出什麼不是了？一些無恥之徒要是沒事亂嚼舌頭，沒遇到的話，我只當他們放屁，若是讓本姑娘遇上了，哼！一定當面抽他耳光！你一個大男人忸忸捏捏的，實在與你那晚的英雄氣概不符啊。」

柳如煙一席話說得義正辭言，配合著她一下子變得剛毅的表情，李滄行不禁默然。

突然李滄行又想到了一個問題：「柳姑娘，我昏迷到現在，過了幾天了？」

柳如煙掐指一算：「今天是第六天。」

「這麼久？那這幾天我的藥是誰換的？還有，我身上的衣服去哪裡了？」李滄行察覺到自己身上衣服褲子都被換過，右手一摸，連內褲也不是當時身上所穿的，趕忙問道。

柳如煙紅著臉道：「你傷處的藥自是我幫你換的，至於你那身衣服，又臭又髒，實在沒法再穿，因此湯師妹前天連夜給你縫了兩身病號服，由師祖親自給你換上的。以後一直到你傷好，你的藥都由我來換，人也由我來照顧。」

李滄行聽得給自己換衣服的是師祖，奇道：「貴派還有師祖？」

柳如煙點點頭：「是的，是本派**前任掌門曉風師太的師父，前前任掌門了因師太**。」

李滄行吃驚道：「啊，她老人家還在呀，不是風傳她早已仙逝了嗎？如果她還在，掌門之位怎麼可能傳給自己的徒弟呢？」

柳如煙嘆了口氣：「唉，這些本是本派內部秘事，不足為外人道，但李少俠乃是本派恩人，而且也去過奔馬山莊，就不瞞你了。當年霍達克來峨嵋學藝的時候，本派掌門正是了因師太，她愛惜人才，為了留住這絕世的好苗子，不惜授之以峨嵋絕學幻影無形劍。

「而且有件事你還不知道，當年霍達克來峨嵋時，曾與恆山派前任掌門曉淨師太相戀，當時曉淨師太還未出家，閨名叫若影，也是了因師太最得意的弟子，師太見二人情深意重，才傳了那霍達克幻影無形劍法。

「沒想到姓霍的學了劍法後就要離開峨嵋，說是在家早有婚約，了因師太強留其不得，只能逼其立下不將劍法外傳的重誓後放其離開，曉淨師太受此打擊，也離開峨嵋，前往峨嵋別院恆山派任了住持。事後了因師祖引咎辭職，自誓從此不離峨嵋一步，掌門也讓給了曉風師太，這些都是本派難以啟齒的往事。」

李滄行聽聞這多陳年秘事，不禁說道：「在下並非峨嵋中人，姑娘其實不必將了因師太之事見告在下。」

柳如煙道：「因為師祖要見你。」

李滄行奇道：「老師太為何要召見在下？」

柳如煙搖搖頭：「如煙不知，林師姐把你的事跟師祖稟報過後，師祖沉吟了一陣後，提出由她來幫你換病號服，換完以後，她便跟我們交代，等你醒來後務必要通知她一聲，她有話要和你說。」

李滄行突然想起落月峽之事，問道：「柳姑娘，上次我打死向老魔的事，老師太知道嗎？」

柳如煙臉上飛過兩片紅雲，一閃即沒：「嗯，此事本派只有林師姐、我和師祖三個人知道，後來師祖聽說你離開武當後，就命我們弟子下山四處找你，吩咐如果找到了，一定要想辦法帶回峨嵋。李少俠，雖然猜測長輩的心思不太好，但我猜測師祖是看上你的武功和人品了，有意邀你加盟我派。」

李滄行忙擺手道：「這可使不得，李某乃是武當棄徒，又累及三清觀出事，無顏再入正派，而且……」

李滄行看了一眼柳如煙，話到嘴邊又咽了回去。

柳如煙不高興了，哼了聲道：「而且什麼？而且你李少俠一個大男人，身上又負了淫賊之名，在我峨嵋怕影響我們的名聲，對吧？對你來說，出入花叢也不方便，不自由。李少俠，我說的對麼？」

李滄行默不作聲，算是承認。

柳如煙正色道：「且不說師祖是否是真有這心思，如果她真有這心思，我柳如煙第一個舉雙手支持，李少俠，你的人品我親眼見識過，我信得過你，你們武當派一堆大男人，沐蘭湘一個女子不也照樣與你們共存嗎？以前江湖上傳言，說你在武當山欺負了她，但我柳如煙不信，我親眼見你那麼奮不顧身地保護過她，連自己的性命也不要，對這樣的女子你怎麼會下得了手，違背她的意願欺負她？何況這幾年沐姑娘一直在江湖上四處找你，如果不是心中有你，怎麼可能這樣不顧名節地四處去尋找一個淫賊？還有……」

柳如煙越說越激動。

李滄行嘆了口氣：「姑娘冰雪聰明，在下有所不及，你所說的，正是在下所憂慮的，在下此生別無他念，唯願師妹平安快樂。在下身在峨嵋，與師妹的距離只會越來越遠，還是養好了傷後，速速離開的好。」

「這個你不必擔心，武當峨嵋幾百年來一向關係親密，早有殷六俠與本派紀曉芙前輩的婚約在前，就是沐姑娘的父親黑石道長，入道前也娶的是我峨嵋的女俠，你若放不下你師妹，在我峨嵋堂堂正正地立足後，師祖自會向紫光掌門與黑石道長提親的，至於沐姑娘，她的行為早就表明了她的心跡。」

柳如煙說這些話的時候，眼睛看向了別處，李滄行感覺到她眼中帶著一絲淡淡的憂傷，不過她很快又恢復了平時的神態自若，爽朗地道：

「李少俠你且先休息，晚上師祖會來探望，到時候還望你能開誠布公地和她談談。如果是希望你加盟的事，還請萬勿拒絕，我們峨嵋上下的姐妹都希望你能留下。哦，說了半天話，藥快涼了，我這就端過來。」

柳如煙照顧著李滄行喝下這碗湯藥後告辭而去，李滄行則陷入了深深地思索之中。

他梳理著最近發生的事，紫光給他的任務是盡可能地打入巫山派，從那日的情形看，如果當時故意敗給屈彩鳳，是有可能加入巫山派的。

但不知為何，他對巫山派、對屈彩鳳有種本能的厭惡，甚至連那把在峽口的大刀，儘管是第一次見到，但莫名便有種強烈的憎恨感，自己也說不出原因，只是有一點他可以肯定，討厭那刀的原因絕對不是冷天雄，因為在冷天雄站上那大刀前，自己就打心眼裡討厭那刀了。

現在仔細回想起來，屈彩鳳似乎對自己有強烈的興趣，至少在把自己認錯成徐林宗之前，從她的眼神裡能看出她對自己的好感，當然，這種好感僅限於希望得到一個有力的幫手而已。巫山派現在人才凋零，從當日一戰可以看出，幾無可用之才，這種情況下，對自己這樣的人自是會全力招攬。

然而巫山派顯然與魔教已經聯手合作，真要加入巫山派，難保不與魔教的人經常打交道，這實非自己所願，想及於此，心中的一絲遺憾也煙消雲散了。

加入峨嵋是他的第二選擇，如果說去巫山派是要查太祖錦囊的下落，那在峨嵋需要查的就是錦衣衛的內鬼了。

從目前的情況看，峨嵋的內鬼似乎並沒有折騰出什麼大的動靜來，曉風師太在落月峽力戰而亡，應該也不是內鬼下的毒手，峨嵋派上下全是女子，打入峨嵋的難度，比打入別的門派難度要大上不少。

想及於此，李滄行突然覺得峨嵋未必會有錦衣衛的內線，姑且借養傷為由待上幾個月，查探一番再說。

他不禁又想起了柳如煙，這姑娘和沐蘭湘年齡相仿，一樣的嬌俏可愛，一樣的大眼睛長睫毛，一樣的愛使小性子，甚至連身形長相也有幾分相似。

回想剛才她跟自己說的話，在說到師祖會幫他向小師妹提親時，眼神中的淡淡憂傷和不自然的神態，再想到那晚自己在搖搖欲墜時，是她第一個衝上來扶住自己，來峨嵋後又把自己的房間讓給他，李滄行心中一驚，恍然悟到這姑娘是對自己有意思。

李滄行一聲「不可以」脫口而出，他對柳如煙有莫名的好感，其實是因為小師妹的關係，一想到小師妹，李滄行的臉上不覺綻放出笑容，想像沐蘭湘在武當練劍的俏影，右手下意識地探向懷中。

突然他臉色大變，大叫道：「柳姑娘，我的舊衣物呢？」

柳如煙應聲而入，看到李滄行著急的樣子，趕忙坐到床邊用手輕輕地按在他身上，意思叫他不要亂動，然後柔聲問：「李少俠可是想找什麼物事？」

李滄行急得額頭上汗直冒：「我的衣服和隨身物品呢？」

柳如煙道：「你那衣褲實在太破太髒了，洗都沒法洗，師祖吩咐把它們給燒掉了。」

李滄行險些暈過去：「那我隨身的東西呢？」

柳如煙笑道：「你是說盤纏和長劍？嘻嘻，李少俠，沒想到你在江湖行走，居然窮得身上只有幾個銅板了，要不是那天碰到我們，恐怕你只能加入丐幫了吧。」

李滄行心中暗暗惱火：「姑娘莫要笑話我，男子漢大丈夫，不會被幾文錢給難倒的，實在不行我可以打工，可以當保鏢，總是餓不死的。對了，我的東西呢？」

柳如煙道：「那幾個銅板都收好了，你的長劍，那天打鬥的時候給震飛了，軟劍則被宇文邪給震斷了，我們走的時候太匆忙，沒來得及撿，我們不少姐妹那天也失了武器，你若是心疼武器，等你傷好了，我們給你再打一把就是了，反正你那劍好像也不是啥名劍，只是尋常的長劍而已。」

「還有別的東西呢？」李滄行恨不得馬上就要下床去找。

柳如煙噗嗤一笑，從懷裡摸出一個黑糊糊的麵團，笑道：「李少俠，你說的是這個嗎？」

李滄行一看東西還在，心中一塊大石頭總算落了地，道：「謝天謝地，你總算沒把這東西給扔了。」說話間，從柳如煙的手裡接過了月餅。

這東西對他有太多特殊的意義，甚至已經成了他生命的一部分。在他心中，**這塊月餅就是小師妹，永遠提醒著他這輩子最不能割捨放棄的是什麼。**

柳如煙取笑道：「李少俠，你這是餓了多少天啦？怎麼隨身帶的乾糧都餿成這樣了也不捨得扔掉？那日幫你整理隨身衣物的時候，臭得我幾乎掩著鼻子要把它扔掉，後來想想，是你的東西最好不要動，衣服爛得不能再穿了只能燒掉，隨身的東西可是一樣沒扔，就這臭東西我也是洗乾淨了，幫你留著呢。」

李滄行正色道：「我小時候在武當練功時，犯了門規，被師父處罰不准吃飯，後來餓得受不了，跑到廚房偷了這個麵團吃，給師父發現打了個半死。師父說，我們武當弟子名門正派，打死也不能去偷去搶，我為了提醒自己引以鑑戒，就把這個麵團一直隨身帶著，以警示自己要記得師父的話。你看我一路落魄潦倒，也沒有去偷去搶，就是要謹記師父的教誨，雖然我現在已經不是武當弟子了，但不能失了做人的根本。」

李滄行說得是義正詞嚴，連自己都被這個謊言感動得有點鼻子發酸，一想到澄光師父為救自己而死，差點要落下淚來。

柳如煙美麗的大眼睛怔怔地看著李滄行，也是盈盈的淚波在打轉：

「想不到你這個麵團背後還有這故事。李少俠，你們武當這麼嚴厲？我們峨嵋可從沒有這樣餓過我，頂多是練功練不好罰紮馬步罷了，你以後要是留在我們峨嵋，可比在武當要好得多了。聽我的，如果師祖要你留下，千萬不要拒絕啊。」說著，柳如煙的手不由得抓住了李滄行的手，情真意切自然流露。

「柳姑娘，多謝了。」李滄行抽出自己的手，問道：「老師太什麼時候來？

我現在這樣一定很難看吧，見貴派的前輩高人不能太不成樣子。」

「剛才我已經稟報過師祖了，她應該正在來的路上，怎麼，你還想沐浴更衣麼？」柳如煙掩嘴笑道：「想不到你這麼一個大男人還有這講究呀，不過話說李少俠你都多少天沒洗澡了？這可是六月天，你要是在我房裡住上一個月，我的房間估計味道也要跟豬圈沒兩樣啦。」

李滄行聞言大窘。他一向不拘小節，在武當和三清觀時，俱是師兄弟，大家平時練武也習慣了男子漢的味道。難怪小師妹能聞著味認出自己。

李滄行紅著臉道：「不好意思，在下隨便慣了，而且流落江湖，四海為家，自然不如在幫裡時方便。以前在武當時，我基本上十天洗一次澡，味道沒這麼重。」

「十天才洗一次?!天啊，難怪上次去武當總覺得有股怪味道，以後你要是在我們這裡紮根了，可得天天洗澡，後山就有個潭子可以洗澡，你可以……不對，你千萬不可以去那裡！」

柳如煙突然變得滿臉通紅，說話也變得吞吞吐吐起來，就像舌頭上打了一個結。

「為什麼又不能去了？」李滄行話一出口，立即想到了那水潭必定是峨嵋女俠們沐浴之處，自己一個大男人怎麼好去那裡！

柳如煙的臉已經紅到脖子根了：「哎呀，反正說了不許去就是不許去，那是我們峨嵋的禁地！總之你不許去，要洗澡，以後我們打水送到你房裡，會讓你天天洗的。這都三伏天了，你這麼臭，跑到哪裡都會讓人離你八丈遠的。」

李滄行自己也覺得身上黏乎乎的，這種樣子去見身為一派之尊的峨嵋師太，確實不太好，有失後輩的禮節，沉吟了一下，李滄行開口道：「那有勞柳姑娘為我打盆水來，天太熱了，涼水即可。」

柳如煙轉身離去，不一會兒帶著兩個雜役裝扮的中年婦人，抬著一個大木桶進來，上面還漂著花瓣。

柳如煙拿來一套白色衣褲，放在李滄行的床邊，道：「等會兒就換這套，洗的時候注意不要浸到傷口，浴布與胰子在床邊的櫃子裡，洗完後記得叫我，還要給你換藥。師祖有命，叫你沐浴後去她的修練室見她，掌門師姐也在。對了，記得洗完後身上抹這個。」

柳如煙說著把一盒藥膏放在了床邊櫃子上。

李滄行看著這藥膏，奇道：「這是什麼？」

「這是我們峨嵋特製的外敷傷藥紫菁玉蓉霜，你那日和那宇文邪拳打腳踢的，身上到處青一塊紫一塊，腫得跟小饅頭一樣，要不是天天抹這東西，你現在哪起得來床！」

「那這些天是誰幫我抹這東西？」李滄行突然想到了一個嚴重的問題。

「自然是我啦！李少俠，今天你醒了，以後自己抹吧，背上抹不到的地方才叫我，而且一定要洗澡，這幾天我差點給你臭死了。」

一抹紅雲又上了柳如煙的臉，她扔下藥盒奔了出去，只留下同樣臊得滿臉通紅的李滄行在床上不知所措。

第五章

刮骨療毒

老尼將一根浸了藥水的棉條塞進李滄行的傷口，
又從另一端傷口處將其引出，輕輕地扯動布條，
來回清洗李滄行身體內部的傷口。
李滄行從小聽說關公刮骨療毒的往事，
想不到今天自己也給來了這麼一回。

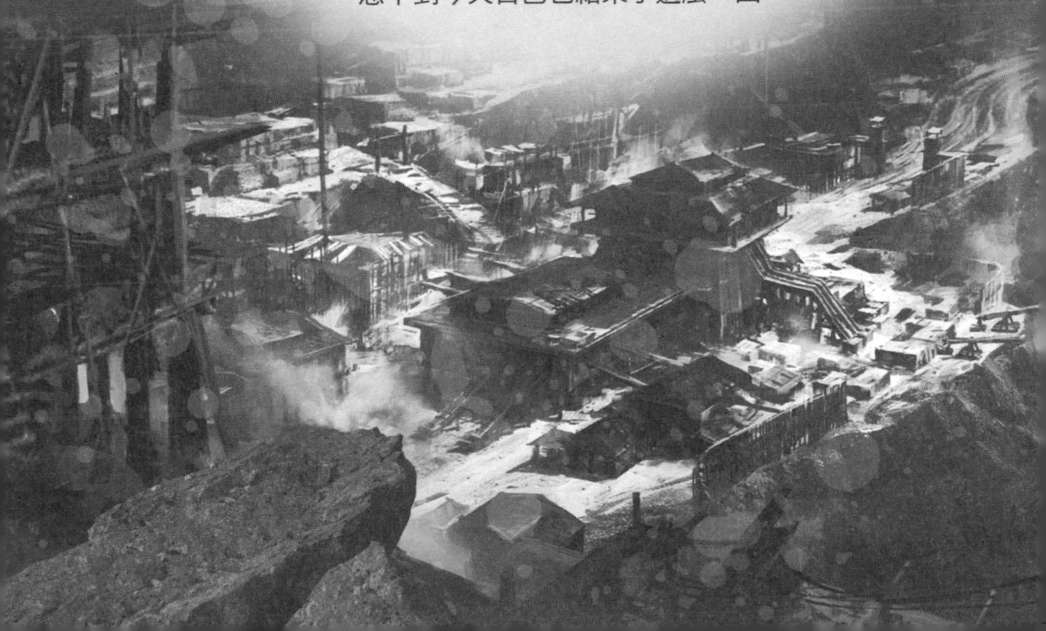

李滄行脫了衣服泡進木桶中，水極清冽，透著一股寒意，顯然是山中的溪水。他腳一入盆便覺寒氣刺骨，不由打了個冷顫，忙運起神火心法，一股暖流自丹田而生走遍全身，再入盆中才覺稍為舒適。

他小心地把水位浸至自己腋窩處，以免弄濕左肩部的傷口，入得澡盆後，李滄行才覺得渾身上下到處鑽心地疼，不僅是胸前給屈彩鳳兩儀劍氣劃出的那十餘道小傷口遇水而疼，全身上下青一塊紫一塊，鼓起來像是小小的肌肉塊。

李滄行自下山與人實戰以來，還是第一次如此拳腳肉搏，內臟都感覺快被打爆，當時尚不覺得，這會兒泡在澡盆裡痛得簡直無法用語言形容。

一想到自己現在赤身露體，也不好叫人來倒些跌打粉和壯骨酒之類的東西在盆裡化瘀活血，只得抱元守一，運起武當正宗純陽無極功。不一會，李滄行便物我兩忘，頭上開始騰騰地冒出白氣。

真氣運行兩個周天後，李滄行睜開眼睛，只覺神清氣爽。發現天色已黑，竟然已到夜裡，心下暗叫該死，自己只顧運功，竟然誤了與師太相約之事，這黑燈瞎火的又不便起身更衣，只好叫了聲：「有人在嗎？」

「李少俠運完功了呀，我怕你在裡面淹死了呢。嘻嘻，要不要小妹再去給你換桶水，你晚上就在盆裡睡覺如何？」柳如煙俏皮的聲音傳了進來。

「柳姑娘莫開玩笑了，可有燈燭先放進來？我更了衣後還要去見老師太和林掌門呢。」

柳如煙端著燭臺進了屋，放在外面的桌上後走了出去。

李滄行看看水桶，只見一桶清冽的水已經變得烏黑混濁，上面還漂著一層像是汙垢之物，這是自己剛才功行全身，從毛孔裡將毒素淤血逼出，加上身上的泥垢泡久了自然脫落，以至如此。

這番泡完，他身上的疼痛感減輕了不少，起身將身子擦拭了，又將身上腿上瘀青腫脹之處抹上紫菁玉蓉霜，一觸及肌膚，冰涼爽滑，入膚即化，頓時感覺又舒服許多。

李滄行穿好褲子後，後背及左肩傷處自己實在無法處理，只好趴在床上喚柳如煙入內幫忙上藥。

柳如煙看那木桶裡的黑水，不由捂起了鼻子：「哎呀，李少俠，你是我在這世上見過最髒最臭的男人啦！你絕對應該加入丐幫，公孫幫主都不像你這樣呢。」言罷，命那兩名中年僕婦將木桶端出。

李滄行頗不好意思，只能裝聾作啞，柳如煙的纖纖素手抹了紫菁玉蓉霜，在李滄行的後背處細細地塗抹了一圈，最後只剩下左肩的傷處。

她盯著繃帶道：「李少俠，你可千萬要忍著痛，我去喚幾位師姐妹來。」

片刻之後，柳如煙進房扶著李滄行走到了院外，只見外面點起了火把，照得燈火通明，院中放著一張大鐵床，十餘名峨嵋弟子，有的持火把，有的持繩索，立於院中。

林瑤仙與一位年約七旬，寶相莊嚴的老尼也站在那裡，地上還擺了幾個金盆，一個藥盂，一罈燒刀子烈酒。

一見李滄行，女尼們皆合十行禮，俗家弟子也都以平輩禮相見，只有那老尼一動不動，李滄行連忙彎腰回禮。

那老尼開口道：「李少俠，你肩上的傷勢有點麻煩，傷你的刀上有毒，而且刀勢貫穿身體，直透後背，所幸未曾傷到肩胛骨與琵琶骨，換藥時需要以棉條浸解毒之藥，穿過體內清洗，期間劇痛非常人所能承受，需要幾位弟子捆住你手腳後方可施行，你可做好了準備？」

李滄行沒想到屈彩鳳的短刀上居然塗了毒，脫口而出：「他奶奶的，好狠的賊婆娘。」隨即意識到自己口無遮攔，惹人誤解，忙解釋道：「神尼明鑑，晚輩罵的是屈彩鳳那潑婦，萬莫誤會。」

老尼走近李滄行，解開他肩上的繃帶，李滄行只覺一陣腥氣撲鼻而來，差點要嘔吐出來，扭頭一看，差點暈了過去，左肩上一處長六寸寬有三分的傷口，傷處皮肉外翻，完全成紫黑色，向外流著黑糊糊的膿水，包著的時候不覺得，等拆了繃帶，見了風，立時痛入骨骼，李滄行差點叫出聲來！

老尼看了以後也皺了皺眉：「李少俠，我們每次上完藥後，會適量加入些麻沸散，以減輕你的疼痛，這是你纏著繃帶時不覺得疼痛的原因，但相對的，你的左臂也會失去知覺，所以這麻沸散的分量不能太多，免得對你日後左臂的功能造成影響，現在老尼要上藥了。」

老尼吩咐柳如煙端了一個盆，放在鐵床背面李滄行後背處，又讓林瑤仙在一邊端了一個金盆，裡面盛了藥水，散發出一股刺鼻的味道，仔細一看，還浸著幾根棉布條。

老尼突然出手如風，點了李滄行胸前七八處大穴，李滄行一下子便動彈不得，隨後她又喝了一大口烈酒，「噗」地一口噴在李滄行左肩的傷處，李滄行雖然不能再行動，卻是異常的清醒與敏感，烈酒噴到傷處，就如幾百隻小蟲子在體內亂爬，鑽心般的痛，實在是世間難得一見的酷刑。

饒是李滄行錚錚鐵漢，也痛得差點要叫出聲來，視線模糊中，卻看到床邊柳如煙清秀的臉上盡是淚痕，美麗的大眼睛就像泡在水裡一樣，眼神中充滿了憐憫與悲傷，她的手緊緊地抓住自己的手，掌心盡是汗水，李滄行到了嘴邊的「哎喲」一聲又吞了回去，手緊緊地抓住了柳如煙的柔荑。

精神恍惚間，一種從未有過的疼痛清楚地鑽進李滄行的腦子裡，讓他快要暈死過去，一看自己的左肩，原來是老尼將一根浸了藥水的棉條塞進李滄行的傷口，又從背上另一端的傷口處由林瑤仙將其引出，二人合力，輕輕地扯動布條，在來回清洗李滄行身體內部的傷口。李滄行從小聽說書裡講過關公刮骨療毒的往事，想不到今天自己也給來了這麼一回。

他發了狂地想要扭動自己的身軀與四肢，以減輕自己左肩的疼痛，卻是手腳被死死地捆住壓住，身體則被點了要穴動彈不得，豆大的汗珠布滿了腦門，涔涔流下，連褲襠處都忍不住尿了出來，他的牙齒咬得咯咯作響，忍不住要叫出聲來。

一邊的柳如煙早已哭得如淚人兒一樣，顫抖著聲音道：「李少俠，你若是實在痛不過了，就叫出聲來，別這樣硬撐著，讓人實在看了難受。」

李滄行正想順著這話叫出聲來，老尼姑冷冰冰的聲音鑽進耳朵裡：「想叫就叫吧，反正你們武當的人一向受不得苦，你就算現在離了武當也是一樣。」

聽了老尼這話，李滄行心頭無名火起，當即硬生生地把到了嘴邊的呻吟聲又給咽了回去，直把鋼牙咬碎也沒吭一聲，只聽到自己的血及毒膿滴落在金盆裡的嘀噠聲。

如此這般，老尼等人忙活了大半個時辰，總算把三根棉布條全部用完了，徹底清洗了一遍傷處。李滄行覺得左臂彷彿不再是自己的，連叫疼的力氣也沒了。他心裡暗想：人世間最痛最苦的刑罰也不過如此吧。

只見老尼也是滿頭大汗，一邊在他的傷處塗抹著藥盂裡的藥泥，一邊道：「好小子，果然是條硬骨頭的鐵漢，古有關聖人刮骨療毒，你也不比他差到哪裡啊！」

李滄行再也支持不住，眼睛一黑，人又暈了過去。

等到李滄行再次睜開眼時，又躺回了柳如煙的床上，左肩還是和那天醒來時一樣，沒有什麼感覺。

一陣淡淡的茉莉香氣入鼻，一轉頭發現柳如煙正倚著床頭櫃在打盹，李滄行見她睡得正香，便打消了叫醒她的念頭，稍一動身子，牽動了左肩，一股鑽心般疼痛一下子又襲來，疼得他忍不住「哎喲」一聲叫了出來。

柳如煙被聲音驚醒，忙扶著他躺好，柔聲道：「李少俠，怎麼醒了也不叫我一聲？你現在左肩的傷勢是關鍵時刻，切不可亂動。師太那天看過你傷，說毒已經清得差不多了，以後不需要再像那次清洗傷口了，只要每日在傷處上藥即可。」

李滄行聽了心中大喜，委實鬆了一口氣，問道：「柳姑娘，在下這次昏迷了幾天？」

柳如煙眨了眨眼睛：「這次只暈了一天，你是前天夜裡換的藥。」

李滄行嘆了口氣：「奇怪，在下在武當時一向自覺體質不錯，入江湖以來也受過幾次重創，從沒像這次這樣連暈個六七天，我這是怎麼了？」

「聽師祖說，賊婆娘刀上的毒非常厲害，是那種**苗疆的蠱毒**，可以隨血液運行全身，深入臟腑，帶你回峨嵋時，已經是傷後的第三天了，幸虧司馬大俠和展大俠一路輪流背你，不然再遲個半日，恐怕師祖也救不了你了。至於你的暈迷，乃是解毒藥入體後，與那毒蠱交攻，導致你高燒不退，昏迷不醒，你剛來這裡時也清洗過一次傷口，那時你居然都沒疼醒，其實最危險的時候就是那時候，要是沒醒過來，就會這麼去了。李大哥……我可以這樣叫你嗎？」

柳如煙說到激動處，「李大哥」三個字脫口而出，又怕不妥，遲疑著問道。

「無妨，柳姑娘若不嫌棄在下，以後不妨兄妹相稱。」李滄行心中暗暗叫苦，卻不好意思當面拒絕她。

柳如煙秀眉一揚：「嘻嘻，那以後就叫你李大哥啦。李大哥，你不知道你那天醒過來，我有多開心呢，只是我也不知道師祖到了晚上要那樣換藥，第一次換藥只是外敷罷了，那晚的換藥才是最關鍵的，師祖說一定要趁你剛醒時，也是體力最好的時候換，不然時間拖得越久，你越危險。」

李滄行感激地說道：「嗯，神尼醫術通神，峨嵋聖藥果然不同凡響。柳姑娘的恩情在下也永生難忘。」

柳如煙不高興地撅起了小嘴：「都說了兄妹相稱啦，還叫柳姑娘，多見外呀。」

李滄行硬著頭皮說道：「是，柳……師妹。」

柳如煙「撲哧」一聲笑了出來：「好啦，今天的藥已經換過了，明天還是老規矩，洗完澡，自己塗外傷藥，換藥的事我來就行了，記住，天天洗澡哦。」

「你怎麼總說這個，我有這麼臭麼？」李滄行有些不高興了。

「哎呀，生氣了呀，叫你洗澡不是嫌你臭，你前幾天都臭成那樣了，我也沒嫌棄過你；再說了，你們男人哪像我們女兒家這麼講究，你若真是成天弄得香噴噴的，我反而不喜歡，一點男子氣概也沒有。」

柳如煙突然意識到自己說錯話了，忙道：「你別胡思亂想啊，我可沒那意思，我是說師祖交代了，你的傷口處這幾天要開始癒合了，不能成天汗涔涔地，不然汗水浸了傷處容易化膿，你現在穿的衣服，也都是短袖的絲綢衣。」

李滄行一看身上，果然又換了一身衣服，問：「前日裡洗澡時換的那套衣服呢？」

柳如煙臉上飛過一陣紅雲：「你還好意思提那個呀，你當時疼得逞英雄不叫，卻尿在褲襠裡，臊也臊死啦。」

李滄行腦子「轟」地一聲：「柳師妹不會是消遣我吧，我真這麼丟人了？」

柳如煙眼中閃過一絲異樣的光芒，癡癡地盯著李滄行道：「李大哥，你是頂天立地的英雄好漢，疼得小解失禁沒什麼丟人的，哪個人能做到像你這樣一聲都不吭啊！要換了如煙，光看都快要嚇暈了，要疼在自己身上，早不知道叫成啥樣啦。」

李滄行看她這樣盯著自己，忙移開了眼睛，柳如煙查覺到自己的失態，低下頭擺弄自己的衣角，不再說話。

李滄行覺得這樣下去不是辦法，於是道：「柳師妹，以後我醒了，這更衣的事還是我自己來吧，你我男女有別，終歸不太方便，你一待嫁姑娘，服侍我這大男人，時間長了別人會說閒話的。」

「李大哥你放心，幫你換衣服的是幫裡做雜役的大姐，都是成年婦人了，這點道理我們還是明白的。你好好休息吧，傷好了以後，師祖要見你。」

柳如煙聽出李滄行話中的意思，正色說完後，頭也不回地離開了房間。

到了晚上，李滄行洗過澡換過藥後，穿上特製的罩袍，在一名值守女尼的引導下，走到後山一處丹房中，前日那位老尼正坐在煙霧縹緲的香爐前，見李滄行進來，只微微地抬了抬眉毛，吩咐他坐在對面的一個蒲團上。

老尼道：「李少俠，在你與老尼談話前，可否答應老尼一件事？」

李滄行忙道：「師太請說。」

老尼的眼中神光閃爍：「**你能保證今夜與貧尼所言，句句屬實麼？**」

李滄行知道今天這談話很重要，容不得半句謊言：「這……晚輩盡力吧，如果實在有不方便回答的問題，可否容晚輩保持沉默？」

老尼的眉頭舒展了些：「很好，貧尼喜歡你的這份坦率，那現在貧尼就開始提問了。」

李滄行恭敬地道：「晚輩謹受教。」

老尼緩緩地開了口：「**少俠來我峨嵋，意欲何為？**」

李滄行沒想到這尼姑一來就如此開門見山，一時間竟不知如何回答，老尼銳利的眼神盯著他，如同那日初見雲涯子一樣，彷彿要看穿他的內心，這位老尼正是峨嵋派的前任掌門了因神尼。

李滄行心中飛快地計算著，最後他可以肯定這老尼絕不可能是錦衣衛的內鬼，吸了口氣，答道：「師太，現在是否只有我二人對話，沒有第三人？」

老尼點點頭：「不錯，此乃貧尼清修之所，非我傳喚，不得有人靠近。」

「既是如此，晚輩斗膽借一沙盤一用。」

了因雖不知他所為何事，但還是拍手讓室外守候的弟子取了一盤細沙進來，然後吩咐其遠離丹房，不許任何人入內。

李滄行待其走遠後，以食指在沙上寫道：「錦衣衛陸炳有聽風之術，難保他在各派的內奸中有人精通此術，為防萬一，晚輩今天的交談還請手談。」

了因眉頭一動，也寫道：「少俠果然有使命在身，你見過陸炳？」

「不瞞神尼，在下於落月峽之戰後，發現一切的事情都是來源於錦衣衛的一個巨大陰謀……」

於是李滄行詳細地把自己回武當後被人下藥陷害，在黃山與西域的經歷都細細寫了，只是略去了紫光派遣自己這一節。

這一寫就是四五個時辰，了因一邊看著一邊沉思，偶爾也手書交談，問了幾句，直到李滄行寫到自己前日在巫山派的那一戰才結束。

待李滄行寫完後，了因寫道：「少俠這些事情是自發行為，還是有命令在身？」

李滄行記得紫光曾經交代過自己，碰到正派裡能信任的前輩可以說出自己的身分，於是寫道：「在下是奉了紫光掌門之命，前往各派探查錦衣衛的臥底的。」

了因眼中閃過一絲失望：「這麼說你還是武當弟子了？」

李滄行搖搖頭，「其實在下也不知道，師伯當眾趕我出了門派，後來派給我任務時，也沒說我是不是還算武當弟子。雖然我在武當受人陷害，但畢竟是犯了淫戒，趕我出武當也是應該，即使想重回門牆，也要立功才行。」

了因滿意地點點頭：「嗯，第一個問題問完了，少俠果然誠實，我很欣賞。現在我要問第二個問題了。你那天赤手空拳打死老魔向天行是怎麼回事？」

李滄行不假思索地寫道：「據說那是天狼刀法，但我也不知道自己如何會使出那門功夫，師太您覺得在下這年紀和功力，可能練成那武功嗎？」

了因微微笑道：「確實，我看過你的身體骨骼，雖是極為難得的根骨，但要在你這二十出頭的年紀就練成陰陽交融、水火混元的內力也不太可能，貧尼探過你內息，也看過你全身，你分明還是童子之身，這就更不可能練那天狼刀法了。」

李滄行羞得滿臉通紅，寫道：「這功夫和是否童子之身有何關係？晚輩只聽說許多功夫需要童子之身才可以練啊。」

了因嘆了口氣，奮筆疾書：

「這天狼刀法會讓體內真氣暴走，因為其核心武功是魔教的毀滅十字刀與森羅萬象煞，所以原理應該大致相通，練到大成時需要全身真氣逆行，向下倒衝腎經、脾經、膀胱經，如是女子，氣可從下體排出，你是男子，則必會氣衝下身，爆裂欲炸，此時一定要**陰陽交合，以敗內火，不然一定會內火傷身，全身經脈炸裂而死**，所以此武功最好是男女雙修，行採補之事。

「林鳳仙當年被霍天都拋棄後，強練此功，差點走火入魔。她是女子，有排氣之處，武功如此之高亦不能免，你年紀輕輕，又無奇遇，要練成此神功，非熟諳房中之術，又有一甘心願為你獻身的武功高強女子方可，原來我聽說你對你師妹不軌，曾以為你是為修練此邪功，若果真如此，吾必將你斬殺，為武林除害，但今天親眼觀之，又似非如此，實在奇哉怪也。」

李滄行第一次聽到這麼多有關天狼刀法的事，這才明白了為何雲涯子當年要以春宮書來試探自己，連忙寫道：

「晚輩總覺得冥冥中有些力量在身，不僅這天狼劍法，連在武當從未學過的兩儀劍法，只要師妹在身邊使出，也會情不自禁地與她合使。那天在巫山派外與屈彩鳳比劍，晚輩就是見她使出兩儀劍法，因而情不自禁地與她合使，因為當時在晚輩眼裡把她看成了小師妹，但要是讓晚輩一個人，卻是無論如何也使不出這兩儀劍法來的。」

了因皺了皺眉頭：「此事真是匪夷所思，貧尼姑且信你。還有第三件事，請你如實回答。」

了因眼中突然神光暴漲，在沙盤上寫道：「你可願終生入我峨嵋？」

這個問題，李滄行倒是早有準備，迅速寫道：「晚輩一生別無他求，名利於我不過浮雲，唯願與我小師妹廝守終生，要達到這個目的，我必須破解整個錦衣衛的陰謀，不然的話，我永遠不知道他們什麼時候會向我、向小師妹下手。他們的黑手不止在武當，也可能在峨嵋，也可能在少林，也可能在丐幫，甚至會在魔教，在巫山派，所以晚輩實在難以保證一輩子待在峨嵋。晚輩並不貪圖峨嵋的武學，只想在這裡探查黑手，請師太明察。」

了因死死地盯著李滄行半天，最後嘆了口氣，道：「貧尼喜歡你的坦率與真誠，但實在不喜歡你這回答，你且先回吧，聊了一夜，現在應該是正午了，換了藥後早點歇息吧，其他的事等你復元後再說。」

接下來的三四天裡，李滄行每日都在那幾個僕婦的幫助下替左肩換藥，一開始痛不欲生，但一天天下來，疼痛感越來越小，傷口處開始結痂，身上的浮腫瘀青則在一兩天內便消得差不多了。

了因每日都來查看李滄行的傷勢，也驚訝於他的復元能力。每日裡送飯的都是那兩位幫他打洗澡水的中年僕婦，從那天以後，柳如煙一次也沒再來過。

這天夜裡，李滄行自覺恢復得差不多了，連日來每天都悶在房中，連大小解也只能在馬桶上解決，讓他頗不習慣，因此打定了主意，決定出門去找了因商量一下未來的事，找了院中的值守小尼通報後，被領到了了因的修練房。

這次了因事先擺上了一個沙盤，二人就在沙盤上寫字交流起來。

了因寫道：「看來你已經完全恢復了，李少俠，年輕人的身體就是好啊。」

李滄行笑了笑：「全賴貴派的靈丹妙藥與師太和眾位女俠的照顧。」

了因「嗯」了聲，寫道：「客套話不用說了，你接下來有什麼打算？」

李滄行看了一眼了因：「上次跟師太交過底了，在下意欲留在峨嵋查探是否有錦衣衛的內鬼，如果不方便的話，在下可以離開，前往別處。」

了因的表情變得嚴肅起來：「你上次的話我思量過，這幾天我也查過關於三清觀的事，聽說自你走後，火練子大肆地招收一些來歷不明的人加入，三清觀不少弟子對此都非常不滿，像火星子、火君子等弟子都離開了三清觀，看來你說的是事實，現在**三清觀已經落入了錦衣衛的掌控之中**，而且與寶相寺為了盜書的事，現在弄得是劍拔弩張，衝突一觸即發。」

李滄行擔心起火華子和徐林宗：「可有火華師兄和徐師弟的消息？」

了因寫道：「火華子前段時間在河南一帶出現，好像一邊在幫人相面，一邊在查找火松子的下落，至於徐林宗，仍然音訊全無。三清觀的事對我們峨嵋是前車之鑑，如果真有火練子這樣的人，那對我們的威脅就太大了，貧尼現在雖然不是掌門，但同樣要保峨嵋百年基業，所以我和瑤仙商量過了，以記名弟子的身分將你留下。」

「林掌門是否也知道在下的身分了？」李滄行順口問道。

了因笑笑說：「她是掌門，也是可以信任的人。因為她出生在峨嵋，而且，這件事事關峨嵋前途，不可能向掌門隱瞞。貧尼雖是她的師祖，但也是峨嵋弟子，所以必須告訴她這件事，不過峨嵋上下只有我和瑤仙二人知道，再無第三人，你可以放心。」

李滄行長出一口氣：「在下明白了。」

了因筆下如走龍蛇，又寫道：

「至於本派武功，以輕巧靈動為主，你的體質其實不太適合學習，不過，你既是記名弟子，不傳武功也說不過去，這套**峨嵋紫青雙劍也是本派的獨門武功了，是當年郭襄祖師在桃花島的落英劍法上，綜合了各派所長最後所創。**

「紫青雙劍劍勢輕靈迅捷，你拳腳功夫不錯，但似乎在劍術上還沒真正學到過一流的劍法，碰到像屈彩鳳這樣級別的高手，難免在兵刃上吃虧，要知道，頂級的高手，還是要靠兵刃的，一個二流高手靠著兵器至少可以和一個一流的高手打成平手，這點你也清楚。

「希望這本紫青劍譜對你有幫助。至於配套的心法，峨嵋武當的心法有相通之處，皆是從**九陽神功心法所化**，你修習時，以武當的純陽無極內力驅動即可。你來我派幫忙查內鬼，武當和峨嵋又是多年友好盟幫，以這武功相贈也不為過，只是你以後如果不在峨嵋，請不要把這功夫外傳。」

了因寫到這裡，拿起身邊一本用布包得嚴嚴實實的劍譜，遞給了李滄行。

李滄行了個禮，低聲道：「多謝神尼，弟子現在就立誓，此生絕不以非峨嵋正式弟子的身分將紫青雙劍傳授他人。」

了因寫道：「以後入得本派，叫我師太即可，不必像以前那樣稱呼。另外，我已經吩咐弟子將後山一處山洞收拾出來，以後你就住在那裡吧。洞裡有個水潭，練完功了可在那裡沐浴，如煙應該和你說過，後山瀑布那裡的水潭不要過去。」

李滄行點點頭道：「弟子謹記。」

當晚，李滄行便搬進了後山的那個山洞，這山洞裡到處是鐘乳石，洞口在地上，大部分卻是在地下。洞內深處有一方水潭，潭邊有張石床，生活用品一應俱全，甚至連酒都放了兩罈。

這下他終於又可以自由自在地到處亂跑，而不是悶在女人的房間裡無所事事，這讓他的心情無比地暢快。

李滄行在月光下痛快地打起拳來，十幾天沒活動筋骨了，感覺拳腳功夫都有點生疏了，打了一炷香的功夫，全身出起汗來，拳腳的運轉才漸漸變得自如，找回了熟悉的感覺。

他一邊練拳，一邊在腦子裡回想那日與宇文邪的惡鬥，一招一式猶如畫卷展開，一幕幕地在他腦海中重播。

李滄行武學天分悟性極高，此次與宇文邪這樣的高手生死相搏，帶給他的實戰經驗，是平日裡幾百次師兄弟間的拆招都無法比擬的，他從中領悟到不少精妙之處。

一套拳腳練完，李滄行渾身上下又是汗透，脫了衣服，整個人泡在清涼的水潭裡，說不出的舒服，靈臺清明，連腦子都轉得比平時快了不少。

李滄行突然想到自己都給打得疼了十幾天，那宇文邪被自己打得要慘得多，也不知道這會兒能不能從床上爬起來。想到這裡，李滄行不禁笑出了聲，起身擦乾身子，穿好中衣，躺在清涼的石床上沉沉地睡去。

這一夜他睡得很香，一夜無夢。

第二天一早，李滄行起了床，山上的清晨薄霧讓他神清氣爽，遠遠地看了看峨嵋的練功場，還是空無一人，他搖搖頭，心想這些女俠們起床梳洗什麼的就是麻煩，於是在洞外又練了一通拳腳後，換上了一套青色的勁裝，紫青劍譜也貼身放在懷中，然後走到峨嵋派的練功廣場。

此時已過辰時，廣場上開始有一些早起鍛鍊的弟子，見到李滄行，皆主動行禮。

這峨嵋的練功場挺大，足夠容納數百名人同時練功，與武當山的練功場大小相若，比起三清觀的則要大出了不少。

東南角一位大約二十五六歲，面目姣好的青衣女子，正在指導數十名年幼女童練金雞獨立。

李滄行上前與其行禮，交談後，得知此女子是**峨嵋的大師姐許冰舒**，李滄行知道她是**曉風師太的大弟子**，也是官家大小姐，自幼被送上山習武，雖然天分不如林瑤仙與楊瓊花，但也算是不可多得的後起之秀，跟自己在武當時，外界看自己的地位相當。

李滄行見此女眉清目秀，言行舉止皆有大家閨秀之風，與尋常的江湖女子不太一樣，但眉宇間卻有一絲淡淡的憂傷，寒暄兩句後，便作禮告辭。

李滄行正閒逛間，突然覺得腦後風聲，似是有人攻向自己，他本能地扭頭旋身，使出折梅手中的擒拿招數，右手變拳為掌，包住來人的拳頭，左手則扣住來人的脈門，期間用上了武當柔雲劍法中卸字訣的力道，整個人向後微跳半步，以緩解來勢。

這是他昨夜裡想出來的新招，感覺對付宇文邪這樣天生神力的對手，把折梅手與武當功夫中的柔勁結合效果更好，沒想到這麼快就派上了用場。

只聽「哎喲」一聲，一個銀鈴般地聲音慘叫道：「李大哥壞死啦，人家給你弄疼咧。」

李滄行這才發現自己右手與柳如煙的左掌掌心相貼，本要包著她拳頭的手指變得跟她十指緊扣了，左手扣住了她如蓮藕般玉臂的酸麻穴，左腳則踩著她的腳尖，讓其動彈不得，這本是折梅手中擒拿法的精妙招數，被其改良後，加了通過一小跳，踩對方腳尖，以封敵下路反擊的屈服技。

李滄行再一看柳如煙，發現她痛得眼淚都快流出來了，連忙鬆開了她的手腳，賠罪道：「對不起柳師妹，我出手沒有分寸，實在抱歉。」

柳如煙一邊揉著自己的左手腕處，一邊嗔道：「人家本想試試你傷有沒有好，只用了六七分勁，你卻這樣用擒拿手，哎喲，痛死我了……對了，李大哥你剛才用的是什麼招數？好厲害，手腳並用，我連反擊都不能。能不能教我？」

李滄行笑道：「哦，那是黃山折梅手中的擒拿手法，師妹若是有興趣，以後我們拆招時互相切磋研究。」

柳如煙高興地跳了起來：「什麼，你說拆招時切磋？這麼說，你同意留在峨嵋了？」

李滄行點點頭：「嗯，不過只是記名弟子，一旦武當傳喚，我還要回武當的。」

柳如煙喜形於色地道：「太好了，我正奇怪師祖和掌門師姐為何要召集大家，還說是有要事宣布，原來是你留下這事呀。嘻嘻。」

柳如煙的眼光落到了李滄行身上的青色衣服上，嘟起小嘴問道：「你這身衣服又是哪來的？」

李滄行沒有想過這問題，微微一愣，道：「我也不清楚，昨天晚上搬到洞裡時就放在那裡了。」

柳如煙仔細地看了看衣服，還把衣角抓在手裡搓了搓，說道：「原來是湯師姐的手藝，李大哥，你可真有福氣，人家巧手織女可不是浪得虛名。」

李滄行「哦」了一聲：「是湯婉晴湯師妹麼？」

柳如煙笑道：「嗯，李大哥有所不知，我峨嵋派打造防具之術冠絕正派，峨嵋出產紫銅礦，山中又有金絲猴與千年古藤，可以用猴毛與藤條編織出極有韌性的護身寶甲。湯師姐的師傅李沅師叔在江湖上就是有名的巧織仙子，師姐也得了她大半真傳，你這身練功服雖然不是護身寶甲，但一看這手藝，就是師姐的手工。」

李滄行聽了這話，才覺得這身衣服做得肥瘦得體，長短合適，自從一早穿上後就感覺很舒適，給柳如煙這樣一說，更覺得這可稱得上是他這輩子穿過最舒服的一件衣服，甚至連褲襠處都做得很合自己的尺寸，不禁讚道：「湯師妹果然好手藝。」

柳如煙輕哼了聲道：「李大哥，改天我也給你做幾套衣服，我的手藝也很好呢，不比湯師姐差多少。」

李滄行暗道不妙，心想照這話題扯下去，會惹些不必要的麻煩，便轉移話題道：「如果我沒記錯的話，東南角那位指導女童們練功的許師姐，是派裡的大師姐吧。」

柳如煙看了遠處的許冰舒一眼，點點頭：「嗯，是的，許師姐是前陝甘總督許大人家的千金，很早就送上峨嵋學藝了。一般的官家小姐在峨嵋只學個兩三年的功夫後就回家了，許師姐家門不幸，父親被罷了官，後來就一直沒接她回去。她可是從小就在峨嵋長大，對門派感情非同一般，我們學的劍術拳腳功夫都是師姐手把手教的。本來在落月峽之戰前，她和洛陽金刀王家有了婚約，但那戰中，不僅師父仙去，王公子也戰死了，所以師姐傷心之餘就留在了峨嵋，從那以後，她就沒再笑過。」

柳如煙一說到這事，也跟著唉聲嘆氣起來，說到師父的時候，眼中閃動著淚光，竟似要哭了出來。

李滄行本能反應地想要像在武當山時安慰小師妹一樣，準備抱她入懷，正要行動時猛的警醒，這是柳如煙不是沐蘭湘，這裡是峨嵋山也不是武當派，連忙又把伸出的手縮了回來，乾咳了一下，說道：「柳師妹，這幾天把你屋子弄髒了，不好意思啊。」

柳如煙這下子來了勁，嘟囔道：「人家可給你害慘啦，昨天你走了以後，我把門窗全打開來，到今天早晨還沒散完味道，李大哥，你以後可真的得勤洗澡啊。我們峨嵋都是女子，你不講衛生就是不講禮貌，以後也沒有師姐妹陪你拆招了哦。還有，我那張床快給你晃散架啦。」

李滄行知道自己做夢的時候也喜歡練功夫，不好意思地說：「真有此事？該不是我這幾天夜裡又在練拳腳了吧。」

「原來是這樣呀，嚇我一跳，還以為你是……那個呢。」柳如煙突然羞紅了臉，說話也有些欲言又止的。

李滄行不明所以：「哪個？」

柳如煙顧左右而言他：「哎呀，你別多問啦，李大哥你一向如此嗎？睡著了也要拳打腳踢的？」

李滄行哈哈一笑：「嗯，自幼便是如此，別人都說我是武癡，小時候和大家一起睡通鋪的時候，徐師弟可給我折騰慘了。」

柳如煙吐了吐舌頭：「還好小時候沒和你睡在一起。你那拳頭大得像缽盂，給你打一下，估計我半個月都起不來床啦。」

李滄行心裡突然對搖壞了柳如煙的床覺得有些過意不去：「柳師妹，如果我把你床弄壞了，要不我去跟師太說說，把我現在住的那洞裡的石床給你搬過去，和你的床換一下，你不知道，那石床睡起來可涼快了。」

柳如煙聞言一驚：「什麼，你現在是住的後山有水潭的那個山洞？」

李滄行不解地說：「是啊，有什麼問題嗎？是師太讓我去的。」

柳如煙幽幽地嘆了口氣：「李大哥有所不知，以前那霍達克在我幫時就住那裡，他走後，那洞已經廢棄幾十年了，造化弄人啊，三十年後又有男子住到了那裡。」

李滄行也吃驚不小，看著柳如煙的嬌顏，他的心卻想到了三十年前曉淨師太與霍達克的事，**難道自己會重走一遍霍達克的路嗎？**他不敢想下去了。

柳如煙又道：「李大哥，師祖是不是把紫青雙劍的劍譜給你了？師祖一定是想讓你和林師姐合練這劍法。」說完嘆了口氣。

李滄行摸了下自己的懷中，硬硬的還在：「這劍法我還沒來得及看，是雙人劍法？」

柳如煙微微一笑，眼中卻有一絲淡淡的憂傷：「是的，類似你們武當的兩儀劍法，**據說是郭襄祖師以落英劍法和楊過大俠的玄鐵重劍法相配所創出的一套合璧劍法**，只是威力到底如何，連郭祖師也沒有親自和楊大俠試過。這麼多年來，峨嵋幾乎沒有過男弟子，所以江湖上一直對這紫青劍法一無所知。」

李滄行恍然悟道：「怪不得連我也沒聽過峨嵋有這麼一套劍法。」

柳如煙繼續說道：「這是**學幻影無形劍的必備武功**，不練熟這個，是無法修練幻影無形劍的，雖然聽說一人練劍也可，但男女合練可以大大加快練劍的速度，雙劍合璧的威力如果有傳說中那麼巨大的話，打退魔教的來犯也不是難事。」

「是的，師太一定是想讓我陪林掌門練這劍法，加快她練劍的速度，以後好好地守護峨嵋。」李滄行順著她的話說道。

柳如煙臉上擠出了一絲笑容：「恭喜李大哥能學到本派獨門神功，這個紫青劍法就是在拆招的時候也不能隨便使出的，你可要記住！還有，一會兒師祖肯定要宣布你加入的事了，以後師姐妹們都會稱你李師兄，我，我還可以叫你李大哥嗎？」

李滄行笑了起來：「沒有問題，我答應過你的。不過我今天才加入峨嵋，應該是大家叫我師弟才對吧。」

柳如煙「噗嗤」笑道：「你這麼一個大男人，年紀也比我們都大，還想裝小師弟占我們便宜呀！」

李滄行也跟著哈哈笑了起來。

這時聽到三聲鐘響，柳如煙收起了笑容，道：「去金光殿吧，掌門師姐和師祖有事要召集大家宣布了。」

金光大殿裡已經坐了三百多人，這本是早課時間，了因師太一反常態地坐在永遠都是一襲白衣，看起來一塵不染的林瑤仙的身邊。

李滄行與柳如煙進去後，坐在後排靠門的蒲團上，聽到前面的人都在竊竊私語，議論著幾乎從不來早課的師祖今天親臨大殿，不知是何用意。

林瑤仙等大家的說話聲平息下來後，說道：「今天請大家前來是有要事宣布，李少俠，請過來一下。」

李滄行起身走到前面，站在林瑤仙身旁。

林瑤仙的聲音不似一般女孩那樣柔婉，可以說是平靜中透著幾分堅強，但依然如空谷鸝啼那樣好聽：

「這位出身武當的李少俠，想必大家都認識，上回巫山派一戰，李少俠奮不顧身地出手相助，可以說如果不是李少俠，只怕當夜我們大半姐妹都無法生還。大家說，李少俠是不是我們峨嵋的大恩人？」

眾女俠齊聲道：「是。」

李滄行被說得很不好意思，連忙拱手回禮道：「林掌門言重了，在下雖然現在已非武當弟子，但俠義之道乃立身之本，片刻不敢忘，當天在下路過巫山派時，見貴派與女匪惡鬥，怎可不拔刀相助！」

林瑤仙略一低頭，向李滄行致意：「李少俠勿太過自謙，各位同門，如果李少俠加入我們峨嵋，大家歡迎嗎？」

此話一出，殿中頓時一陣議論聲。

李滄行聽力過人，聽到有些人質疑他品行不端，怎麼可以加入峨嵋？支持者則反駁是江湖傳言有誤，但見一直閉目不言的了因突然睜開眼，雙目精光四射，中氣十足地說道：

「值此峨嵋危難之際，人才難得，我查過李少俠的經歷，江湖上的傳言多有不實之處，加入我們峨嵋，對我派有百益而無一害。你們不可輕信一些別有用心的人散布的謠言。」

這時，一位中年女子站了出來，向了因行了個禮，道：「師伯，我有一話不知當說不當說。」

了因淡淡說道：「李師侄儘管開口無妨。」

李滄行見這女子一直與湯婉晴站在一起，想必她一定是柳如煙說過的巧織仙女李沅。

李沅看了眼李滄行，道：「李少俠是否如傳言所說的生性風流，姑且可以認為是謠言，我也相信李少俠的人品。但李少俠先後離開武當與三清觀，卻是不爭的事實。尤其是三清觀的事，近日裡江湖上鬧得是沸沸揚揚，什麼說法都有。如果李少俠今天想加入我派，我覺得有必要把這件事解釋清楚，以打消大家的顧慮。師伯在上，不知道我這番話是否無禮？」

了因長眉動了動道：「也好，此事確實需要跟大家作個交代，滄行，你就說吧。」

李滄行未曾想到今天會有人提及此事，腦子裡飛快地組織了一下語言，向李沅行了個禮，朗聲道：「李前輩好，晚輩這廂有禮，先行謝過前輩的高足湯姑娘為在下做的這身衣服。」

湯婉晴臉上飛上兩朵紅雲，低下頭回了個禮。

李沅冷哼一聲道：「婉晴蒙少俠出手相救，這些是分內之事，但入幫之事茲事體大，不得不慎重，一些疑問今天說開了，比以後當了同門後還心存疑慮、相互猜忌要來得好，所以還請少俠勿怪。」

李滄行微微一笑：「這是自然，眾位可能都知道了奔馬山莊的事，聽說過錦衣衛為了削弱江湖各派勢力，在正邪門派都埋伏有內鬼，而三清觀的某些人，貪圖掌門之位，不惜與魔教妖人勾結，下毒謀害雲涯子掌門。」

此言一出，殿中又是一陣議論紛紛。

李沅皺眉道：「李少俠的意思是，三清觀的現掌門火練子與錦衣衛有勾結？那與魔教妖人勾結毒害掌門的又是誰？」

「火練子是否勾結錦衣衛，在下沒有證據不好亂說，在下只說錦衣衛在很多門派都埋有內鬼，至於毒害雲涯子掌門的乃是火松子，他下了毒後便就此失蹤，在下與火華子師兄離開三清觀，就是為了尋他。」

「這麼說三清觀的內亂與少俠無關了？可江湖上的傳言都說雲涯子的死與你跟火華子有關。」李沅質疑道。

第六章

記名弟子

了因雙手合十道：「祖師爺在上，今有俗家弟子李滄行，
自願加入我峨嵋派行俠仗義，斬妖除魔，
我派上下合議准其加入，成為本派記名弟子，
特在祖師爺牌位前告之，還蒙祖師庇佑。」
言罷叩首進香，李滄行也依樣照做。

李滄行辯駁道：「火華子師兄早就是人所盡知的未來三清觀掌門人選，他沒有任何必要謀害師父，所謂在下與火華師兄弒師的傳言不攻自破。不過嚴格說來，雲涯子前輩的死，在下與火華師兄要負很大責任，這點倒是不假，魔教妖人在三清觀的一本秘笈上下了毒，我與火華師兄奪回秘笈後，交與雲涯子掌門，導致他毒發身亡，這就是三清觀內亂的真相。」

此言一出，李沅的臉上變了顏色，而殿中如炸了鍋一樣，所有人都不敢置信世間還會有如此的下毒方式。

「原來如此，那請問李少俠提到的錦衣衛陰謀，與此事有何關聯？」李沅問。

李滄行拱手道：「眼下在下還無過硬證據來證實這點，只能告訴大家，三清觀內亂中，錦衣衛指揮使陸炳曾現身三清觀，近期三清觀加入的大批新成員也多有朝廷背景，個中是非曲直，相信時間一長，大家自有判斷。」

了因讚許地看了李滄行一眼，轉向李沅道：「你可還有別的問題？」

李沅沉聲道：「少俠應對得體，足以打消我等心中疑慮，話已至此，我對少俠加入峨嵋一事不再持有異議，只是峨嵋數十年來未曾收過男弟子，多有不便，這點還要請掌門與師伯早作打算。」

林瑤仙在一旁道：「對這一點，我與師祖已有計較，前日我們已經給李少俠安排好了住處，李少俠也已經入住，有時間我們會再專門蓋些供男子居住的房間的。經過這幾年的連番大戰，大家應該都清楚，我峨嵋無論是武功還是人手都有不足之處，郭襄祖師並沒有立下不得招收男弟子的規矩，而我派武功如四象掌與滅絕劍等也適合男子修習，紫青劍法更不必說，所以從李少俠開始，我派有可能打破這幾十年的限制，招收一些男弟子，伏魔盟正式成立後，也有可能會有友幫的師兄們常駐峨嵋，大家需要早點作好心理準備。」

林瑤仙的這一席話又惹得下面議論紛紛。

過了一會兒，了因待大家都談論完後，環顧大殿道：「還有哪位對李少俠加入我派成為記名弟子有異議的，可以現在提出來。」

她連問了三遍，不再有人發話，於是了因對李滄行道：「滄行，你且上前，對著郭襄祖師的畫像跪下。」

李滄行走上前，依照了因所言向大殿正中郭襄的畫像跪了下來。

了因也在一旁跪下，雙手合十道：「祖師爺在上，今有俗家弟子李滄行，自願加入我峨嵋派行俠仗義，斬妖除魔，我派上下合議准其加入，成為本派記名弟子，特在祖師爺牌位前告之，還蒙祖師庇佑。」

言罷叩首進香，李滄行也依樣照做。

了因起身後，又對李滄行道：「入我峨嵋，需遵門規，且聽我言。」

「弟子謹受教。」李滄行好久沒用在武當時的這種一板一眼的你問我答了。

了因問道：「峨嵋弟子，需尊長有序，尊奉長奉，友愛後輩，門派以掌門為尊，戒律方面需奉掌律長老之命，汝今能持否？」

「能持。」

了因滿意地點點頭，又道：「峨嵋弟子需友愛互助，同門師兄妹間不可私鬥，切磋只限師門長輩在場許可下進行，汝今能持否？」

「能持。」

「峨嵋弟子行走江湖需行俠仗義，路見不平或者遇到同道中人受邪魔之輩攻擊，當捨身相助，不得猶豫，出手之時儘量仁愛為本，非大奸大惡之徒，勿要輕傷性命，汝今能持否？」

李滄行納悶地問：「不是除惡務盡麼？」

了因正色道：「大奸大惡自然要除，一些涉魔不深的可以網開一面，給其改過的機會。」

李滄行想想有理，反正自己將來滅魔教也不可能把所有魔教弟子殺了，真正要報仇的也就是冷天雄那幾個人，於是應了聲：「是。」

了因繼續道：「峨嵋弟子修習武功需要遵奉掌門及傳功老老之命，嚴禁偷學武功，也不得擅自將本派上乘武功授予他人，汝今能持否？」

李滄行心裡嘀咕這峨嵋的規矩怎麼這麼多，但嘴上仍然答道：「能持。」

了因的聲音突然變得嚴厲起來：

「峨嵋弟子，需修身養性，在山修練時，戒淫戒色，否則一經發現，則廢去武功，逐出師門，汝今能持否？」

「能持。」李滄行心裡卻嘀咕著，也不知道當年霍達克和曉淨師太在山上兩情相悅時是否受這個限制？

了因滿意地笑了笑，扶起李滄行道：「今天開始，你就是本派的記名弟子了，鑑於你的武功底子，授予你峨嵋紫青劍譜，明日開始與林掌門合練此劍法，你記住，此劍譜乃是本門不傳之秘，需要小心保管，練劍時需循序漸進，戒驕戒躁。」

了因一提到紫青劍譜時，殿內譁然一片，多數弟子都在奇怪，為何作為門派不傳之秘的紫青劍法要傳授給一個剛入幫的記名男弟子，這實在不合常理。

了因微笑著聽著這些話，開口道：「看來大家都對這劍法為何授予滄行頗有意見啊，是不是，李沅師侄？」

李沅臉上早寫滿了不平之色，當下抱拳道：「弟子對滄行入幫之事已無異議，但對師伯此舉確實不敢苟同，雖說現在是多事之秋，但必要的規矩還是要有的。」

「哦，有哪條規矩禁止滄行學此劍法？」了因反問道。

「這……弟子記得學習紫青劍法的前提是要天資過人，熟悉本門武功招式方可。」李沅想不出理由，半天才說出這麼一句。

了因馬上說道：「這就是了，滄行的武功天資大家都應該有數，當下在我派內年輕一輩中怕是無人能及，即使是瑤仙，純論武功也未必能勝過滄行；至於武功路數，峨嵋、武當、三清觀同為玄門正宗，滄行既精通武當和三清觀的武功，也就具備了學習同等級別峨嵋武功的能力與資格，沅師侄意下如何？」

李沅心裡還是不服氣，但也只能行了個禮：「弟子無話可說，謹遵師伯與掌門的安排。」

一個清脆的聲音響起：「等一下，弟子亦有意見。」

眾人循聲看去，卻是那面帶憂容的大師姐許冰舒。

了因的長眉動了動，問道：「冰舒有何意見？」

「弟子不才，聽說李師弟雖然年紀輕輕，但武功卻是江湖上年輕一代弟子的佼佼者，冰舒想借此機會與李師弟切磋一二，也好打消眾同門心中的疑慮。」

此言一出，許多峨嵋弟子皆喜形於色，而真正熟悉兩人武功的，如柳如煙、林瑤仙等人皆暗自搖頭嘆息。

李滄行沉吟一下，說道：「在下初來乍到，不敢在祖師面前班門弄斧，刀劍無眼，怕是傷了誰也不好，就以一對肉掌討教師姐高招。」

許冰舒臉上閃過一絲不快，質疑道：「師弟可是瞧不起我，故意不用兵刃？武當劍法名揚天下，我一直想找機會領教一二呢。」

李滄行正色道：「非也，在下這幾年在三清觀，拳腳功夫練得更多，上回在巫山派與那宇文邪也是這樣拳來腳往的，許師姐威名震江湖，在下哪敢有半分輕敵之意。」

許冰舒得意地一笑，嬌叱一聲：「那就得罪了，師弟當心。」言罷，長劍出鞘，起手一式蒼松迎客，微微半蹲作了個萬福，算是行起手禮，周圍眾人早讓開一片空地。

李滄行轉頭看了下了因，了因微微頷首，高聲道：「今日就切磋一下吧，注意點到即止，休傷和氣。」

李滄行點點頭，向許冰舒一抱拳，雙腿倏地前後分開，擺開了架式。

許冰舒長劍挽了兩個劍花，直接攻了過來，正是**玉女劍法十三式的分花拂柳**，劍略前挺，尖鋒處顫動。

李滄行在武當時見過此路劍法，知道此劍虛右實左，但使得好的人可以虛招變實，看這許冰舒出手時的速度與力量，他就能判斷出此女與自己相比尚有一定差距。

李滄行當下信心十足，雙腳反踏玉環步，如喝醉酒的人一樣，一個扭腰就閃過了這當胸一劍，左手上托，攻向許冰舒持劍的右腕，右手則沉肘向許冰舒腰間撞去，同時左膝前頂，攻向她的膝彎，整個動作一氣呵成。

許冰舒沒有見過如此快的應對，但她臨敵經驗頗豐，轉而一招舉案齊眉，雙手握住劍柄，斜向上挑，左腳為軸，一個旋身躲過腰間的肘擊，膝彎處則以馬步腿法貫力於膝蓋，直接與李滄行的左膝相撞，一聲響動後，兩人各退開幾步。

李滄行這一記膝攻在後期收了三分力，饒是如此，也與許冰舒平分秋色，當下再無疑慮，折梅手鴛鴦腿齊出，招式源源不絕，十餘招後便大占上風。

許冰舒的速度力量均不及李滄行，幾次正面硬拼拳腳，均是氣血浮動，站立不穩，而出劍速度又跟不上李滄行的速度，被其近身纏鬥，一時間發揮不出兵刃優勢，左支右絀間已露敗相。

她幾次想改變節奏，發揮峨嵋輕身功夫的優勢遊走，但李滄行如附骨之蛆，始終纏著她，與其近身相接，不給其拉開距離的機會。

如此這般又鬥得二十餘回合，許冰舒的喘息聲幾乎整個大殿的人都聽得清清楚楚，其內息已亂。

李滄行本有數次機會將其直接擊敗，但一來招數需要攻擊胸腹之處，不便採用，二來不願過於進逼，拂了她作為大師姐的面子，於是有意放慢了拳腳的速度。

許冰舒亦是心領神會，再鬥了七八招後，主動跳出圈子，拱手道：「師弟武功果然高強，冰舒佩服，這次是我輸了，對師弟修練紫青劍法之事，再無異議。」一言罷，轉身退回人群中，而李滄行行禮後立於場中，神態自若。

許冰舒的武功之高，峨嵋上下人盡皆知，甚至比輩分高於她的李沅也強上一些，她以峨嵋絕技玉女劍法尚不敵赤手空拳的李滄行，其他人更無話可說。

了因見眾人皆無異議，便宣布解散，卻將李滄行招至面前，吩咐他午後去後山與林瑤仙合練劍法。

李滄行走出大殿時日已當中，突然覺得腹中饑餓起來，想起自己一大早就起來在廣場上晃悠，連早飯也沒吃。連日來，他在峨嵋一直是在房中用餐，連飯堂在哪裡也不清楚，便問了殿外值守的女尼後，循路來到飯堂，發現已經擠得滿滿當當地，剛才殿中的峨嵋弟子們幾乎全在這裡吃飯。

看到李滄行走進來，眾女弟子們全都低下了頭，一邊偷看他，一邊在竊竊私語。

李滄行打了飯菜，那碗小巧玲瓏，只有武當和三清觀的半個碗大，米飯也是與碗口齊，不像在武當時堆得高高的，菜則是清淡的青菜黃瓜，一片碧綠。

李滄行用托盤端了飯菜，發現飯堂兩三百人用餐時都聽不到餐具筷子碰得叮噹作響的聲音，女子們的吃相文雅秀氣，細嚼慢嚥，以前那種師兄弟間塞了滿口的東西互相吹牛聊天的情景，在這裡是看不到了。

李滄行突然覺得有種莫名生分的感覺，一如他現在在這飯堂裡找不到一個自己的座位。正在茫然四顧找位子時，只聽有人叫他，轉頭一看，正是一身粉裳的柳如煙在向他招手。

李滄行暗地嘆了口氣，只得走了過去，發現柳如煙為他占了一個桌子頂端的坐位，湯婉晴與許冰舒正好坐在對面，見到李滄行坐下後，皆點頭示意。

柳如煙已經吃完飯了，興奮地說道：「我們幾個剛才還在談論你呢，上午的比試真精彩，師姐用的分花拂柳那招，我手上有劍都很難擋住，沒想到你可以從三個方向反擊，這就是你說過的鴛鴦腿玉環步嗎？那日你和宇文邪惡鬥時生死相搏，我只顧擔心，都沒細看招數，今天才是真正開了眼。」

說起武學，李滄行就來了興趣：「嗯，我使的擒拿手法是黃山折梅手，師妹如果有意，以後切磋的時候可以互相探討。」

「太好了。」柳如煙一拍手幾乎要跳起來，突然又耷拉了小腦袋，哀嘆道：「怕是以後你天天要與掌門師姐練功，哪裡有空來跟我們切磋呢。」

李滄行一時愣住了，不知道如何開口安慰。

許冰舒開口道：「師弟今天是第一次來飯堂吧，我們峨嵋出家的弟子很多，所以做的菜比較清淡，平時也不怎麼見葷腥，不習慣的話跟我說，可以安排你小灶。」

湯婉晴也說道：「是啊，李師兄，你這麼大塊頭只吃這點，又不見肉，肯定撐不住的，我聽說別派的師兄們要成天喝酒練內力，吃肉練筋骨才行，武功路數也跟我們不太一樣呢。」

柳如煙插話道：「就是就是，各派的飯堂我都去過，那一個碗有我們兩個大，肉包子大得我一個手都抓不下，我看那些師兄們一頓能吃兩三碗，外加四五個這樣大的包子。李師兄，你只吃這點肯定餓壞了，一會兒下午還要練功，你趕快吃，吃完了再去打一份，明天開始，我們跟廚娘打招呼，讓她給你弄小灶。」

李滄行一邊往嘴裡扒飯，一邊客氣道：「還是不用這麼麻煩了，搞特殊化不太好。」

心裡卻在嚷著肉包子啊，來峨嵋半個月了都沒吃到肉，嘴裡都快淡出鳥來，柳如煙一提到三清觀的那個超大肉包子，把他的饞蟲都勾起來了。

三女一看他兩眼放光，口是心非的樣子，皆笑而不語，柳如煙又去幫李滄行打了一份飯菜和湯，四人聊了會兒上午切磋的招數，待李滄行吃完後，便各自起身離去。

李滄行吃完飯後，來到後山了因的修練房外，了因與林瑤仙已經在這裡等了好一會兒了。

林瑤仙換了身緊身勁裝，並非平時在幫中所穿的那身白色道袍，顯得曲線曼妙，惹得李滄行多看了兩眼。

了因有些不快地說道：「滄行，怎麼吃個飯要這麼久。這都快要到未時了。」

李滄行不好意思地說道：「抱歉，不熟悉飯堂的位置，吃飯時碰到柳師妹她們，多聊了一會兒。」

了因的聲音中透出一絲嚴厲：「你應該知道現在是多事之秋，若非如此，也不會輕易授你紫青劍法，哪能像以前那樣散漫。我剛才和瑤仙說起，你一個大男人成天跑到同門中間也不太好，會影響幫裡師妹，尤其是未出家師妹的清修，而且那些素食你可能未必吃得慣，也吃不飽，以後每天我讓瑤仙把飯菜給你送到洞裡，你們一起吃完後就練劍，這樣節省時間，也方便你們討論。」

李滄行總覺得這樣不太好：「這……林師妹是掌門之尊，怎麼能做這事？」

了因教訓道：「處理正規幫務，她是掌門，練功方面我是傳功長老，我說了算。再說了，本派門規第一條就是要講尊老愛幼，長輩的話要服從，這點你忘了嗎？」

李滄行無奈地回道：「謹遵師太吩咐。」

了因的語氣稍稍和緩了些：「練劍之前，我要徹底看看你目前的劍術，來，用這把紫電劍把你所有功夫全使出來，全力向我攻擊。」

李滄行心中一慌，剛一抬頭便看到了因那冷電般的眼神：「這……是。」

了因正色道：「出手時務必使出全力，我要根據你的劍術情況，來決定你們學劍的進度。」

李滄行從林瑤仙手中接過了紫電劍，一到手中便覺與以前用過的劍完全不同，劍彷彿有靈性與生命，手指按著劍柄時，都能感覺到這把劍在不安地跳動，他輕按劍柄處的彈扭，「嗆」地一聲，長劍直接蹦出劍鞘，到了他手中。

只見劍身如一泓秋水一樣清澈，劍尖處隱隱有一道紫痕，隨手揮了兩下，竟然隱隱有龍吟之聲。

李滄行曾聽澄光說過各派的名劍，如武當就有上古名劍青冥劍，只是自己從未見紫光師伯使過，今天名劍在手，那種興奮之情難以言表，脫口讚道：「好劍！」

了因沉聲道：「紫電青霜二劍乃是郭襄祖師開始，**窮本派四代掌門之力方才煉成**，尤其是第四代掌門周芷若，從當年明教教主張無忌大俠手中求得聖火令兩枚，將之熔化，這才鑄成這二柄神兵，即使相比本派鎮派之寶**倚天神劍**也不遜色，你今後可要好好珍惜此劍，萬不可遺失。」

李滄行神情嚴肅地回道：「弟子當以性命護衛此劍。」

「好，你來吧。」了因折了一段樹枝，向李滄行招手道。

李滄行知道了因劍術之高，世上罕有人及，當下便凝神屏氣，抱元守一，擺出柔雲見日的起手式，足下踏著九宮八卦步，在了因的身邊開始遊走起來。

了因氣定神閒，始終右臂上舉，以樹枝尖對著李滄行，無論李滄行如何遊走，都能感受到那種撲面而來的凜然劍氣。

他以前對戰雲涯子時，儘管其劍術卓絕，但並未到達了因這種人劍合一，從樹枝都能透出殺氣的地步，而霍達克的劍法雖然變幻無形，也沒有這樣強大的壓迫感，這種讓他無法喘息的感覺，只在陸炳和冷天雄的身上感受過。

李滄行知道拖得越久，對自己越不利，於是一咬牙，手腕一抖，長劍化出滿天的劍影，突然從剛才柔雲劍法那種四周遊走、以柔克剛的路子，變成了迅捷快速的連環奪命劍，了因則微微一笑，手臂略微上抬，樹枝尖正好點中李滄行的劍尖。

李滄行感覺到一股巨大的力量從劍尖上傳來，幾乎把持不住手中長劍，連退三步方才控住身形，了因的身形如鬼魅一樣地貼了上來，樹枝居然同樣帶有風雷之聲，一瞬間連點出七八劍，分襲李滄行周身要穴。

李滄行自與雲涯子一戰後，還未如此吃力過，即使面對霍達克也未曾被打如此全無還手之力，十劍中都難得還擊一兩劍。三十餘招過後，李滄行的劍法已經變得散亂，他連續使出了柔雲劍法、連環奪命劍、霞光連劍訣，連平時用軟劍所使的繞指柔劍法也用了出來。

雖然了因不時地會稱讚幾句他的應對不錯，但整體上，他仍然是擋不住了因神出鬼沒的攻勢。

又是十餘招後，了因當胸一劍刺來，正是上午許冰舒所使的分花拂柳，李滄行準備回劍去削，卻不曾想了因手腕一抖，樹枝頭如同一條毒蛇一樣，點中了李滄行的右腋下，「嘶」地一聲，外衫裂了道口子。

李滄行收劍回禮道：「師太神乎其技，滄行心服口服。」

了因也收了劍，上下打量了一陣李滄行，疑道：「你的劍術似乎不如拳腳功夫高明，真是奇怪，武當應該是以劍法聞名的啊，為何你的拳腳功夫如此之高，那醉酒一樣的步法也非常精妙，今天卻一點也未使出來呢？」

李滄行回道：「回師太，那拳腳功夫乃是三清觀的黃山折梅手與鴛鴦腿法，至於那步法則是玉環步，專門配鴛鴦腿所用的，當年梁山好漢武松就是用這些功夫醉打蔣門神，血洗鴛鴦樓，征方臘後，武松在黃山太清觀出家，他的拳腳功夫後來流傳下來，成為三清觀的獨門武學。這些功夫是弟子在三清觀時學得的，武當的劍法需要以九宮八卦步為基本步伐，與那玉環步不太相容，故以現在弟子的劍術不如拳腳功夫。」

了因點點頭：「原來如此，你剛才所使的幾路劍法裡，柔雲劍法相對較高，但你年紀尚輕，內力修為還不足，尚達不到以柔克剛的境界，加上你體內似乎內力走的是剛猛一路，個性也是以攻擊性為主，這路劍法並不是非常適合你。

「紫青劍法中紫劍主攻，但也是以速度見長，我一直覺得你的玉環步是非常好的步法，剛才你這樣一說，我想起來是有過這麼一門**號稱依據貴妃醉酒所化出的神奇步法**，如果只配拳腳功夫，實在有點可惜，你和瑤仙每日練劍之餘，可以討論一下如何把這步法化進你們的紫青劍法之中。」

李滄行聽得連連點頭：「師太不一起來參詳嗎？您的修為遠在我等之上。」

了因嘆了一口氣，眼中流露出一絲無奈：

「唉，人年紀大了，武功一用幾十年，都成思維定式了，一出手就會本能地反應下一招變招應該如何，而很少會再去想為什麼該如此。我自知天資並非開山宗師級別，可以達到去蕪求精、自創一路的地步，你們兩人的武學天賦都比我強上不少，而且你們年紀還小，想法沒這麼多框框限制，比如你剛才能想到用刀法中的削劈來應對我的樹枝，這種臨敵應變的本事我就沒有，雖然有討巧之嫌，但能證明你邊打邊還在思考，這就非常難得。紫青劍法已經有幾十年沒人合練了，我希望你們能超越當年的霍達克與曉淨。」

了因說完後便起身走了，只留下林瑤仙與李滄行二人在樹林中，一時間李滄行有些不知所措，林瑤仙也低頭不語，氣氛顯得有些沉悶，後來還是李滄行打了個哈哈，道：「林掌門，我們兩切磋一下如何？」

林瑤仙還是那種冷豔高貴的氣質：「李師兄，你年紀比我大，武功也強過我一點，只有我們二人獨處的時候不用那麼拘束，叫我瑤仙就可以了。」

李滄行搖搖頭：「這樣真的可以嗎？給別的師姐妹們看到我這樣叫你，恐怕對你不太好，畢竟你是掌門之尊。」

林瑤仙嘴角微微一勾：「這個樹林是幫裡的練功禁地，入口處有人值守，一般不會讓人看到，而且你也應該明白，我雖是掌門，但具體幫裡的事情還是由師祖來決定，我們現在要做的，就是抓緊練功，來守護住峨嵋。」

「明白了，瑤仙，那我們就開始吧。」李滄行說著，便擺開了柔雲劍法的架式。

林瑤仙青霜劍出手，也是一陣清澈的劍吟聲，沉聲道：「李師兄，得罪了。」隨即一招仙人指路便攻了上來。

林瑤仙先後使出了玉女劍十九式與越女劍法，中間也夾雜著一些紫青劍法，李滄行以前見過她跟屈彩鳳交手，對她的武功招數有一定的瞭解，曉得她招數精妙，但修為尚有不足，無論是速度還是力量，都與剛才的了因師太不可同日而語。

李滄行經過這幾年的歷練，功力已經大有進展，如果是兩年前林瑤仙使出今天的劍法，自己是看不清她的身形的，而剛才即使與了因對決時，以他的眼力，也能看清了因的身形，只是手上的反應與速度還來不及做出合理的應對而已。

李滄行擋了林瑤仙一百餘招後，按照了因剛才所說，腳下試著踏出玉環步法，驚喜地發現了因說得並沒錯，這步法並不是非要配鴛鴦腿法，即使出的是柔雲劍法，在特定的場合裡使出來也能收到奇效。

對面的林瑤仙是個極好的練功對象，功力高到需要自己全力應對，但速度與力量又在自己能掌控的範圍內。

林瑤仙的玉女劍法可以根據對手的劍法來路做出相應的變化，並無固定的常式，李滄行連使出了五六種劍法都能被林瑤仙化解，兩人拆了四五百招後，仍是不勝不敗的局面。

但李滄行通過劍刃相交時的力量變化與林瑤仙的呼吸，能感覺到她畢竟是女子，體力上不如自己，如此再打四五百招，她終歸還是會難以為繼，眼看日頭開始西沉，李滄行跳出了圈子，說道：

「瑤仙，你的劍法果然精妙，今天就到此為止吧，先坐下歇歇。」

林瑤仙早已香汗淋漓，但似乎興頭並不減，她在峨嵋從沒有遇到過這樣功力相當，可以拆上千招的對手，若不是李滄行出聲喊停，她還想繼續打下去，一停下來，才感覺身心俱疲，坐了下來。

林瑤仙從地上拾起兩個竹筒，看了一下後，遞了一個給李滄行，自己則打開另一個喝了起來。

李滄行一喝那水，感覺鹹鹹的，知道裡面放了鹽，水是潭中的深水，入口清冽，喝下去後說不出的暢快，他打了半天，也是口乾舌燥，幾下就把一筒水全喝完了。

林瑤仙說道：「師兄儘管喝，後面就是水潭，我帶了鹽巴，灌滿水後可以加一點，練武時喝了可以補充汗水裡流失的鹽分，這是師父從小教的。」

李滄行點點頭，伸手去擦自己額頭上的汗：「原來如此，那看來以後我要一直用這竹筒喝水了，不會跟你的搞混吧？」

林瑤仙嬌顏微微一紅：「這個自然不會，師兄看竹筒身上。」

李滄行依言看去，看到自己這個筒上刻了一個人臉，留了個道士頭，臉圓圓的，與自己頗有幾分相似，下面刻了一個李字；而林瑤仙的那個筒上刻了個女子頭像，下面寫了個林字，自己的那個竹筒也明顯比林瑤仙的大上了一圈，李滄行啞然失笑，心想林瑤仙果然心思縝密，連這也想到了。

林瑤仙眼中光芒閃爍，掏出一塊手帕擦汗，問道：「李師兄，我見你剛才有幾招使得如喝醉了酒一樣，這就是那玉環步嗎？」

李滄行點點頭：「沒錯，剛才和你切磋也是我第一次使出來。」

林瑤仙崇拜地說：「師兄果然天資過人，師祖剛才只是那麼一說，你馬上就能用起來了，這點我不如你。雖然我自幼練功，有時候也會有些自己的想法，不是死搬師父所授的招式，但還做不到你這樣劍隨意動。就是師祖怕是也做不到你這樣。」

李滄行這種天馬行空、不拘一格的思維方式是在三清觀養成的，便道：「我以前在武當時也做不到這些，去了三清觀後，雲涯子前輩總是鼓勵我練功時可以自由發揮，不必拘泥形式，剛才聽師太的提醒，我才想到把這步法融入到劍法之中。這是跟你切磋我才敢用，真要是與強敵對戰，我未必能使得出來。」

林瑤仙的眼神變得憂鬱起來：「我師妹楊瓊花也和你一樣，聰穎過人，師父教的一學就會，還能別出心裁地把不同的劍法串在一起，從小我就羨慕她，唉，落月峽一戰後，楊師妹就去了恆山，也不知道她現在過得怎麼樣了。」

李滄行突然想起楊瓊花與展慕白的事，問道：「楊師妹是因為跟華山的展師弟交往，那戰中兩人在一起殺出重圍，後來才留在恆山的吧，她為何一直不回峨嵋呢？」

林瑤仙嘆了口氣：「師兄有所不知，恆山本是我峨嵋的下院所在，曉淨師太你應該知道，她便是恆山的住持，落月峽一戰中，楊師妹一直跟著曉淨師太她們那組活動，後來和華山的師兄們碰到了一起，聯手殺了出來，但曉淨師太卻為了保護楊師妹和展師兄，中了巫山派的毒針，回恆山後就不行了，而且恆山的同門在那戰中幾乎傷亡殆盡，我們這裡也人手不足，派不出多少人去重建恆山，所以楊師妹就留在了那裡。華山新收了很多原衡山派的男女弟子，就把所有女弟子都派到了恆山，岳掌門的千金岳靈素現在也在那裡幫楊師妹的忙。」

李滄行這才弄明白恆山派的事，他突然想到江湖上有關展慕白和楊瓊花的傳言，問道：「原來如此，那為何展師弟不去恆山呢？」

「這個我就不知道了，以前我還寫信問過楊師妹這事，她沒有回答，我也不好多問。這兩年我見過幾次展師兄，總感覺有點怪怪的，跟落月峽之戰前好像換了個人。」林瑤仙秀眉微蹙。

李滄行附和道：「我也有同感，以前展師弟雖然沉默寡言，像個白面書生，但不會讓人覺得奇怪，現在的展師弟，武功固然高絕，但整個人變得有些陰森森，的確看了感覺有些奇怪。」

林瑤仙無奈地搖搖頭：「唉，可能是悲傷過度，練功太狠的原因吧，你看司馬大俠，以前多爽朗的一個人，現在也變得很可怕。」

「不，不是一回事，司馬兄是變得狠辣了，但那是為報仇，不是整個人變了，展師弟的情況總讓我感覺哪裡不對，卻又說不上來。」李滄行持不同意見。

李滄行不想再繼續多提落月峽的傷心往事，看了看天色，才發覺已近黃昏：「天色不早了，今天我們各自回吧，以後每天都是下午練功嗎？」

林瑤仙微微一笑，齒如編貝：「是的，上午我要做早課，還要練別的武功，跟你練紫青劍都是在午後。李師兄，你先回山洞吧，一會兒飯菜會給你送過去。你有什麼喜歡吃的嗎？」

李滄行其實中午沒有吃飽，這會兒也不再顧忌，脫口而出：「香噴噴熱騰騰的肉包子，那就是我的最愛啊。」

林瑤仙微微一笑，飄然而去。

過了大約半個時辰後，她拎著一個食盒過來。李滄行遠遠地就聞到肉香味，不禁食指大動，口水都快流了下來，一打開蓋子，只見裡面有五個拳頭大小的肉包子。

李滄行迫不及待地抓起一個就啃了起來。林瑤仙一邊打了碗菜湯遞過來，一邊說道：「全是你的，沒人和你搶，慢點吃。」

李滄行也覺得有點不好意思，畢竟是在一個仙子般的女孩面前，吃相有失斯文，接過了湯碗，道：「瑤仙你也吃一個呀，下午你的消耗也不小，光喝粥吃素是頂不住的。」

林瑤仙拿起一個肉包子，嗅了嗅後又放了回去，道：「唉，我還是不習慣肉味，聞了總是有些頭暈，師兄你還是自己吃吧。」說著，便從另一個碗裡拿了一個饅頭，就著菜湯吃了起來。

李滄行邊吃邊說：「瑤仙，不是我說你，咱們習武之人就不是那些秀才小姐，沒必要弄得那麼斯斯文文的，要是規矩太多了，只會把自己弄得不舒服。看你這身板瘦瘦小小的，要當掌門處理這麼多事，每天練功也辛苦，光靠一日三餐啃饅頭、喝菜葉子湯哪能撐得住。」

李滄行看了眼林瑤仙，見她仍是慢慢地嚼著饅頭，又說道：「你看看你吃個饅頭都這樣，還要一條條地撕下皮後再細嚼慢嚥，我看著都著急。」

林瑤仙吃完最後一口饅頭後，幽幽地道：

「我從小就是這習慣，性子慢，就連師父也說我太斯文了，不像個習武之人，有時候我也想改，讓自己的節奏變得快一點，可就是改不過來。至於吃肉的事，我從小就不喜歡聞肉的味道，不知道為什麼，加上師父說素食有助於清心寡欲，好修練本門至高武功，這麼多年下來早養成習慣了。還請李師兄尊重瑤仙，不要再在這事上勉強我。」

「對不起，是師兄剛才說話太輕率了，瑤仙還請不要往心裡去。」李滄行自覺剛才說話有些過火，正色向林瑤仙道歉。

林瑤仙眨了眨眼睛，換了個話題：「李師兄，你能猜到**師祖今天為何最後要用分花拂柳這招嗎？**」

李滄行若有所思地道：「我怎麼會不知道。第一，這招是**警告我：武學博大精深，不要以為勝了大師姐就是勝了峨嵋武功，只有對峨嵋的武功有敬畏之心，才能好好學習**；第二是教育我**不要張狂，江湖上勝過我的人大有人在，包括女人**；第三，是告訴我**武學招式並無高下**，師姐的招數我能破，但同樣的招數，師太用起來，速度快了，我就破不了，所以以後**和人動手時切不可拘泥於招式，要隨機應變**，不然速度差了一點，很可能就是生死之分。」

林瑤仙微微一笑，臉上猶如百合花盛開：「師兄果然聰明，看你樣子人高馬大的，想不到頭腦如此靈活。」

李滄行也跟著笑了起來：「瑤仙過謙了，你才是冰雪聰明呢，儘管許多事嘴上不說，心裡卻是早有計較打算，這點我很佩服。」

林瑤仙搖搖頭，似乎想說什麼，看了一眼李滄行又停了下來，突然說道：「李師兄，你把外套和中衣脫下來，右腋處破了口，我去幫你縫縫。」

李滄行一看自己的右腋下，才記起下午這裡被了因的樹枝刺破，後來過招時右手用力，又把口子拉大了，給林瑤仙這一提醒，才覺得給夏夜的風一吹，冷颼颼得挺難受。

李滄行想想不妥，以前在武當時，從沒有人給自己補過衣服，雖然澄光給自己做過衣服，但縫補漿洗還是自己來，甚至還會幫著年幼的師弟們做這些事，於是說道：「不必了，我自己縫補就是。」

林瑤仙搖搖頭：「我們女子天生就是要做女紅的，你們男人一個個粗手大腳，哪裡能補得好這些洞，過幾天又給你弄裂了，這衣服就沒法再穿啦。再說，你這衣服只做了兩套，我就是現在去補，明天也未必趕得上，你還得穿另一套，要是再弄壞，就沒衣服穿了。」

李滄行想了想，覺得林瑤仙說得有理，自己在武當和三清觀時有六七套衣服可換，根本不用擔心沒衣服穿的事，但現在只有兩套衣服，於是同意道：「那就多謝瑤仙了，外套給你補，裡面的中衣我就自己來吧，反正天熱，穿壞了大不了裡面光膀子。」

林瑤仙捧著李滄行的外衣走後，李滄行翻起那本紫青劍譜，自拿到手後，他還沒來得及仔細看看這書。

這會兒回到洞中，李滄行才有機會仔細端詳，發現此劍法變化多端，與武當劍法中柔雲劍的以柔克剛，奪命連環劍的迅捷凶猛完全不同，跟三清觀的霞光連劍也無可比之處，整個劍法都強調身法致勝，速度優先。

李滄行起身照著前幾式練了練，發覺自己完全掌握不到劍法的精髓，內息一轉，總是不自覺地要對劍身貫入內力，如此一來，力量集中在手上，腿上無論是注意力還是內息都顯不足，導致身法無法最大程度地發揮。

而紫青劍法的精華之處，在於以連續不斷的移動來打亂對手的節奏，找到機會和破綻後一擊中的，這種遊走半個多時辰，只為找機會刺出一劍的打法，是李滄行從沒想過的。

李滄行自幼學劍喜歡跳著學，更是無法做到沉靜如水，他現在有些明白為何了因要他多想出玉環步能適應的劍招了，就是想讓他以靈活閃避的步法來彌補速度與耐心上的不足。

李滄行正一遍遍地練著紫氣東來這招，試圖找到感覺的時候，只聽林瑤仙的聲音在身後響起：「李師兄，你這樣的練法不太對。」

李滄行收住了劍，衝著身後的林瑤仙點點頭：「嗯，我也是這樣認為，這紫劍的劍法只講一個『**刺**』字，與武當劍法的『**纏**』，三清觀劍法的『**快**』是兩回事，完全是適合女子修習的劍法，需要耐心，不斷地移動，不斷地尋找對方的破綻，以刺出致命的一劍，我的性子很急，要我連續遊走個一炷香還可以，要持續一個時辰，那還不如殺了我呢。」

「嗯，要做到心靜如水確實不容易，這紫青劍法本來是需要玉女清心心法作驅動心法，我曾和師祖討論過你的情況，質疑過你不學心法就直接練劍是否合適，但師祖堅持說你天賦應該足夠，現在大敵當前，我們需要抓緊時間練習，而且，實在不行還可以……」

林瑤仙看了李滄行一眼，又停了下來。

李滄行心急如焚，追問道：「可以什麼？」

「師兄先別問了，還是好好嘗試靜心修習劍法的好，實在不行的話，師祖說過會有辦法的。」林瑤仙突然變得吞吞吐吐起來，「其實也不是要遊走一個時辰才能刺一劍，實劍可能是刺一劍，但仍然要根據不同的情況，以劍氣劍影化為虛招，不停地擾亂對手的。你看那天你與師祖比試時，師祖可是只遊走不出劍？」

李滄行想到了那天和了因的比試：「那倒不是，我感覺師祖一直在攻擊我，但反擊時才發現是虛招，師祖完全不與我劍刃相交，聽你這麼一說，這恐怕不止是因為她用的是樹枝，不敢和我神兵直接接觸，而是因為劍法本身如此吧。」

林瑤仙點點頭：「是的，師祖的招式就是青劍中的，幾乎全是虛招，目的是消耗對手的精力，在移動中找到戰機。」

李滄行嘆了口氣：「原來如此，那看來要練這劍法，還得先打好基礎，那個什麼玉女靜心心法暫且不說，任何心法恐怕都要慢慢通過打坐之類的辦法來練，我看我還是先練刺劍的準確度，別遊走了半天，真要刺的那一下反而不給力，你說呢？」

林瑤仙笑了起來，臉上如山花爛漫：「是的，我們幼時練劍時，都要先去對著花蕊去刺，手不能抖動，最好一劍能刺中三朵以上的花蕊才算達標。練到現在，我也只能一劍刺到七朵花蕊，而師祖可以一劍刺中十朵花蕊，一氣呵成，從不出錯。我都不知道自己要多少年才能練到這程度呢。」

李滄行雙眼一亮：「這辦法不錯，明天一早開始我也這樣練。」

第七章

雙修心法

了因道：「你現在要做的是抓緊練功，沒有時間慢慢耗。
今天開始，你要和瑤仙開始雙修冰心訣，
以靜下心來，加快練刺劍的速度。」
李滄行未聽過這種內功心法，疑惑道：「冰心訣？」

李滄行右手緊握著紫電劍，眼睛死死地盯著眼前的山菊花，屏氣凝神，兩眼瞇了起來。

突然他腳下開始移動，整個人變得如同喝醉了酒一樣，搖搖晃晃的，紫電劍帶著呼呼的風聲，劍光一閃而沒，只見那朵山菊花晃了一晃，被秋風一吹，六朵花蕊隨風而落。

一邊的林瑤仙面露喜色，對著坐在身邊的了因道：「師祖您看，李師兄可以在運動中同時刺中六朵花蕊呢。」

了因卻是眉間愁雲深鎖，一言不發。

李滄行自從去年六月以來，練這刺蕊的紫青劍法已經有四個多月，從剛開始只能靜止時一劍刺中兩朵花蕊，到現在可以在運動中一劍刺中六朵花蕊，他逐漸悟出了要讓刺劍練得好，**關鍵在於要用手腕發力，瞬間爆發力要十足，而且必須收放自如**。

玉環步的腿法隨著這段時間他天天練劍，也有了很大的進展，他發現玉環步裡不少步法的速度與跨距，需要結合接下來一招裡，腿可以攻擊到的距離來確定，如果把腿攻的距離和反應時間換成劍擊的距離和時間，就能針對性地改進這步法，使之適合劍法。

了因突然說道：「滄行，你覺得最近自己的進展如何？」

李滄行收劍入鞘，面帶喜色，回道：「弟子感覺還行，只要照這個速度練下去，應該可以……」

了因打斷了李滄行的話：「你從刺中三朵花蕊到刺中四朵，用了多久？」

李滄行笑道：「十天。」

了因沉聲問道：「四朵到五朵呢？」

李滄行臉上的笑容凝固住了：「一個月……」

了因的聲調漸漸地高了一些：「五朵到六朵又用了多久？」

李滄行的聲音變得低沉：「三個月。」

了因嘆了口氣：「那你覺得接下來你要刺中七朵花蕊，又要多久？你刺不中七朵花蕊，是達不到練紫青劍法的標準的，因為你的準度和速度都跟不上瑤仙。」

李滄行正色道：「弟子會加倍努力的，我覺得再有個半年就能練到那個程度。」

了因搖頭：「如果在平時可以，可現在多事之秋，我們沒有時間了。」

李滄行這段時間一直專心練劍，兩耳不聞窗外事，聽到這話，知道一定是江湖上有大的變故，忙問道：「又出了何事？」

了因眉頭深鎖道：「第一，有消息說**魔教與巫山派暗中勾結，有意直接攻我峨嵋**，鬼宮和烈火門的弟子調集已經在進行中。第二，說**陸炳最近在附近出現過，這是我最擔心的一件事**，因為峨嵋的內鬼還是沒有露出任何痕跡。但如果你所說的屬實，那**陸炳肯定是來和這個內鬼接頭的**，接下來一定會有些事情發生。第三，也是我最頭疼的一件事，滄行，**你的武當小師妹這幾天就要來了。**」

「什麼，蘭湘要來？什麼時候？」李滄行跳了起來，興奮之情寫滿整臉，甚至沒有注意到一邊的林瑤仙看著他時複雜的眼神。

了因不高興地看了李滄行一眼：「昨夜我接到武當的傳信，說是伏魔盟雖然建立，但並沒有實際性的合作，沐姑娘來峨嵋，是要商量如何深度合作的事。武當與我峨嵋相距不遠，而且信上說她已經出發了，從信上的時間算來，她可能明後天就會到。」

李滄行兩眼放光：「我有半年多沒見到小師妹了，這回她要來，我得好好招待她。」

了因厲聲喝道：「滄行，你小師妹來是談門派的事，與你沒多少關係！你現在要做的就是抓緊練功，現在不比往常太平時期，你應該清楚這點，我們沒有時間慢慢耗。今天開始，你要和瑤仙開始**雙修冰心訣**，以靜下心來，加快練刺劍的速度。」

李滄行從未聽過這種內功心法，滿臉的疑惑：「冰心訣？」

了因點點頭，語氣和緩下來：「從玉女靜心心法演化而來，是一種**讓你清心寡欲，可以靜心凝神的內功心法，男女皆可修習**。你現在體內的內功心法有武當的純陽無極，也有三清觀的神火分身，純陽無極你要練到中年以後方可大成，現下即使是水性內力，也是流水而非止水，而神火分身自不必說，你個性衝動，其實和這火性心法非常適合，這也是你這兩年內功進步神速，學折梅手與鴛鴦腿都能速成的主要原因。但現在你需要的是凝神靜氣，所以這神火分身反而成了你的障礙，必須要重修冰心訣才可以。」

李滄行覺得了因言之有理，連連點頭：「哦，那怎麼修練呢，就是像練其他內功一樣以口訣運氣嗎？」

了因擺了擺手：「那樣速度太慢，你不是從小就修習此內功，慢慢照口訣練，需要至少五六年方可有小成，眼下**我需要的是你在一兩個月內速成**，這就需要其他方法了，也就是說需要瑤仙的配合。」

李滄行看了林瑤仙一眼，卻發現她一看到自己望過去，就連忙低下了頭，像是極力避免與自己四目相對，李滄行心中疑竇叢生：「配合？怎麼個配合法呀？還請師太不吝賜教。」

了因嘆了口氣：「你和瑤仙需要找一極寒極陰之所，相對而坐，四掌相抵，內息走遍全身，瑤仙體內是純陰的玉女靜心心法的內息，與你掌心相對後，內息也可以走遍你全身，助你速成。」

李滄行驚得嘴巴都合不攏了，一邊的林瑤仙更是早已經羞得滿臉通紅，低著頭，李滄行咽了泡口水，問道：「只有這個辦法了嗎？」

了因搖搖頭：「若要速成，別無他法。」

李滄行頓了頓，問道：「那極寒極陰之所在哪裡？」

了因笑了起來：「近幾個月我一直在峨嵋上下尋找，前兩日才發現，其實你住的山洞裡那個水潭的底部就符合這條件，那裡有個地脈隙縫，地底寒陰之氣洩出，這也是你那水潭遠比別處清涼的原因。」

李滄行總覺得不妥：「師太，就讓我這麼和瑤仙到池底四掌相對，合適嗎？她一姑娘家尚未嫁人呢。」

了因沉下臉來：「你個臭小子，想到哪去了！你當我捨得讓瑤仙這樣搭上名聲陪你練功麼？休要動啥歪心思，下潭時先蒙上雙眼，每次到潭底需用龜息功半個時辰，這足夠你們運息一個周天，上來換氣時也不許揭下蒙眼布，除非瑤仙換好衣服，別忘了你在入幫第一天時發過的誓。」

了因說完後轉向林瑤仙，神情嚴肅地道：「瑤仙，要想助你李師兄早日練成劍法，這次恐怕要委屈你了，你若後悔，現在可與我說。」

林瑤仙低著頭，輕聲道：「瑤仙前日既已答應師祖，便不後悔，這也是為了保我峨嵋數百年基業，我等江湖兒女當不拘此小節，只是沐姑娘那裡……」

了因擺擺手，「這點我來對付，你和滄行練功期間切不可為外事所分心，沐姑娘來時，我只說你二人閉關未出便是。」

李滄行突然說道：「師太，我想見見師妹，能不能在她來峨嵋期間讓我見她一次，就一次。」

了因的聲音一下子高了起來，透著一股不容商量的嚴厲：「這心法就是要**清心寡欲，不可妄動凡心**，你見了你師妹必會心神不寧，一個不留神，**輕則前功盡棄，重則走火入魔**，這豈能兒戲！」

李滄行吐了吐舌頭，不再多說。

了因從懷中摸出兩本冰心訣的抄本，分給二人，說道：「今天下午就好好看，晚上開始練第一層，對了，滄行，這個月不許再吃肉包子。」

李滄行打開那書翻了起來，第一頁上就畫著一男一女赤身相對，掌心相抵，周身的穴道就像小螞蟻一樣遍及全身。

李滄行自從在剛入三清觀時曾看過幾頁火松子送來試探自己的黃帝內經，幾年來再未見如此活春宮，立時大驚，心想峨嵋乃清修之所，如何會有此種圖書，便開口問道：「師太，這是為何？」

了因「哼」了聲：「你運氣不用經過周身穴道的嗎？」

「我知道啊，可是我以前在武當和三清觀時，不需要看到裸體女子的穴道啊。」李滄行看向林瑤仙，這回她倒是神色坦然，平靜如水。

林瑤仙道：「李師兄有所不知，男子和女子身體略有不同，一些穴道的位置也略有偏差，不可一概而論。你在武當和三清觀自修心法時，自然不用看女子的周身穴道，但合練冰心訣時，需要功行對方的體內，只要稍有偏差，引岔了氣，便會害對方走火入魔，所以還請師兄勿要生疑，仔細看明穴位分布，瞭解運氣法門，方為首要之事。」

了因接話道：「就是，你這小子，成天腦子裡不知瞎想些什麼，現在讓你看這圖，把運氣經脈看清楚了，不然一會兒你不知道如何運氣走脈，還想趁機亂摸瑤仙嗎？我可警告你，門規你應該清楚，不許打什麼歪心思。」

林瑤仙輕聲地叫了聲師祖，示意她不要再說下去了，又轉向窘得滿臉通紅的李滄行，正色道：「李師兄，記得**靜心為上**，我自幼修習玉女靜心心法，對這冰心訣是駕輕就熟，你可要**靈臺清明，勿生雜念**，不然害人害己，我相信師兄的人品與定力，你行的。」

李滄行被這二人一唱一和的，搞得很沒面子，定了定心道：「那就請瑤仙多擔待些了，我現在就好好看書。」便翻開書仔細看起那裸女的周身穴道來。

看了約一個半時辰，對周身的穴位分布與經脈走向均了熟於胸，第一層心法口訣也爛熟於心後，便起身向了因示意可以開始了。

三人來到李滄行所居山洞的水潭前，了因找來一塊黑布，將李滄行雙眼厚厚地蒙了兩層，李滄行先脫去了外套，只穿著中衣跳入潭中，運起龜息訣，閉氣凝神，緩緩地沉入潭底。

他感覺自己正好沉入了一道隙縫之上，一種說不清的刺骨寒流從他足下的湧泉穴進入，透進全身，連忙盤膝打坐，運起冰心訣來。

轉眼，李滄行感覺迎面有陣水泡撲來，有什麼東西碰了碰自己的手，他知道這是林瑤仙已經下水，示意他開始運功合練，便依圖中所示雙掌前推。

立時便感覺到一隻柔弱無骨的肉掌與自己掌心相對，他甚至可以在這清冷的水底感覺到這雙纖掌主人的體溫，一股冰涼而清冽的內息如這秋夜裡的清風一樣，湧入了自己的右掌。

李滄行忙功行周天，丹田之氣由右掌進入林瑤仙的體內，他控制著內息，就像讓這內力在自己體力運行一樣，沿著林瑤仙的手厥陰心包經，一路由其左臂向上，直達心肺，再經過奇經八脈的一個個穴道，慢慢地行遍她全身。

林瑤仙與他一樣，督脈尚未打通，行氣過程中碰到任督二脈時尚是壁障重重，只能在六脈中行氣。頭維、陽交、大椎，內息所過的一個個穴道，就像一個個小小的關卡，兩人的內息緩緩地在對方的體內運行著。

李滄行感覺與林瑤仙體內純陰至寒的環境相比，自己這真氣倒顯得像是股暖流，而林瑤仙的純冰真氣在自己體內緩緩地運行著，則讓自己有種說不出的舒坦，連外界那刺骨的寒氣也感覺不那麼強烈了。

不知不覺二人功行對方體內，右掌出左掌入，如此這般連續兩個周天，李滄行很喜歡這種感覺，突然覺得迎面一陣水泡，林瑤仙撤了掌，輕輕拍了拍他的肩頭，他知道林瑤仙可能龜息功已到極限，便收起調息姿勢，起身游上了水面。

李滄行一躍而出水潭，頓時感覺渾身一股暖意，像是剛洗了熱水澡，他意識到這是因為潭水寒冽，與外界溫差較大所致。伸手想揭黑布時，卻被一隻手拉住胳膊，耳邊傳來了因的聲音：「滄行，稍等一下，瑤仙正在更衣。」

又等了一會兒，只聽林瑤仙說道：「李師兄，我好了。」這才把蒙眼的黑布取了下來。

只見林瑤仙已經換好衣服，赤著足，一頭濕淋淋的頭髮如黑色的瀑布一樣直瀉而下，燭光下臉色慘白，看上去沒有一絲血色，李滄行甚至可以看得出她在微微地發抖。

現在林瑤仙的模樣足以迷倒世上的每個男人，但李滄行沒有任何心思去欣賞林瑤仙的這種病態之美，反問道：「瑤仙，怎麼會這樣，是不是下面太冷，你給凍著了？」

林瑤仙的牙齒發著抖：「不是，應該是我功力不夠，無法抵禦下面的寒氣，李師兄你是怎麼做到的？我下去片刻就冷得牙齒打戰，幾乎支持不住，你在那裡待這麼久，好像一點變化也沒有。要不是你體內的熱氣運行我的周身穴道，我連半個周天的運氣時間都支持不了。」

李滄行摸了摸自己的腦袋，也暗自奇道：「我開始下去的時候還感覺有點冷，後來打坐運氣一陣子，人就靜下來了，如果不是你要上來，我再運三四個周天的功都沒有問題，現在上來後只感覺渾身熱乎乎的。」

了因一直在旁邊聽二人的談話，思索道：「以我的觀察，滄行，你的體質應該是**火性**的，內功心法如三清觀的焚心訣等，也是以熱氣為主，這能讓你不畏潭底嚴寒，不過，**冰心訣就是要把你的內息由熱轉寒**，看來你還要多下點功夫才是。你先去換衣服吧，不要著涼了，你現在覺得熱，是因為水底水面溫差大，不是真正身上有多暖和。」

李滄行依言轉到拐角處，把外衣外褲穿上。

待他回來後，了因說道：「今天你們功行了兩個周天，效果出乎我所料，原以為你們只能支持一個周天就不錯了，明天開始，早晨和晚上各練一次冰心訣，下午練些普通的拳腳活活血脈即可，不要太累，關鍵是晚上這次運功，這對你們很重要。」

「明白，一切尊師太（祖）教誨。」二人齊聲道。

如此這般，李滄行與林瑤仙合練了半個多月，心法也從第一層練到了第六層，每次練功都可以把時間延長到功行三個周天，只要再將最後三層的心法練成，這冰心訣便大功告成了。

兩人每日上午晚上各在潭底運功一次，下午李滄行練些拳腳功夫，而林瑤仙則到幫中巡視處理一些日常事務。

了因在開始的三四天裡，每次都在潭外守著，後來見二人已有默契，便不再駐守，多數時間都坐鎮幫中，幫林瑤仙處理日常事務。

李滄行有幾次想開口詢問沐蘭湘是否已到，話到嘴邊又咽了回去，心想還是抓緊練功，等功成圓滿後再考慮這個問題。

這日在水下運功時，李滄行突然想到自己當年離開武當時，也差不多是這個時間，又想到那晚在迷香的作用下，差點和師妹鑄成大錯，一時心神不寧，內息也變得有點混亂。

突然，李滄行聽到林瑤仙那細如蚊蚋的聲音在自己耳邊響起：

「師兄，切勿走神，抱元守一，氣沉太虛……」

李滄行心下大駭，在這水底怎麼可能聽到林瑤仙的聲音，正當他神魂不定時，那個細細的聲音又響起了：

「師兄，確實是我瑤仙，這是玉女靜心心法中的一門功夫，叫**傳音入密**，又叫**腹語術**，可以**用胸腹間的隔膜振動代替舌頭說話**，跟人雙修內力時也可以讓對方聽到自己的聲音，我現在教你運氣法門。」

接下來，那聲音便開始教授李滄行運氣振腔的口訣。

李滄行將信交疑地按那法則照作，發現果然可以用胸腔的隔膜振動，如同鼓動舌頭一般，他又驚又喜，試著說道：

「有這麼好的辦法，瑤仙為何不早點教我，天天在水下這樣長時間不能動，可悶壞我了，這種用肚子說話的方式可真好玩。」

林瑤仙道：「師兄你性子最急，又好動，要是早教你這個，你哪能靜下心來好好練功運氣？進展也不可能這麼快。而且，這種腹語法也需要玉女靜心心法達到八層時才能學到的，你若不是昨天把這冰心訣練到了六層，今天也做不到用腹腔說話呢。」

李滄行道：「嗯，這種辦法只能跟合練功的人說話嗎？」

林瑤仙回道：「聽說內功高了後，可以把聲音傳到十丈以外呢，我也沒試過。」

李滄行在肚子裡笑了起來：「哈哈，這個好玩，以後我內力高了，就專門在人群裡搗亂罵人，也沒人知道是我。」

林瑤仙也跟著在肚子裡笑了起來：「師兄真能鬧，不過你要當心，如果碰到內力遠高過你的人，你用腹語術時，他用獅子吼之類的神功反震，可能會有性命之憂，還是少用的好，我剛才是看你內息不穩，才會出聲提醒的。」

李滄行在肚子裡嘆了口氣，這樣說話讓他有些不太習慣：「哦，多謝瑤仙提醒，不瞞你說，剛才我想到了三年前的這時候，我就是在武當被人陷害而被逐出的，然後就想到了小師妹，所以一下子分了神，多謝你及時出聲示警，不然我真可能會走火入魔呢。」

林瑤仙沉默了許久沒有回應，好半天後才緩緩說道：「李師兄一定非常愛沐姑娘，這點瑤仙感覺得出來，沐姑娘好有福氣。」

李滄行搖搖頭：「不，是小師妹給我拖累，跟著受苦了。瑤仙，你能不能告訴我實話，她是不是已經來峨嵋了？」

又是長久的沉默後，林瑤仙道：「師祖本來千叮嚀萬囑咐，讓我向你嚴守秘密，但我實在不忍心看你受煎熬，雖然你從不說出來，但我能感覺你心裡的苦悶，所以我不瞞你，沐姑娘確實人在峨嵋，但你現在還不能見她，這冰心訣你正練到緊要關頭，現在要是見她，極有可能會前功盡棄，李師兄，我答應你，一定把她留到你功成後，到時候會安排你們見面的，你看這樣可好？」

「瑤仙，你太好了，師兄一輩子記你的好。對了，蘭湘這回來是以啥作藉口，哪天來的？按說做外交也就一兩天就得走，上次師太說她明後天就會到，算起來離現在也有十多天了，她不會是在這裡惹了什麼事吧？」

李滄行急著想知道小師妹的事，差點張開了嘴，一陣氣泡產生讓他醒悟過來，馬上閉上口鼻，這才沒有吸進水來。

林瑤仙等李滄行平靜下來後，才說道：「師兄也太小看你師妹了呢，沐姑娘冰雪聰明，秀外慧中，現在更是舉手投足間都是一副武當大師姐的風範，即使是為了來尋你，也不可能傷了武當峨嵋兩家的和氣，表面上還是要談正事的。這次她來是為伏魔盟的合作之事，你也知道，伏魔盟雖然建立了兩年多，但一直有名無實，正式加盟的大派也就少林、武當、峨嵋、華山四家，平時也是各行其是，沒有真正的聯合，沐姑娘此次來就是為了這事。」

李滄行一下子來了興趣，對師妹的關心也轉移到了伏魔盟的聯合上：「哦，難道她這次來，是準備籌劃什麼大的行動？」

林瑤仙搖頭道：「這倒也不是，我們上次連突襲巫山派都沒有得手，還差點都把命送在巫山派，現在我想起來還害怕，而且內鬼一直沒有查出來，更不能在這種時候搞什麼大規模行動了。

「沐姑娘來，是為了帶一批防具回武當。你知道我們峨嵋的織造之術是冠絕正派的，因為峨嵋山有優質的紫銅礦與猴毛，跟千年古藤混編而成烏金絲，做出的護甲能完全防禦尋常刀劍的砍殺，所以上次落月峽一戰，各正派裡峨嵋相對來說傷亡反而最小，巫山派一再打我們的主意，也多半是為此。」

李滄行這下聽明白了：「原來如此，這麼說，這些寶甲不做好，她是不會離開的？」

林瑤仙點點頭：「正是如此，我吩咐過湯師妹她們，要她們做得慢點，沐姑娘這次來準備帶五十套走，我們做上一個月就是。師兄你放心，這陣子我們對沐姑娘待如上賓，峨嵋山除了此處和師太的秘室還有藏經院外，她可以隨意走動。而且沐姑娘本就和我們熟識，柳師妹湯師妹與她關係非同一般，這陣子都是柳師妹帶她到處遊玩，還陪她切磋武功呢。」

李滄行一聽這話，心裡一塊石頭落了地，長出了口氣，說道：「原來如此，這樣我便放心了，我那小師妹從小貪玩好動，加上整個武當山只有她一個女弟子，所以我們這些師兄事事讓著她，都把她慣壞了，我就怕她在峨嵋惹出事來，我們個人事小，壞了兩家的合作就麻煩了。若有她無知犯錯之事，請看在我面子上，擔待一二。」

林瑤仙道：「師兄說的哪裡話，你總把沐姑娘當小孩子看，在我看來，沐姑娘這幾年在武當都是大師姐了，舉止也是沉穩得體，一派名家弟子的風範，根本不是你說的那個惹是生非的小丫頭，只是她性子確實天真活潑，跟如煙玩得可好呢，前些日子本來是安排她住在右邊的廂房，結果她主動搬到如煙的房裡了，每天吃飯練功都在一起呢。」

李滄行心下釋然：「哦，原來是這樣，她跟柳師妹性子倒真是有幾分相像，這幾個月我一直在這裡練功練劍，都沒見過其他師姐妹們，大家還好吧。」

林瑤仙點點頭：「嗯，大家各司其職，一切照舊，只是如煙和婉晴有時候會跟我抱怨，說我把你關起來練功，好久沒見到你了呢，而且這半個月不讓你吃肉包子，她們不知道緣由，碰到我就問個沒完，還打聽你是不是病了。對了，你那三件秋裝就是她們做的，婉晴做了兩件，那件藍紫色的，是如煙做的。」

李滄行心中一暖：「難為眾家師妹這樣關心我，練完功後一定要好好謝謝她們。蘭湘提到過我沒有？」

林瑤仙道：「沐姑娘第一天來時，就問你是不是在此了，師祖當時說你正在閉關修練，別人不能打擾，以後她就沒再問過，但這些天她拉著如煙轉遍了整個峨嵋，應該就是在找你吧。」

李滄行心中有點急：「那這裡特意不讓她來，她豈不是能猜到了？」

林瑤仙笑了起來：「你太小看師祖了，還記得昨天沒讓你下午練拳，而是全天在練內功嗎，就是因為昨天打聽到她要到這一帶來看看，我們兩個人這樣泡在潭底，她哪可能看得到，聽說後來她在這裡轉了一圈就走了。」

李滄行心中有些擔心起來：「那我的衣服和日常的用品呢，她轉到這裡看到男人的衣服會不起疑？」

林瑤仙很有把握地說道：「她來之前都收好了，這點師祖比你想得仔細，床上的被子換了床舊被子，故意搞得散亂，如煙跟她說，這裡是本派受罰弟子面壁之所，她也沒起疑，就直接走了。」

李滄行突然想到一事，心中大叫一聲不好，驚得他一下子失了控制，不自覺地張開嘴來，此時正值他調息時的吞氣階段，清冷的潭水一下子洶湧地從他口鼻中倒灌了進去。

李滄行感覺眼珠子像要給撐得爆裂開來，體內的真氣也如隨意奔走的潭水一樣，雜亂無章地在自己周身的經脈亂竄起來。

他連忙收了掌，以免影響到林瑤仙，另一方面強行壓下體內亂竄的氣，身形在水下暴起，直接向水面升去，剛一蹬腿，耳邊一陣轟鳴，眼前出現一陣鮮紅色的光芒，緊接著，整個人便失去了知覺，清醒前的最後一點印象，是自己的腳像是被什麼東西在努力地抓著。

李滄行睜開眼睛後，卻發現沐蘭湘清秀脫俗的面容在自己眼前一直晃動，眼裡盡是淚水，他使勁揉了揉眼睛，又狠狠地掐了一下自己的大腿，**發現這不是幻覺，眼前的人正是沐蘭湘！**

沐蘭湘見他醒轉，一下子撲了上來，使勁地抱著他，聲音裡帶著哭腔：「大師兄，你終於醒了，擔心死我了。」

李滄行還是覺得自己像是在做夢：「真的是你麼，小師妹？我這不是在做夢吧？要不你掐我一下。」

沐蘭湘狠狠地在李滄行的大腿上擰了一下，正好擰在上次李滄行在黃山被她絞到的傷處，李滄行痛得大叫一聲，差點要跳起來：「哎喲，你這是做什麼！」

沐蘭湘慌了神：「哎呀，對不起啊大師兄，我不是有意的，我出手失了輕重，你還疼嗎？我幫你揉揉。」

「算了算了，我自己來。」李滄行的傷處靠近大腿根部，心想：與小師妹還未成親，讓她摸這裡終歸不好，他一邊自己揉著傷處，一邊打量了一下四周，發現自己還在所住的山洞裡，便問道：「我為何會在這裡？你又是怎麼在這裡的，瑤仙呢？」

沐蘭湘嘟起了小嘴，粉面上似乎籠罩了一層寒霜，眼淚快要掉了下來：

「瑤仙？都叫得這麼親熱了！我就知道，枉我一聽到消息就來峨嵋尋你，你居然……你居然……」

說著說著，她突然放聲大哭，這回是伏在了床上哭了起來。李滄行伸出手去想要碰沐蘭湘，可是一觸及她香肩，就給她用力地甩開。

李滄行自武當與她分別後，沒見她生過這樣大的氣，也不知如何是好，只好在一邊坐著默不作聲，稍一調息卻覺胸口一陣劇痛，連忙作罷。

良久，沐蘭湘停止了抽泣，低低呢喃著：「你怎麼可以如此對我，你怎麼可以如此……」

李滄行道：「我怎麼了呀，我只記得我在水中運功，運岔了氣，然後暈了過去，醒來你就在這裡了。」

沐蘭湘咬著嘴脣，背過了身子：「哼，真的嗎？你和誰在水下呢。」

李滄行知道這事肯定瞞不過小師妹，索性挑明了道：「和瑤……和林掌門一起在水下合練一門內功呢。」

「你又提她，我不許你提她。」沐蘭湘又哭了出來，她撲上來緊緊地抱著李滄行的脖子，頭埋在李滄行的胸前，只是哭泣卻不說話。

李滄行感覺到她的酥胸在劇烈地起伏，與自己緊緊地貼在一起，覺得如此男女授受不親不太好，想要稍稍推開她一些，卻被沐蘭湘環抱得更緊了，說什麼也不肯放手。

只聽沐蘭湘在他懷中低語：「昨日白天來這裡時，我就聞到你的氣味，雖然淡了很多，但還是能聞到，我猜到你在這裡，便於今夜來探，結果……」

沐蘭湘抬起頭來，眼裡滿是淚水，幽怨之情寫滿了整臉。

「結果怎麼了呀，當時我什麼都不知道，我在水裡暈了過去。」李滄行也很想知道究竟發生了什麼事。

「哼，怎麼了？結果自然是看到你和你的瑤仙妹妹在這裡風流快活啦。」沐蘭湘一把推開李滄行，氣呼呼地扭過了頭。

李滄行百口莫辯，無奈地道：「我人都暈了，還怎麼風流快活？再說，人家林掌門冰清玉潔的，師妹不可壞人名節。」

沐蘭湘使起拳頭狠狠地捶起李滄行的胸膛，一邊捶一邊恨聲道：「你還氣我，你還氣我！我明明看到你們兩個在那裡嘴對嘴，身上只有貼身內衣，她還在你背上摸來摸去的，你還狡辯。冰清玉潔會這樣做？你現在還要抵賴，李滄行，我恨你。」

李滄行聞言大驚，一把抓住沐蘭湘的手，顫聲道：「你說什麼，什麼嘴對嘴？」

沐蘭湘狠狠甩開了李滄行的手，杏眼圓睜：「不害臊，這種事我哪會冤枉她，明明是你們兩個偷情，還要說她冰清玉潔，真是不知羞恥！李滄行，你怎麼可以如此對我？」

李滄行稍一運氣，體內仍是劇痛不已，他這下子明白了。他跳下床，彎腰從床底拿出冰心訣的心法書，扔給沐蘭湘道：「師妹自己看吧。」

沐蘭湘嘴裡說著：「我才不要看你這些東西。」一邊翻開了書，只看到第一頁的那幾張裸身男女圖畫，臉色立即變得無比通紅，閉上眼睛尖叫道：「李滄行，你好無恥，騙我看這下流東西。」一面把書扔了回來，轉頭不語。

「師妹向後翻翻，翻到第十八頁自會明白。」李滄行說著，一邊把書又放回沐蘭湘手上。

沐蘭湘沒好氣地翻起書來，很快就看出這是上乘的內功心法，翻到第十八頁時，上面有一行小字，寫道：

「修練此功切忌分心，否則輕則經脈受損，重則性命堪憂，若合練時對方有走火入魔之跡象，導致功行不順，情急時可以口渡入真氣，同時以右掌撫其背心脊中穴輸入真氣，功行一個周天方可，此法對施法者真氣消耗極劇，非調息三天以上不可再行功，而受此功者內息混亂，也當靜臥一日，方可再行調理。」

沐蘭湘看後大驚，抓住李滄行的手，關切地說道：「大師兄，你運岔氣了嗎，是不是剛才水下很危險？」

李滄行冷冷說道：「是的，我在水下聽到你昨天來過這裡，料想你鼻子靈，一定知道我就在此處，了因師太不知你有此異能，雖作了安排，反而弄巧成拙，事先不作解釋，我怕你看到我和瑤仙練功會產生誤會，所以心中一急，潭水倒灌入口鼻，差點走火入魔。你現在應該知道瑤仙是在救我了吧，就跟當年落月峽時，你在河邊暈了過去，我也企圖以嘴渡氣之術救你一樣。你怎麼能不問是非，就任性辱人清白，更隨便懷疑我對你感情的忠誠？」

李滄行這幾句話說得聲色俱厲，牽動內息，一下子又劇烈地咳嗽起來。

沐蘭湘知道錯怪了二人，急得眼淚都掉了下來，忙扶著李滄行，輕輕地撫著他的背，道：「大師兄，都怪我胡思亂想，我是太在乎你，怕你被別人搶走，你不要這樣罵我。」

李滄行問道：「林掌門怎麼樣了？」

沐蘭湘低頭輕語：「我看你們那樣，心頭火起，本想上前質問，結果林姑娘看到我來，連著向我擺手使眼色，我看你們那樣子古怪，一時不好判斷，就沒上前，過了一會後，她放開了你，自己坐一邊調息了，我看你暈了過去，就把你扶上床，在這段時間裡，她扶著洞壁起了身，叫我好好照顧你就走了。」

李滄行一下大急：「什麼，她當時那個樣子，你就讓她走了？」

沐蘭湘抬起頭，眼中淚光閃閃：「我當時哪知道是怎麼回事，還以為你們在做羞恥之事呢，你又不是不知道我的性子，當時沒發作都不錯了，哪還顧得上與她說話。」

李滄行掙扎著要下床去，「不行，我得親眼看看瑤仙沒有事，她是為了救我才這樣，書上說了，她的消耗和內傷要比我大得多，不知道她平安無事，我放不下這心。」

沐蘭湘把李滄行強行壓了下來：「行了，大師兄，你這樣子無法運氣，根本不能動的，就這樣躺著吧，我去尋她就是。」言罷，起身出了山洞。

一個時辰後，沐蘭湘回來了，嘟著小嘴道：「你的瑤仙妹妹沒事了，了因師太正在幫她導氣呢，師太查探過後，說她並無大礙，休息兩天即可，倒是你，運岔了氣，可得好好調養，這兩天不可再運氣。」

李滄行心下稍安：「師太呢？」

「她說馬上過來。大師兄，你是不是真的變心了，我來這麼久你都沒問過我，口口聲聲只有你的瑤仙妹妹。」沐蘭湘說著說著又不高興了，低頭擺弄起自己的衣角。

李滄行剛才在床上時，也覺得今天對小師妹的態度有些過了，當下和顏悅色地扶著她的肩膀，道：「怎麼會呢，我做的一切都是為了你，包括練那冰心訣。」

沐蘭湘「哼」了一聲，小嘴嘟得更高了：「這跟我又有啥關係，難不成你跟你的瑤仙妹妹在水下那樣練功還是為了我？」

李滄行嘆了口氣：「你看我來了峨嵋後，她們就傳了我紫青雙劍，這可是威力不輸於兩儀劍法的厲害武功。但我性子急，出劍不夠沉穩，達不到練劍的要求，眼下多事之秋，也不可能有時間慢慢練，為了速成此武功，瑤仙才與我合練冰心訣的，你剛才看的那內功書，應該明白吧。」

「哼，那個春宮圖，羞也羞死了，沒出閣就看這個，不害臊。」沐蘭湘粉臉微微一紅，但臉色已經舒緩許多，李滄行知她心中已經信了大半。

李滄行拉著沐蘭湘的手，語重心長地說道：

「師妹，我剛才一想到你就心神不寧，運功出岔，差點命都沒了，**如果不是心裡有你，哪會這樣？**瑤仙為了救我，才會那樣消耗自己來幫我導氣，你說，她萬一要是出事，我們豈不要愧疚終生？你怎麼不考慮做人的基本道理，卻還跟我在這上面計較？」

沐蘭湘緊緊地握著李滄行的手，美麗的大眼睛裡光芒閃爍：「大師兄，你別老把我看成小孩子，這其中的道理我又不是不知道，只是我就是看不得你跟別的女人親熱嘛，你也考慮一下我的感覺，要是我和別的男人也這樣，你能這麼安之若素嗎？」

李滄行一時語塞，默不作聲。

「而且，那林瑤仙國色天香，是稀世的美人，連我身為女子，初見她時都心動不已，你說我能放得下心嗎？就是柳如煙、湯婉晴都算得上千里挑一的絕色，你自幼在武當長大，沒見過別的女人，這一下身在花叢，我怕……我怕……」沐蘭湘變得吞吞吐吐起來。

李滄行哈哈一笑：「你怕我不要你了，是不是？」

沐蘭湘「嚶嚀」一聲，撲進李滄行的懷裡：「你又欺負我，這話也說得出口，再說，我還沒決定好要不要跟你呢。」

李滄行從枕頭下摸出一個黑色的麵團，放在沐蘭湘的鼻尖道：「師妹聞聞這個，你鼻子不是最靈麼。」

「噫，又是這東西，臭死了，你快拿開。」沐蘭湘羞得滿臉通紅，依偎在李滄行的懷裡抬不起頭。

李滄行笑笑道：「那我扔囉。」抓起月餅，作勢欲扔。

沐蘭湘急得連忙起身，拉住李滄行的手，二人四目相對，李滄行看著沐蘭湘水靈靈的大眼睛，小嘴不自覺地抿了起來，他再也控制不住自己，緊緊地把沐蘭湘摟進懷中，忘情地吻上了她的唇，**天地萬物、宇宙蒼生此時皆不再存在，他只知道自己只要懷裡的這個女人，其他的都不重要。**

良久，脣分，李滄行突然「哎喲」一聲，二人脣分，他的嘴脣竟破皮出了血，叫道：「你這是做什麼？」

「我就是想咬你一口，不想別人在你嘴脣上留有別的痕跡，大師兄，你要記得，天底下只有我一個女人是咬過你的。」沐蘭湘再次撲進李滄行的懷裡，一臉的幸福。

李滄行摟著沐蘭湘，輕輕撫著她的背，突然想到了一件事，問道：「你是怎麼找過來的？」

沐蘭湘偎在李滄行的懷裡說道：「我不是說了嘛，昨天白天過來的時候聞到你的味道了嘛。」

李滄行搖搖頭：「不對，我是說，為什麼你能找到這裡？而且師太她們知道你要來這裡。」

沐蘭湘一下子從李滄行的懷裡起了身，秀眉深鎖道：「此事說來也怪，我來峨嵋後，每日都借與柳姑娘遊玩的理由四處尋你，我第一次上峨嵋，對此地完全不熟，柳姑娘又特意帶我去其他峰轉悠，按說本是不可能尋到這裡的。」

李滄行覺得事有蹊蹺，正色道：「那你又是怎麼找到的，難不成是柳師妹告訴你的？」

沐蘭湘搖搖頭：「這倒不是，我幾次問她，甚至求過她，她卻只說自己也不知道，我覺得她應該沒有說假話，因為上次你在黃山的事，就是她後來找機會告訴我的，她說怕我傷心難過，讓我去找你。所以這次她沒理由不告訴我你的所在，除非她自己也不知道。」

李滄行點了點頭：「不錯，這四五個月來，她一次也沒來過我這裡，每日飯菜也都是瑤仙親自送來，我練功的地點，對峨嵋上下也是保密的。」

「說來奇怪，我們前天回到房中時，卻看到桌上有張字條，上面的字跡歪歪扭扭，說是你在後山石洞中，還畫了張地圖，你看，就是這個。」沐蘭湘拿出字條遞給李滄行看，果然如她所言。

李滄行仔細看了兩遍字條，說道：「這字是用左手寫的，所以顯得歪歪扭扭，寫字條的人是**故意要掩飾筆跡**，而且此人即使左手書寫，字也小巧，必是一女子無疑，八成就是**我一直找尋的錦衣衛內鬼**。」

沐蘭湘聽了大急：「什麼，大師兄，原來你來峨嵋又是查探內鬼的？前一陣三清觀出事時，我曾想去找你，紫光師伯說你應該自有計較，你來峨嵋我還以為是學藝的，怎麼還是為了這事？」

李滄行無奈地道：「唉，師妹，我現在不能回武當，我不能拿你當賭注和那個內鬼鬥，他可以一直無所動作，我卻要和你成天活在提心吊膽裡，那種感覺太不好了，所以我要遊歷各派，找出他們的整個網路，把陰謀連根拔起。你知道嗎，師妹，就連奔馬山莊也有他們的人，那晚我們在地下密室與歐陽莊主議事時，陸炳就在附近，我們說的話，他全聽到了。」

「你不是在開玩笑吧，天下哪有這麼可怕的人？」沐蘭湘眼中盡是不信。

李滄行一想到陸炳的本事，就背上發涼：「我開始也不信，後來他把我們在密室中議的事說得分毫不差，我才不得不信，此人自幼就練聽風之術，實在可怕。」

沐蘭湘急得臉都紅了：「那怎麼辦，這人這麼厲害，又在各派都放內鬼，他到底想做什麼？」

李滄行忿忿地道：「按他的說法，他是要挑動江湖正邪互鬥，讓雙方都死傷慘重，無法形成合力對抗朝廷，他還邀我加入呢，我拒絕了，好險後來鬥智勝了他，所以他答應三年內不對我出手。」

沐蘭湘揉揉胸口，長出了一口氣：「嚇死我了，我就怕這人對你下手，他這麼厲害，你怎麼可能鬥得過他?!大師兄，你答應我，以後碰到他，一定不要逞強爭那口氣，你要是不在了，我，我也不想活了。」說著，她又緊緊地抱住李滄行，說什麼也不肯鬆手。

李滄行笑著鬆開了她的玉指，道：「不用急，我也不傻，我現在不是他對手，也不會雞蛋碰石頭，你看我來峨嵋一邊查內鬼，一邊也找機會學功夫，不就是想讓自己儘快變強麼，我還沒娶你，怎麼捨得去死。」

這時，外面響起一聲輕輕的咳嗽聲，了因緩緩地踱了進來。

李滄行和沐蘭湘連忙分了開來，各自整理起衣衫來。

了因走到桌旁坐下，道：「方才你二人所言，我都聽到了，本想轉身離去的，後來你們的談話涉及內鬼之事，就又留了下來。」

李滄行起身道：「師太，是否需要手書交談？」

「不用，此洞空曠，若用輕身功夫進來必有回聲，我雖年過七旬，耳朵還沒老到聽不到來人的行蹤，即使他是陸炳也是一樣。」

李滄行知道了因自視甚高，自尊心也強，便住口不再提此事。

沐蘭湘道：「師太，晚輩受歹人蠱惑，任性來此惹出事端，還請恕罪。」

了因「哼」了一聲，道：「沐姑娘想必在武當是自由慣了，不過還請日後在峨嵋的時候，能給我幾分面子，切勿再自行其是。今天這事，如果你當時控制不住情緒，可能會鬧出人命，後果不堪設想。」

沐蘭湘咬著嘴脣道：「晚輩知錯，以後一切但憑師太安排，晚輩見得大師兄，心願已足，再無其他想法，寶甲做好之時，即當回幫覆命。」

了因「嗯」了一聲，轉向李滄行道：「字條這事，你怎麼看？」

李滄行想了想，開口道：「師太，我想先問問，您是如何得知小師妹要來這後山尋我的？是柳師妹報的信嗎？」

「此事奇怪之處就在於此，如煙並未向我彙報，也是同樣的一張字條放在我桌上，要我當心沐姑娘第二天會來此尋你。」說著，了因從懷中亦摸出一張字條，李滄行一看便知**與自己那字條是同一人所寫**。

李滄行臉色一變：「竟有此事！如此大事柳師妹居然沒向您彙報？這又是為何？」

了因搖搖頭：「我想，一來是她跟沐姑娘關係交好，不忍見她空跑一趟；二來嘛，我不說你應該知道。」

李滄行心中明白柳如煙對自己有意，想通過沐蘭湘來找到自己，只是小師妹在場，了因怕影響二人關係，所以隱而不語。

第八章

烈火真君

數十名蒙面人如同神兵天降，一人滿面紅光的老者，
身穿大紅袍，手持一柄銅瓜錘，看起來分外的顯眼。
許冰舒道：「不好，那紅袍老者是魔教四大法王
之一的烈火真君，看來今天情況不妙。」

李滄行覺得沐蘭湘眼神中似乎又有些不太對勁，連忙岔開了話題，道：「師太，那這樣看來，此人是有意製造事端無疑，她知道我與瑤仙雙修武功，卻故意引蘭湘來此，試圖讓蘭湘一時誤會，與貴派衝突，產生矛盾，從而影響武當與峨嵋的關係。」

沐蘭湘問道：「那為何此人又要給師太送這信呢？師太得知後不會做出安排嗎？」

李滄行猜想：「這內鬼大概是有十足的把握，確定師太無法一直隱瞞我的行蹤，或者她對小師妹極有信心，相信她一定能找到我。如果小師妹一時衝動，傷了瑤仙，那師太也可能憤而出手傷及師妹，這樣，武當、峨嵋的梁子就結大了，足以斷送兩家的聯盟。」

了因一拍桌子，怒道：「好狠的賊人，好毒的計策，陸炳，你真是好手段。」

沐蘭湘不由自主地發起抖來：「大師兄，別跟他們鬥了，我們贏不了的，我這就回武當求師伯讓你回幫，我不能看你在這裡，受他們一次又一次的暗算。」

李滄行拍了拍沐蘭湘的肩膀，道：「這次他們的計畫失敗了，想必這內鬼一定會設法與陸炳聯絡，以求得下一步的行動指南，師太，我們不妨將計就計。」

李滄行的眼睛蒙著厚厚的黑布，從水潭底鑽了上來，周身已經不再像以前那樣熱騰騰地冒著水汽，那些水珠在他的中衣上結成了霜珠子，連他的眉毛頭髮上都薄薄地結了層冰。

沐蘭湘一直守在水潭邊，趕緊幫他披上外袍：「大師兄，你再稍等一下，林姑娘還在那邊換衣服呢，這幾日你身上結的冰越來越多，是不是這冰心訣要練成了？」

李滄行點了點頭：「嗯，前天練到第八層了，這兩天又有進展，看來再過兩三天應該就能圓滿了。」

沐蘭湘看了一眼旁邊正在更衣的林瑤仙，笑道：「多謝林掌門幫我師兄合練，以後這功夫也教教我行不？我拿武當的某門功夫跟你換，好不好？」

林瑤仙擦乾了頭髮上的水珠，又罩上了外衣，一邊穿著鞋襪一邊笑道：「伏魔盟成立了，大家都是師兄妹相稱，這些功夫以後也不必拘泥於門戶了。其實這冰心訣來源於當年古墓派的玉女心經，與貴派的純陽無極內功有異曲同工之妙，這個月我跟李師兄合練時，從他那裡得到的幫助也不少，還打通了三個以前一直無法打通的穴脈呢，功成之日應該可以雙雙打通督脈了。」

沐蘭湘驚道：「太厲害了，我才剛剛打通督脈的第三個穴道，你們居然都能通完了。不行，以後我一定要練這門功夫，不然只會給你們越甩越遠啦。大師兄，你可以取下眼睛上的黑布了。」

「你們聊吧，我去吃飯了，晚上我再來。」林瑤仙穿戴完畢，朝二人笑了笑後，走出了山洞。

沐蘭湘待她走後，拉住李滄行的胳膊，從身後神秘兮兮地拿出了一個竹筒，遞給李滄行，李滄行奇道：「師妹，我有喝水的筒啊。」

沐蘭湘勾了勾嘴角：「不行，以後你就得用這個喝水，就是我走了也只能用這個！」

李滄行接過竹筒，一邊納悶道：「這有什麼區別嗎？喝水的筒而已。」

沐蘭湘急道：「怎麼會沒區別？這個是我做的，那個是別的女人給你的，我不許你用別人的，只能用我給你的。」

李滄行啞然失笑，接過竹筒，一看筒身上也刻了個頭像，歪歪扭扭的，頭大身子小，下面寫了個李字，打開筒塞子，卻發現一股生薑味道撲鼻而來，原來筒裡裝的是熱薑湯。

沐蘭湘的話裡透出了一絲柔情：「大師兄，你的冰心訣越練越高，身上的冰也越來越多，現在已經入冬了，別凍壞了自己。」

「還是師妹想得細。你對我真好。」李滄行也覺得體內寒氣有點重，忙喝了兩口薑湯，渾身一下子暖和了許多。

李滄行喝著薑湯，一邊說道：「師妹，我不知道是怎麼了，最近越練越覺得乏力，以前我冬天睡覺都不用蓋被子，打赤膊的，現在居然會覺得冷，是不是我體質下降了？」

沐蘭湘撲嗤一笑，道：「什麼體質下降，我看八成是現在沒肉包子吃了才會無精打采，這個月饞壞你了吧？」

李滄行想想好像確實如此，不好意思地抓了抓頭。

「師兄，你看這是什麼？」沐蘭湘從懷中摸出兩個大肉包子，還冒著熱氣呢。

李滄行又驚又喜，從沐蘭湘手中抓過來就啃了起來，邊吃邊問：「哪來的呀？」

沐蘭湘笑道：「大師兄有所不知，自從給你做肉包子以後，每頓飯給俗家女弟子也每人做個肉包子，你這個月練功不能吃肉包子，她們可沒這限制，我這次來峨嵋，每頓跟她們一起吃飯，她們不知道你在練這功，還問你是不是病了呢。」

「哎呀，剛才只顧嘴饞差點忘了這事，師妹，你這不是害我嘛，還是別吃了。」李滄行情急之下，差點把剛吃下去的肉要吐出來。

沐蘭湘頑皮地眨了眨眼睛：「大師兄，你就放心地吃吧，這五六天，林姑娘應該不會和你再練這功了。」

李滄行奇道：「這是為何？」

沐蘭湘的臉上突然飛過兩朵紅雲：「哎呀，你別多問了，這是女兒家的事，你們男人不懂的，總之，你接下來自己練功好了，要不我陪你練劍也行。」

李滄行還是不放心，盯著肉包子，控制著自己把它吞下的欲望：「真的沒事？」

「大師兄，你還信不過我麼，你說我會害你嗎？」

李滄行這才放下心來，狼吞虎嚥地把兩個肉包子都下了肚，然後拿起薑湯一飲而盡，高興地道：「爽死我了，師妹，你懷裡的肉包子真好吃。」

李滄行話一出口便發覺說錯，立馬捂住了嘴。

沐蘭湘羞得滿臉通紅，啐了一口道：「大師兄，你壞死了，這話你也說得出口，你以前可不是這樣的。」

李滄行不好意思地說：「對不起啊師妹，我吃到肉包子一時高興，口不擇言，真的不是故意的，其實我……」

沐蘭湘「噗嗤」一聲，拉著李滄行的手，朱脣湊到李滄行的耳邊，輕輕地說道：「其實我身上的肉包子早就給你咬過了，你這沒心沒肺的。」

李滄行的臉也變紅了：「師妹，你……」

「好啦，人家早就算是把身子給了你了，你可不能負我，這輩子不許去吃別的肉包子。」沐蘭湘越說聲音越低，把頭深深地埋進李滄行的懷中，不再說話。

溫存了一陣後，沐蘭湘輕聲道：「大師兄，還是和我回武當吧，你的計畫雖好，但就算在峨嵋能抓住內鬼，還是破壞不了整個錦衣衛的計畫的，不如我們跟錦衣衛講和，不再追究他在門派的內鬼之事，只要他們以後別再使壞就行。民不與官鬥，我們江湖門派是鬥不過朝廷的，何況那陸炳又那麼厲害。」

李滄行搖搖頭，扶起沐蘭湘，看著她的雙眼，正色道：「師妹，別的事情我能答應你，惟獨這事不行，我師父死在魔教手上，我必親手鏟平魔教以報此仇，陸炳的目的是維持江湖的平衡，絕不會允許我們滅了魔教，所以不打倒他是不可能報仇的。」

「師兄，你太執著了，以前我也跟你一樣，天天就想著報我娘的仇，但真正看到你打死那老魔頭報了仇後，我又覺得空蕩蕩的，為了報仇，爹又成了現在那樣，值得嗎？」

沐蘭湘一提到黑石，眼淚就不覺地流了下來，李滄行愛惜地撫著她的臉，為她拭去眼淚，沐蘭湘說的，他其實也思考過，連他自己也沒有一個準確的回答。

沐蘭湘幽幽地說道：「大師兄，我不想看到你為了報仇的事這樣冒險，這樣折磨自己，委屈自己，我知道我這樣說不太好，但就是你師父，也肯定不願意看你這樣為了他報仇，這樣拿命去當賭注的。」

李滄行嘆了口氣，撫著沐蘭湘的秀髮，柔聲道：

「師妹，你說的我又怎會不知？我情願從沒入過江湖，一直和你待在武當，也沒有什麼正邪大戰，這樣就能和你長相廝守，過那神仙也似的生活，但**我現在已經不可能回頭了，就算我不想管這事，陸炳已經盯上了我，他會放過我嗎？**兩年多以後，他要是再來找我，我如何抵擋？如果我不加入錦衣衛，與他同流合汙，他到時要對武當下手怎麼辦？師妹，**這是個賭局，我踏入其中就不可能回頭了，更不能拿你和武當當賭注。**」

沐蘭湘在李滄行懷中早已是眼淚汪汪了，只是緊緊地抱著他，卻說不出話來。

「大師兄，其實我還是不想你留在峨嵋，去哪裡都行，就是別在這裡。」久久的沉默與溫存後，沐蘭湘幽幽地說出這句話。

「為什麼，你還是懷疑我對你的愛嗎？」李滄行有些不高興了，直視著沐蘭湘的雙眼。

他的目光在不經意間落到沐蘭湘腰間插的一根竹笛上，心中猛的一顫，眉頭也一下子皺了起來。

「不是，我不是懷疑你，我是……我是……」

沐蘭湘欲言又止，一雙美麗的大眼睛看著李滄行，一動不動。

李滄行這陣子一直覺得沐蘭湘有心事，忍不住說道：「師妹，你今天是怎麼了，總是吞吞吐吐的，你不說明白，我怎麼會知道呢，前面你說瑤仙最近幾天不會來跟我練功，也不肯細說原因，有什麼事需要瞞著我嗎？」

「前面那是女兒家的私事，自是不方便與你說；至於這事，我也不瞞你了，我不是不放心師兄你，而是我感覺到林姑娘和柳姑娘都喜歡上你了，就是湯姑娘好像也有這意思，就算你對人家無意，也會傷到她們的，所以我還是希望你這次能和我回去。」沐蘭湘鼓起勇氣，望著李滄行道。

李滄行不以為然地笑了笑：「師妹，你又在胡思亂想了，別的人不好說，瑤仙怎麼可能愛上我？她心如止水，又是掌門之尊，即使和我認識這麼久了，對我也是不苟言笑，你要說柳師妹還有點可能，但我不快半年沒見她了麼，時間長了自然也淡了，放心吧。」

「其實如煙我反而不太擔心，她的喜怒都在臉上，而且她看上去好像大大咧咧，實際心思細膩，知道自己的地位和處境，不會強行追求你；倒是林姑娘，外表凜然不可接近，但內心其實火熱，她遲早會向你示愛的，我也是女人，我的感覺不會有錯。」沐蘭湘急急地道。

「好啦，師妹，你總是對那天的事耿耿於懷，我都說了那天的事她是為了救我，你還放在心上，心眼太小了當心長痘痘。」李滄行在沐蘭湘的鼻子上刮了一下。

「大師兄，我相信我的判斷，別的事不好說，在男女之情上，我的感覺一向很準的。那天我之所以那樣失態，不是因為她給你渡氣，而是……而是……」沐蘭湘漲得滿臉通紅，一下子又說不出來。

「莫急，慢慢說。小師妹，我在認真地聽。」李滄行輕撫沐蘭湘的背，幫她順氣。

「你不知道，大師兄，那天我看到她閉著眼睛在吻你，雖是渡氣，但那種神情，就和我吻你的時候一樣，是那種對深愛之人的全情投入，手也不是按在你背後穴道不動，而是另一隻手在撫著你的背，按著穴道的手緊緊地環著你，那種神態和姿勢絕對不是單純的救人，而是很享受與愛侶的這種親密接觸。

「大師兄，我們有過不少次這種體會，我能看得出來的，你一定要相信我，我絕不是出於嫉妒而騙你，我不懷疑你對我的愛，但我真的怕你繼續留在這裡會傷了她。林姑娘是個好女孩，外表沉靜內心剛烈，一旦受傷，我不知道會發生何事。我也不希望那樣。」

沐蘭湘的語速很快，但每個字都清清楚楚地鑽進了李滄行的耳朵裡。

李滄行默默地點了點頭：「這樣吧，我會保持和瑤仙的距離，除了練功外，儘量避免與她的接觸，反正冰心訣這幾天也就要練成了，後面練紫青雙劍時我儘量自己練，那劍法我看過，不像兩儀劍法有那麼多配合和摟抱動作，基本上不會有肢體上的接觸。師妹，我答應你，找到內鬼後，就找機會離開這裡，這下你可以放心了吧。」

沐蘭湘親了一下李滄行的胸膛，一臉幸福地扎進他懷裡，閉上了雙眼，此時無聲勝有聲。

十一月中旬，已近寒冬。

這一天，一位勁裝打扮的武當弟子匆匆地上了峨嵋，稍後在山門值守弟子的引領下來到了金光殿上。林瑤仙居中正坐，了因坐在她身邊，沐蘭湘一人立於左側，柳如煙、湯婉晴等人立於右側。

沐蘭湘一見到來人便驚喜道：「小師弟，你怎麼來了？」

來者乃是辛培華，他見到師姐後，微微一笑，道：「師父差我有事前來，一會兒再與師姐敘舊。」

辛培華言罷，轉臉面向林瑤仙，正色道：「林掌門，我派掌門紫光真人差我前來，向掌門及峨嵋上下各位同門問好，尤其要祝了因師太身體安康，心想事成。」

了因哼了聲：「魔教未滅，大仇沒報，我怎麼能叫心想事成？客套話不用說了，賢侄此次前來，有何要事？」

辛培華道：「前日裡師姐回書本派，說是打造五十套防具，師父怕師姐一個人帶這麼多防具回山，不太安全，特命我過來，而且囑咐道，已經入冬，馬上要大雪封山了，還請師姐速速回山。」

沐蘭湘道：「你來這裡就是為了這事？」

辛培華點點頭：「正是。」

「不，我暫時不回去，我留這裡還有要事沒辦，要回的話，你帶上防具先回好了。」沐蘭湘氣呼呼地直接要出門，卻被辛培華一把拉住。

「師姐，還有事與你有關。」

辛培華先是向著堂上的峨嵋眾人點頭致歉，然後拉過沐蘭湘，低聲對她耳語一番，沐蘭湘的臉上一下子變了顏色，緊緊地抓著辛培華的胳膊，失聲道：「此事當真？」

辛培華的臉色嚴峻：「師姐莫要激動，師父說未必會是最壞結果，只是為防萬一罷了，我來前，師父已經派應師弟去神農幫請端木幫主了，不會有事的。」

沐蘭湘顫聲道：「我這就回去。」轉向林瑤仙一拱手：「抱歉，家父病危，防具我來不及等了，只有改天再派人來取，我收拾下行裝，這就回武當。」然後頭也不回地奔了出去。

辛培華嘆了口氣，向林瑤仙行禮道：「師門不幸，黑石師伯病情惡化，怕是難撐幾天了，家師吩咐一定要把師姐帶回，至於那些防具，只有改日再來領取，給貴派添的麻煩，深表歉意。」

林瑤仙諒解地道：「生老病死，禍福無常，本非人力所能料，沐師妹逢此不幸事，身為人女，自當回幫盡孝，這沒有什麼需要向我們抱歉的。至於那些防具，這幾天做好後，我們會派弟子送上武當，請勿掛念，還望辛師弟回幫後，向黑石師叔轉達我派上下共同的祝福，希望他吉人天相，早日康復。」

辛培華謝過林瑤仙後，轉身出了大殿。

林瑤仙轉頭問湯婉晴道：「湯師妹，那五十套防具可曾做好？」

湯婉晴回道：「五六天前已經做完了，掌門師姐不是要我們暫且壓下幾天的麼？」

林瑤仙想了想，道：「事發突然，沐姑娘既然要趕著回去，就一併讓他們帶回去好了。」

柳如煙突然道：「此事要不要通知一下李師兄？」

了因「哼」了聲：「只怕沐姑娘已經在去後山的路上了。」

李滄行正在盯著眼前的一朵野菊花，凝神屏氣一動不動，接著他閉上眼，手中的紫電劍漸漸地發出紫光，一股絲絲的寒氣順著劍身向上冒，劍身上也凝起了一層淡淡的冰霜，突然一個帶著哭腔的聲音鑽進了他的耳朵：

「大師兄。」

李滄行知道小師妹來了，心神一散，劍氣自消，朝向小師妹奔來的方向：

「師妹，何事如此驚慌？還沒到飯點吧。」

沐蘭湘淚流滿面，撲進李滄行的懷裡：「大師兄，爹爹他出事了，剛才小師弟來，要我趕快回去，說是……說是可能是最後一面了。」

李滄行臉色大變：「啊，怎麼會這樣。你不是說你來時黑石師伯還是好好的嗎？」

沐蘭湘咬著嘴唇：「我也不知道為什麼會這樣，大師兄，我現在心裡亂極了，恨不得馬上就回武當。」

李滄行柔聲道：「師妹，你不要急，你這就先回去，記得路上一定要當心。我的冰心訣現在是最關鍵的時候，暫時不能離開，否則前功盡棄。不過我答應你，只要這兩天一練完，我馬上就去武當找你，而且，我覺得這次的事情沒這麼簡單。」

沐蘭湘聽了道：「大師兄，你為什麼這樣說？**難道你認為這又是錦衣衛搞的鬼？**」

李滄行眼中精光一閃，道：「這只是一種直覺罷了，所以你路上千萬要當心。本來我才想說叫你多留兩天，等我練成後一起走的，但我知道你現在一刻也不想等，所以只能提醒你路上一定要注意安全，我去跟瑤仙姑娘商量，讓峨嵋幾位師妹陪你一起走。」

沐蘭湘擦了擦眼睛，心亂如麻地道：「還是你想得細，我剛才只顧著急，沒想到這一層。大師兄，你可一定要儘快來武當，記得我前幾天跟你說過的話。」

李滄行鄭重其事地道：「我答應你的事一定會做到的，快去吧。」

「好的，你一個人在這裡也小心。」沐蘭湘又抱了一下李滄行後，匆匆奔走。

李滄行雙目中神光暴射，紫電劍挾風雷之聲出鞘，信手一揮間，八朵花蕊隨風飄落，李滄行還劍入鞘，頭也不回地向另一個方向奔去。

沐蘭湘回房收拾行李後，奔到山門，一路上，她已從初聞消息時的悲傷與震驚中漸漸地平靜下來，思索著李滄行所說的話，越想越覺得有道理，不覺背上冷汗直冒。

一抬頭間，她已經到了山門處，辛培華正倚在牌坊的柱子上，一見沐蘭湘便說道：「師姐，我們這就下山去罷。」

沐蘭湘擺了擺手：「稍等一下，峨嵋還有師姐要和我們一起走。」

辛培華左右看了一下道：「大師兄呢，他這次不跟我們一起走嗎？」

沐蘭湘嘆了口氣：「他練功正在緊要關頭，此時無法離開，囑咐我們先回，他隨後再來。」

辛培華不滿地嘟囔道：「大師兄也真是的，這時候還要練什麼功，難道練功比還黑石師伯重要嗎？這幾年不見，他怎麼變成這樣了！」

沐蘭湘打斷辛培華的話，「小師弟，別這樣說你大師兄，他也有自己的苦衷，以後這樣的話我不想再聽見。」

「嗯，不說他。師姐，你餓不餓，我這裡有饅頭。」辛培華從懷裡摸出一個饅頭遞給沐蘭湘。

沐蘭湘的鼻子動了動，秀眉微蹙：「小師弟，我記得你不吃辣的啊，怎麼現在吃饅頭還要抹辣椒醬，難怪一身辣椒味。」

「最近一陣子受了風寒，吃點辣的發汗去火。師姐你能吃辣，這個我記得。」

二人說話間，便見許冰舒、湯婉晴、柳如煙與另一名尼姑奔了過來。

柳如煙對沐蘭湘道：「我們師姐妹三人你認得，這位是清靜師姐，自幼便出了家，一直在服侍了因師祖，你以前沒見過，這次師祖也特意叫她一起跟著。」

沐蘭湘與辛培華二人聞言，與清靜互相行了禮。

峨嵋派四人每人身上負了一個大包袱，手上還有兩個，遞給了沐蘭湘與辛培華二人，許冰舒道：「這些是護甲，此次我四人護送二位回武當，也一併將護甲帶去。」

「多謝。那我們這就上路吧。」

一行六人，行色匆匆地踏上了回武當的路。

了因站在金光殿高高的臺階上，看著他們的身影漸漸地消失在遠方的山道，若有所思。

重慶府城西十里處的小樹林裡。

一男五女圍著火堆坐了一圈，各人都似有心事，沉默不言。

沐蘭湘一路上彷彿被許冰舒的憂鬱症給傳染了，也是一路悶悶不樂，幾乎一言不發。

大家都知道她家門不幸，又不得不與愛人分別，心情自是糟透，可是連與她最是要好的柳如煙幾次安慰她，也是沒啥效果，照樣一副魂不守舍的樣子，眾人私下裡都暗自嘆息。

這種消極的情緒也影響到了每個人，每日裡除了吃飯歇息外，在路上幾乎都沒啥交流。

柳如煙終於打開了話匣子，輕聲道：「半年前，我們就是在這裡集合了唐門的人突襲巫山派的，想起那驚心動魄的一戰，就好像還是昨天的事。」

湯婉晴插話道：「是啊，當時要不是李師兄，可能我們現在都不會坐在這裡了。」

沐蘭湘聽到她們提起李滄行，嘴角微微動了下，似是想說話，終究還是忍住了沒說出來。

辛培華聽了，道：「大師兄還有這舉動呀？我們成天待在武當，一點也不知道外面的事。他現在是不是很厲害，不然怎麼能救了各位師姐呢？」

柳如煙回憶起當時的情形，兩眼不禁放光：

「辛師弟，你大師兄那一夜可是威風凜凜，如天神下凡一樣，你不知道，那天他在巫山派門口惡戰魔教大弟子宇文邪，那傢伙身上的肉硬得跟鋼一樣，拳頭快有我腦袋大，一腳踩下去，地上能陷個坑，個子比你大師兄還高了半個頭，身上毛茸茸的跟個大狗熊一樣，還紋滿了各種奇形怪狀的符號文字，看起來可嚇人了。結果這麼厲害的傢伙，李師兄跟他惡鬥了大半夜，打了一千多招，終於把他打趴下了。」

辛培華睜圓了眼睛，滿是不信：「大師兄什麼時候變這麼厲害了？改天一定要問問他從哪兒學了這麼高的武功。」

柳如煙得意地說：「李師兄的天分那可是不用說的，人也好，哪個女孩子要是跟了他，真是做夢也會笑醒，沐姐姐，你真好福氣。」

沐蘭湘還是充耳不聞，一個人只是盯著火堆發呆。

許冰舒這時緩緩地說道：「這裡離巫山派太近，我們還是早早吃完趕路的好，遠離這是非之地。辛師弟，我到現在還是對你堅持走這條路持保留看法，你來時走這條路平安無事，不代表我們回去時也不被發覺，畢竟巫山派在峨嵋周圍也是密布眼線，說不定早掌握我們的行蹤了。」

辛培華苦笑道：「這不也是沒辦法的事麼，黑石師伯的情況很危險，晚一天回去可能都會見不到，所以……」

沐蘭湘突然開口道：「別說了，我知道我連累了大家，在此只能說聲抱歉。此地確非久留之所，大家吃完還是早點趕路吧，離了這巫山派的地界再休息。」

突然空中傳來一個惡狠狠的聲音：「你們還想走？來了老娘的地界，不留下點什麼，太不夠意思了吧。柳姑娘，你說是不？」

眾人臉上都變了顏色，只有辛培華仍一臉茫然，看到其他人全都起身抽出長劍才醒悟過來，原來是敵人來襲了，忙跳了起來，抽出隨身長劍。

只聽沐蘭湘沉聲喝道：「屈彩鳳，既然人都來了何不現身，什麼時候你也變得這麼縮頭縮尾了？」

一陣大笑伴著一道紅色的身影飛入了林中，火光映著屈彩鳳那絕世的容顏，在場的人各個如臨大敵。

辛培華是第二次見到屈彩鳳，看得眼睛都直了，屈彩鳳給他盯得有點惱火，怒道：「臭小子沒見過女人嗎？再看！老娘把你眼珠子摳出來！」

辛培華吐了吐舌頭，轉把眼睛盯著屈彩鳳的胸部。

柳如煙喝道：「好你個賊婆娘，上次的帳還沒跟你算呢，你一個人也打不過我們這麼多人，這次我們有要事在身，不想跟你糾纏，勸你識相點還是早點離開吧。」

屈彩鳳笑得前仰後合：「你們道老娘是出來散步，偶然碰到你們的嗎？柳如煙，你腦子不是一向挺機靈的麼，怎麼跟這姓沐的笨女人待久了，智力也跟著下降啦？」

言罷，她一聲呼哨，林中火光四起，數十名勁裝蒙面人如同神兵天降，一下子冒了出來，各持兵刃立於屈彩鳳身後。其中有一頭頂光禿，滿面紅光的老者，身穿大紅袍，手持一柄銅瓜錘，看起來分外的顯眼。

許冰舒悄聲對眾人道：「不好，**那紅袍老者是魔教四大法王之一的烈火真君**，看來今天情況不妙，一會兒打起來還是脫身為上。」

她說出了眾人心中的想法，均各自點頭。

屈彩鳳聽到了許冰舒的話，得意地笑道：「你們逃不了的，識相點棄劍投降，老娘可以暫時不殺你們，甚至可以放幾個回去報信。不過，你們要是敢反抗，一會兒抓到以後，先一人卸一條胳膊。」

辛培華忍不住說道：「瞧你這女子，生得如此之美，怎麼心腸這般狠毒！我徐師兄不知道看上你哪點。」

他不提徐林宗還好，一提徐林宗，屈彩鳳杏眼一下子睜得跟銅鈴一樣：

「好你個武當小雜毛，你們武當個個都是混蛋，不是負心薄情，就是毛手毛腳的臭流氓！你這小雜毛跟你那淫賊大師兄一個德性，今天從頭到尾都眼睛不老實，以後也肯定是個臭流氓，老娘今天先廢了你這對招子再說。」

屈彩鳳越說越氣，長刀出鞘，一片刀光便裹著紅色的身影向辛培華撲了過來。

辛培華向後跳了一下，道了聲：「且慢，我還有一事要問，問完再打不遲。」

屈彩鳳停了一下，橫刀於胸前，擺出隨時攻擊的姿勢，厲聲喝道：「有屁快放。」

辛培華沉聲道：「你剛才說你不是來這裡散步的，這麼說是有人通報你，說我們在這裡，或者說告訴你，我們的路線經過這兒，你才會在此設伏的，是嗎？」

屈彩鳳不耐煩地說：「廢話！不然大冬天的老娘跑出來喝西北風啊。」

辛培華眨了眨眼睛：「能告訴我這人是誰嗎？還有，魔教的老烈火為何會和你在一起？你們巫山派當真給魔教收編了？」

烈火真君哈哈一笑，對辛培華說道：「本座本來是準備與巫山派的朋友會合之後，一起攻上峨嵋的，沒想到碰上你們幾個小崽子，就當活動活動筋骨，這幾個女娃子長得不錯，屈姑娘，能不能分給我樂呵樂呵？」

屈彩鳳秀眉微蹙，她畢竟也是女人，不願意看到幾名女子受辱：「前輩，這幾個人我還有用，等滅了峨嵋後再說如何？」

「噢，我忘了屈姑娘你也是女人，跟你提這個確實不大好。」老烈火眼中透出一絲猥瑣。

二人一唱一和，視峨嵋武當眾人如無物，眾女俠雖然心中氣極，也只能咽下這口氣，四下張望，尋找脫身之徑。

辛培華繼續盯著屈彩鳳，道：「屈姑娘，你還沒回答我的問題呢，你是怎麼知道我們要來的，是誰通知你的？」

屈彩鳳臉上勃然變色：「臭小子，你的師姐們都沒發話，你又算哪根蔥，敢這樣問我？」

辛培華突然笑了起來：「屈姑娘，你在江湖上又何時尊敬過別派的前輩過了？現在我好言相問，希望你能回答我。」

屈彩鳳眼中殺機一現：「我要是不肯說呢？」

辛培華臉上掛著自信的微笑：「那我只好先擒下你，然後再用各種手段逼你說了。」

屈彩鳳怒極反笑，震得林中一片鳥飛，笑完，沉下臉對著辛培華狠狠說道：「臭小子，一會兒不管你投不投降，落到老娘手裡先卸你一隻手，作為你對老娘無禮的回應。」

辛培華也不理會屈彩鳳，轉向烈火真君：「老烈火，落月峽一戰中，你手下打死了不少正派的俠士，今天就是你償命的時候！不過，如果你肯說是誰向你們報的信，我可以考慮今天先饒你一命。」

烈火真君向地上吐了口唾沫，陰森森地說道：「娃娃真是不知天高地厚啊，就憑你？」

辛培華的語氣冷如冰霜：「我不問第二遍，你如果現在不肯說，一會兒就是想說也沒機會了。」

烈火真君出道以來，還沒受過這等侮辱，他本就性如烈火，當下再不多言，把銅錘向地上一插，運起八成勁，一招烈火掌直接拍向辛培華的面門，在場的人都能感到一股熱浪撲面而來。

辛培華大喝一聲，也不躲閃，突然不經意間閃過了這灼熱的一擊，整個身子卻是欺近了烈火真君，然後大喝一聲，拳掌齊出，功力稍差的人根本看不清辛培華的動作。

只聽「劈里啪啦」之聲不絕於耳，瞬間人影互分，辛培華退後三步，氣定神閒地抱臂而立，烈火真君向後退了六七步，搖搖晃晃地像喝多了陳年的老酒，滿臉脹得通紅，和他身上的紅袍倒是變得一種顏色了。

烈火真君的胸衣已經盡裂，貼身的護甲上有十幾個掌印。他喘著粗氣，嘴角流下一行鮮血，吃力地道：「小子，你這是……」

說到這裡，他再也支持不住，大嘴一張，「哇」地噴出一口老血，盤膝坐地運起功來。

辛培華臉上殺機盡現：「老烈火，你聽好了，老子行不改姓，坐不改名，前武當，前三清觀弟子，現峨嵋記名弟子，李滄行是也！剛才老子給過你機會，你自己放過了，明年的今天，就是你的忌日。」

李滄行一把撕下臉上的面具，隨著一陣骨骼劈里啪啦的聲響，原先略顯單薄的身形一下子變得魁梧起來。

一陣龍吟之聲，眾人只覺眼前紫光一閃，一柄寒氣森森的長劍像變戲法一樣持在了李滄行的手裡，直指屈彩鳳。

「賊婆娘，上次你捅我一刀的仇還沒跟你算。剛才這老狗滿嘴下流話，這是我要殺他的一個重要原因，反過來，你雖然言語粗俗不堪，但在這事上還算讓我欣賞，所以我不殺你，只希望你能把剛才我問你的問題好好回答。」

屈彩鳳狠狠地向地上啐了一口，一口編貝似的銀牙咬得格格作響：「我呸，原來是你這臭流氓，老娘只恨上次沒把你捅死，留著你這個禍害到今天。沒有人可以威脅到我屈彩鳳，大不了和你拼了，大家並肩上啊！」

她後面的蒙面人齊齊發了聲喊，跟著屈彩鳳一起衝了上來。

李滄行扭頭看了看沐蘭湘，只見她癡癡地看著自己，眼中盡是漣漪，李滄行笑笑說道：「師妹，兩儀合璧。」

沐蘭湘猛的轉醒，意識到這還是在戰場，於是用力地點點頭，長劍極快地在周身揮舞，拉出一個個光圈。李滄行也做著同樣的事，一陣劍氣激蕩，迫得衝上來的蒙面人們來勢紛紛一緩。

突然間，李滄行與沐蘭湘雙臂把在一起，四目互交，心意相通，舉劍向天，巫山派眾人不知二人這是何意，一時愣住。

屈彩鳳大叫一聲「不好，速退。」伴隨著這聲大喊，兩人剛才還含情脈脈的四隻眼睛突然間轉向蒙面人們，殺氣四溢，令觀者不寒而慄，兩聲同時發出的怒吼配合著兩把高速旋轉的劍撲面而來，所過之處，一片天崩地裂。

塵土飛揚，劍氣激蕩之聲震得人耳膜都像要破掉似的，只見一道紅色的聲影拔地而起，另一個紅色的身影勉強向側面滾了出去，其他的幾十名黑衣蒙面人再想撤退，已是來不及，一下子就被飛揚的塵土所籠罩，慘叫聲伴隨著血肉之軀被生生撕裂的聲音不絕於耳。

當兩把劍飛回到李滄行與沐蘭湘手中時，林中的空地已成一片修羅場，剛才還生龍活虎的三十多名蒙面人，已經無一還能繼續站在當場。

除了三四人還算肢體完整，帶著渾身的傷痕，在地上翻滾著呻吟外，多數人已經變成一具具殘缺不全的屍體，地上橫七豎八地散落著人的殘肢、內臟和腦袋，樹林中透著一股濃重的血腥氣，使人聞之欲嘔。

老烈火的兩隻腳已經不翼而飛，斷足處血流如注，正抱著兩條斷腿淒慘地號叫，屈彩鳳披頭散髮地立於這屠宰場中，如泥雕木塑一般。

峨嵋四女從未見過此悲慘世界，就連沐蘭湘也沒有真正以劍氣這樣傷人過，個個嚇得花容失色，臉色發白。

沐蘭湘突然發現一截腸子正掛在自己對面的樹枝上，再也忍受不住，拄著劍，對著地上嘔吐起來，這個舉動引發了其他四女的連鎖反應，人人都開始不分地點，就近嘔吐，恨不得把膽汁都給吐乾淨。

只有李滄行一言不發，死死地盯著場中唯一還和自己一樣站著的屈彩鳳。屈彩鳳呆立在原地，兩行清淚從她的眼中流下，口中喃喃地說道：「怎麼會這樣，怎麼會這樣……」

突然，在地上翻滾的一個人吃力地叫了起來：「寨主，快跑啊，以後再給大家報仇。」

李滄行循聲看去，那人竟是個女子，面容姣好，烏黑的眼睛死死地盯著自己，像是要噴出火來，眼中盡是怨毒。

其他幾個還活著的蒙面人也都喊著叫屈彩鳳速離，不要管她們，聲音清脆，盡是女子。李滄行一下子明白了為何巫山派眾人對敵時從來都是黑袍罩身，蒙面對敵，原來總舵之內盡是女兵啊。

屈彩鳳突然發出一聲非人類的怒吼，聽起來像是蒼狼夜嚎，怒目圓睜，就像要瞪出血來，手中刀光一閃，整個人罩在一片白花花的刀光中，發了瘋似地向李滄行撲了上來。

沐蘭湘看到這情形，擦了擦嘴，站起身，上前想要再度與李滄行使出兩儀劍法，卻被李滄行揮手擋住：「師妹，不用擔心，我自己來。」言罷，雙足一動，直接搶上前去。

屈彩鳳發了瘋一樣地吼叫連連，招數間盡是與敵同歸於盡的狠辣刀法，但在場眾人都能看出，她心神已亂，情緒失控，出刀全無章法可言。

李滄行腳下踏著玉環步，輕而易舉地就能閃過她的搏命攻擊，若非有意不想傷她，早已能將其刺倒了。

沐蘭湘開始還擔心大師兄面對屈彩鳳的搏命打法會吃力，按著劍柄，隨時準備上前助陣，看了幾招後就鬆了口氣，知道李滄行早已胸有成竹，這才會上前與之單打獨鬥，便與峨嵋四女一起過去，將幾名傷者點了穴道後，再幫其包紮止血。

圈中二人又鬥了二十多招，屈彩鳳又是一刀落空後，「哇」地噴出一口鮮血，眾人都看出她急火攻心，已無再戰之力。

李滄行嘆了口氣，走上前去，屈彩鳳鼓起全身的力氣舉起刀向他砍去，李滄行輕輕一抬左手，在她右腕神門穴上恰到好處的一點，登時屈彩鳳的長刀落地，緊接著，李滄行腳下一發力，一個旋身一下子轉到屈彩鳳的身後，運指如風，瞬間拂中其背後的幾個穴道，頓時屈彩鳳便呆立不動。

李滄行轉頭向沐蘭湘道：「師妹，身上可曾帶九轉玉露丸？借我一用。」

沐蘭湘奇道：「大師兄，你並未受傷啊。」

李滄行一指屈彩鳳：「是給她吃的，她急火攻擊，內息失控下強行運氣，此刻恐怕臟腑受損，若是不吃丹藥，會有性命之危。」

柳如煙在一旁撇起了小嘴：「李大哥，這潑婦壞得緊，剛才你看她那凶樣，讓她吃點苦頭也好。再說，今天是個好機會，賊婆娘落入我們之手，她手下精銳也被我們一網打盡，不如趁勢一舉滅了巫山派，除了這個心腹大害。」

屈彩鳳沒有給點中啞穴，聽到這話後厲聲吼道：「老娘才不要受你這狗賊的恩惠。李滄行，我死也不會放過……」

她還沒說完，便劇烈地咳嗽起來，嘴角邊盡是血沫。

李滄行不想讓屈彩鳳繼續情緒失控，亂叫亂罵，於是一掌切在屈彩鳳的肩頸相交處，她一下子就暈了過去。

李滄行向清靜笑道：「巫山派雖然今天損失慘重，但寨內仍有幾百人，加上烈火宮與鬼宮兩個分舵的弟子應該也在寨內，又有機關布置，恐怕我們不易直接攻下，畢竟我們只有六個人，等到天一亮，要是這些人沒回去，他們必會向魔教求助，冷天雄和東方亮都在附近，到時候如果他們趕來，我們無法抵擋。你說是吧，瑤仙。」

清靜微微一笑，也揭下了臉上的面具，赫然正是林瑤仙。

第九章

設局挖鬼

空中響起陰惻惻的聲音，似金屬碰撞一樣：
「李滄行，你的進步讓我吃驚，居然學到主動設局挖鬼了，
看來我當初答應三年不碰你是個失誤。」
伴隨著聲音，陸炳如大鳥般的身形淩空降下，
落在屈彩鳳身邊。

看了看張大了嘴巴，說不出話的三位師姐妹，和同樣吃驚的沐蘭湘，林瑤仙說道：「沒錯，今天早晨，唐老太太的消息是魔教主力正在洞庭一帶，原衡山派舊地集結，準備與華山恆山聯軍大戰，只有烈火宮與鬼宮的人在巫山派助守，但若是知道這裡出了事，肯定會星夜馳援的。所以我們還是照計畫行事的好。」

李滄行點點頭：「有勞瑤仙看守一下這幾名俘虜，我和小師妹有事要問這賊潑婦。」

言罷，他將地上的屈彩鳳扛在肩上，大步流星地向著樹林的深處走去，沐蘭湘緊跟在他的身後。

走出去約兩里多地，看不到那火堆的火光後，李滄行把屈彩鳳放了下來，從懷中摸出了兩根繩索，交給沐蘭湘一根，兩人合力把屈彩鳳綁在一棵樹上，又在邊上生起火。

沐蘭湘悄悄地問李滄行道：「大師兄，你真的要對她上刑嗎？她畢竟和徐師兄……」

李滄行冷冷地說道：「我就是考慮到這個因素才留她一命，落月峽之戰她們殺了多少我們的人，上次又差點要了我的命，要不是看在林宗的面子上，我早就宰了她了。」

沐蘭湘秀眉深鎖，還是不太贊同李滄行的做法：「不管怎麼說，我們是正道俠士，如果說跟她有仇，直接殺了就是，這樣刑訊逼供一個女人總歸是不好。而且，你什麼時候學過刑訊了？」

李滄行搖搖頭：「老實說，我沒有學過，以前在三清觀學藝的時候，雲涯子前輩的書房裡有過一本介紹唐代內衛的書，我曾經翻過幾頁。這賊潑婦凶悍得緊，身子骨也壯實，估計那些招數對她也沒用，一會兒我還得想想別的辦法。」

「你可別亂來啊，她是徐師兄的女人，要是打壞了，以後萬一徐師兄出現，可能會麻煩的。」沐蘭湘說著，手不由得扶住了李滄行的臂膊。

李滄行心頭突然一陣說不出的憤怒，一把甩開沐蘭湘的手，大聲道：「徐林宗徐林宗，**他消失了這麼多年，你還是放不下他，對不對?!**連他喜歡的這個女土匪都碰不得，**我打她就跟打你的徐師兄一樣，讓你心疼了，是不是？**」

沐蘭湘眼淚快急得流下來了，抓著李滄行的手求道：「不是這樣的，大師兄，你真的誤會我了，我早說過，對你永遠不會變心，剛才說的話絕對沒有別的意思，你千萬要相信我，千萬不要誤會我啊。」

李滄行正在氣頭上，一下又扔開了沐蘭湘的手，冷笑道：「你當我易容改扮跟過來是為什麼？還不是為了查出內鬼，早點離開峨嵋，好回歸武當！我做的一切全都為了你，你居然還對那徐林宗念念不忘！這樣好了，我和瑤仙這就回峨嵋，這賊婆娘丟給你，要殺要放要問，你自己看著辦。」言罷轉身欲走。

「大師兄，是我錯了，一切都依你還不行嘛?!」沐蘭湘緊緊地從後面抱著李滄行，不肯鬆手，李滄行則氣得胸膛劇烈地起伏，任她抱著，卻是一句話也不說，甚至看也不願看沐蘭湘一眼。

這時屈彩鳳的聲音又鑽進李滄行的耳中：「呸，好一對不要臉的狗男女，要野合別在老娘眼前晃，真噁心！」

話音未落，李滄行蒲扇大的巴掌已經左右開弓打在她臉上，粉臉頓時腫起老高，屈彩鳳一下子給打得金星直冒，口鼻中鮮血流了出來，依稀聽到李滄行的怒吼：「臭潑婦，再敢鬼叫，信不信老子現在扒光了你。」

屈彩鳳這下子嚇得不敢說話了，李滄行最後那句話的殺傷力比那兩巴掌大了許多，閉緊了嘴巴，大氣不敢再出一口。

李滄行接著衝沐蘭湘吼道：「你說依我是吧，那還不快走遠點，我這裡要用刑了，想當俠女，不想看我欺負女人就走遠點，反正我沒啥名聲，也不是什麼俠士，更不怕別人說什麼。」

沐蘭湘緊緊地咬著嘴脣，一咬牙，跺了跺腳道：「我依你便是，你最好有點分寸。」言罷扭頭而去。

屈彩鳳急得開口大叫：「沐姑娘，不要走，別把我一個人扔在這裡，求你看在徐林宗的份上，不要走啊。」

轉瞬間，眼前沐蘭湘的身影消失不見，取而代之的是李滄行陰沉沉的臉，嘴角掛著一絲難以形容的笑容，這讓她毛骨悚然。

「你要幹什麼，你，你別過來，你再過來一步，我就咬舌自盡！」話還沒說完，李滄行的大手就掐住了她的脖子，左手捏住她的下頷，熟練地一捏一拉，屈彩鳳的下巴被拉脫了臼，再也無法咬到自己的舌頭了。

她臉色變得慘白，因為知道自己這下連尋死都不可能了。

「謝謝你提醒了我，可不能讓你一下子就這麼死了。」李滄行陰森森地笑了起來，露出了一嘴白花花的牙齒，英氣逼人的臉本可以迷倒每個情竇初開的少女，但此刻屈彩鳳的心裡卻是巴不得他離自己越遠越好。

李滄行的聲音中透著冷酷：「說，誰給你報的信，用的是什麼方式？」

屈彩鳳心中氣極，吼道：「打死老娘也不會說的，你這狗賊，輕薄我在前，殺我同門在後，我做鬼也不會放過你，想要老娘出賣朋友，休想！」

李滄行罵道：「上次是你主動貼上我，怎麼成我輕薄你了？再說你直接用毒刀插我，害我差點送命，這筆帳我是不是該和你算算？剛才那招確實威力大了點，我事先也不知道這麼厲害，一下子沒收住，不過你們在落月峽時，不也是同樣殺得我們屍橫遍野，江湖人成天打打殺殺，刀頭舔血的，只許你們殺人，不許別人殺你們，什麼道理?!」

屈彩鳳知他說得有理，一時無話反駁，只能恨恨地盯著李滄行不說話。

李滄行的聲音緩和了些：「屈姑娘，我們不妨做個交易，**你告訴我峨嵋的內鬼，我今天放你一馬**。以後大家再相遇，不管是敵是友，手底下見真章。你別以為峨嵋的內鬼是幫你，那是錦衣衛的人，說不定你們巫山派裡也同樣有他們的人，你也知道，錦衣衛就是要各派自相殘殺，你師父是達克林殺的，這點你也知道，怎麼還會把錦衣衛的人當成自己的朋友？」

屈彩鳳破口大罵：「李滄行，你這狗賊不用多說了，老娘才不會聽你這些屁話。達克林跟師父是個人恩怨，一碼歸一碼，我肯定遲早也會找他報仇。至於你，今天殺了我們這麼多姐妹，天涯海角我也不會放過你！我們跟錦衣衛的事用不著你來插嘴，現在我的朋友能幫我們打垮峨嵋，這就是朋友，說什麼都是虛的。」

李滄行嘆了口氣，看著自己的雙手：「你不肯說是不是？」

屈彩鳳一口帶血的唾沫噴出，吐到李滄行的臉上，配合著火光下扭曲得變了形的臉：「李滄行，你給我聽好了，我說最後一遍，你識相點就把老娘給殺了，想讓老娘開口，那是做夢，有什麼招數衝著老娘來好了。」

李滄行笑了笑，他甚至沒去擦臉上的口水：「屈彩鳳，這可是你逼我的，不要怪我啊。」

他突然在屈彩鳳面前矮下了身，脫下了她的右腳鞋襪。

屈彩鳳的尖叫聲迴蕩在整個林中，李滄行的耳膜被震得要破了。他抬起臉來不耐煩地問道：「你怎麼回事？才脫個鞋子就殺豬般地嚎叫。」

「臭流氓，你想做什麼，你你你不許亂來，不然我就，我就……」

屈彩鳳此刻不再是英姿颯爽的女中豪傑，只是一個最普通的小女人。

「那你說還是不說？嘿嘿嘿，你應該很清楚老子在江湖上的名頭。」李滄行衝著屈彩鳳詭異地一笑，那帶血的唾沫還留在他的臉上，在火光的反射下顯得異常刺眼。

屈彩鳳稍稍恢復了點勇氣，又拿出了平時的倔強：「狗賊，要命一條，你有什麼招數儘管來吧。皺一皺眉頭不是英雄好漢。」

李滄行用手上屈彩鳳的襪子擦了擦臉上的唾沫，道：「原物奉還，一會兒要是受不了，想要招的話就點點頭。」

屈彩鳳噁心得差點要吐出來，還沒等她開口，李滄行便將那襪子塞進了她嘴裡，接著抄起屈彩鳳雪白的天足，右手食中二指一下點在屈彩鳳足底的湧泉穴上。

此穴位乃是足少陰腎經的最末一穴，在人體周身穴道中最是敏感，李滄行用了神火心經的純陽內力，一股暖流從此穴道湧進屈彩鳳體內，如同千萬個毛毛蟲在屈彩鳳體內亂爬一樣。

屈彩鳳癢得差點暈了過去，卻又神志異常清醒，拼了命地想要開口大叫，想掙脫腳上那該死的手，卻是口中被塞了襪子，全身又被點了穴道，動彈不得。

從表情上看，她一會想哭，一會想笑，全身冷汗直冒，額頭上早已布滿了黃豆大小的汗珠，只有被塞住的嘴上不停地發出嗚嗚嗚的聲音，卻是死也不肯點一下頭。

過了大約半炷香的功夫，李滄行突然低吼一聲，鬆開了兩隻手指，屈彩鳳早已經被弄得全身虛脫了一樣，心裡剛鬆一口氣，突然只覺一陣刺骨的嚴寒又從湧泉穴中進入體內。

這一回除了癢，連全身的血液都要凝固了。屈彩鳳感覺體內的爬蟲變成了一條冰冷的蛇，在她的體內游來游去。她再也受不了這種折磨，拼了命地想要扭動自己的身子，卻是半分也動不得。

終於她撐不住了，使勁地點起頭來，李滄行人在運功，眼睛卻一直在盯著屈彩鳳，只見她眼中盡是哀求之意，再也無半分原先的剛強與凶悍。

李滄行停下了手，屈彩鳳如逢大赦，李滄行扯下屈彩鳳嘴裡的襪子扔在地上，道：「這滋味不錯吧，如果不想再嘗嘗的話，你最好說實話。」

屈彩鳳強忍著眼中的淚水，她不想在敵人眼前展現自己懦弱的一面，一邊貪婪地呼吸著新鮮空氣，一邊腦子裡飛速地旋轉著對策，眼中目光閃爍不定。

「你又想打什麼鬼心思？屈彩鳳，我沒時間跟你慢慢耗。」李滄行低下身子，準備去撿地上的襪子。

屈彩鳳趕緊說道：「別，我既然答應說了，自是不會騙你，不過我有點渴了，你先去給我弄點水喝。」

李滄行看了屈彩鳳一眼，想了想還是起身離開，片刻便拎著一個水袋回來，向屈彩鳳的口中灌了下去。

屈彩鳳經晚上一戰，剛才又受如此折磨，早已是汗濕羅衫，口乾舌燥，這下喝上了水，如飲醇漿，直把一大囊水喝完才舔了舔嘴脣。

李滄行冷冷地說道：「水也喝了，我只要一個名字。不要企圖耍什麼花招。」

屈彩鳳喘著氣：「你真想知道？」

李滄行的劍眉一動：「當然，不然折騰這麼久做什麼，你當我有興趣摳你臭腳丫子麼。」

「呸，不要臉的臭流氓，今天這仇，我早晚要連本帶利向你討回來。」屈彩鳳一想到剛才的事羞不可抑，恨恨地說道。

李滄行不耐煩地打斷了她的話：「別東拉西扯的了，我數三下，不說我就繼續。三——」

屈彩鳳急道：「不要，我說。是柳如煙。」

李滄行吃了一驚，直視屈彩鳳道：「怎麼會是她？你有何憑證？」

屈彩鳳「哼」了一聲：「你愛信不信，不是要名字嗎？我告訴你了，至於她為啥跟我們合作，你自己問她吧。」

李滄行沉吟片刻，道：「那好，屈姑娘，請你告訴我，你們是如何聯繫的？」

屈彩鳳臉上一陣慌亂之色：「是前天中午，她飛鴿傳書過來的。」

李滄行哈哈一笑：「屈彩鳳，你這賊婆娘好毒的心腸，受不了我的手段就想亂咬人，來給自己爭取時間，還希望我信了你的鬼話，錯怪好人，看來不對你動點真格的是不行了。」

李滄行突然上前一步，臉上掛著異樣的笑容，「嘶」地一聲，伴隨著屈彩鳳驚怒之極的尖叫聲，她的腰帶應手而落，李滄行一臉淫邪地把腰帶抓在手上，閉上眼睛貪婪地嗅了起來。

屈彩鳳驚叫道：「李滄行，你這臭流氓，你想幹什麼，你要是敢亂來，我，我就是做了鬼也不會放過你的，快走開！」

「屈姑娘，我給過你機會，讓你自己好好說，也警告過你別玩花樣，你不聽，怪誰？我李滄行說話向來言出如山，你既然口口聲聲我是臭流氓，那我不表現一下什麼叫臭流氓，實在對不起這稱呼是吧，屈姑娘？」李滄行說著，淫笑著一步步靠上前來。

屈彩鳳的精神防線快要崩潰了，帶著哭腔道：「李大俠，你行行好，別那樣對我，今天你放我一次，我這輩子都會念著你的好的，你殺我姐妹的仇我跟你一筆勾銷，絕不食言。求你看在你和徐林宗親如兄弟的份上，不要……」

李滄行一聽到「徐林宗」三個字，立時失去理智，眼中凶光大盛，一下掐住屈彩鳳的粉頸，吼道：「又是徐林宗！好，徐林宗成天占了小師妹的心，我就來占他女人的身，這可是你逼我的。」

他鬆開了掐著屈彩鳳粉頸的大手，開始解自己的腰帶，脫下了外衣。

屈彩鳳嚇得又是一聲尖叫，趕緊閉上眼睛，卻感覺到李滄行用什麼東西蒙上了她的雙眼，還纏了兩道，再想睜開，已是什麼也看不見了。

「李滄行，你，你要做什麼，我警告你不許亂來啊，不然我，我……」屈彩鳳心中大急，說話也打起結來。

「你做了鬼也不放過我是嗎？沒關係，你說了，我和徐林宗親如兄弟，你看，你和徐師弟分開這麼多年，一定很寂寞了吧，我就代我兄弟好好來愛你一次，放心，我很溫柔的，你馬上就會知道了。」

李滄行的聲音明顯就在屈彩鳳的耳邊，因為他的呼吸就吐在自己的粉臉上，每一個字都讓屈彩鳳恨不得自己是個聾子，什麼也沒聽到。

屈彩鳳突然開口放聲大叫：「救命啊，來人啊。」

「不用做無用功了，這裡這麼偏僻，你們的人就算明早出來找，最快也要中午才能發現你，這還不到三更，足夠我做我想做的事了。」

屈彩鳳突然感覺一根手指在拂弄起自己的秀髮，又是一聲驚恐的尖叫。

「屈姑娘，你如果現在好好交代，我還可以考慮放過你這回，要不然，嘿嘿……」

屈彩鳳臉上一陣青一陣白，卻仍是不鬆口，狠狠地道：「老娘寧死也不能出賣朋友。」

「很好，這可不要怪我了。」

屈彩鳳感覺到一雙手撕開了自己紅色的外衫，又解下了中襯的胸甲，秋天的寒風中，上身只剩下一件肚兜的屈彩鳳在瑟瑟發抖，心中的羞憤與恐懼更遠遠地超過了皮膚上感受的寒氣。

「李滄行，你這禽獸，你不是人！你，你不得好死！」屈彩鳳的聲音已經越來越微弱，因為此刻她已經泣不成聲了。

李滄行的聲音變得急促起來，在屈彩鳳的耳邊作響：

「我會好好愛你的，我會讓你嘗到與徐林宗完全不同的滋味，讓你見識到真正的男人……」

屈彩鳳感覺到一個又濕又滑的東西開始在自己的粉頸上遊走，一路在慢慢向下，她驚恐地尖叫，聲音都變了形。她感覺到有兩隻手在她挺拔的雙峰上撫摸著，這一刻，她居然想到了徐林宗給過自己的甜蜜與美好，轉瞬間，她意識到這兩隻手的主人絕不是自己的愛人，頓時如遭雷擊。

接著，那兩隻手慢慢地移動到自己的肚兜上方，抓住了上沿，作勢欲撕，李滄行那魔鬼一樣的聲音再次在她耳邊響起：

「徐林宗真是好福氣啊，屈彩鳳，我最後一次問你，你若不說，以後想說也不可能了，因為我是個男人，你讓我無法控制自己了。」

屈彩鳳知道馬上要發生什麼事了，更清楚李滄行絕對是說一不二，這是她最後的機會，她失了魂一樣地喃喃應道：「別撕我的衣服，我說，我全說。」

屈彩鳳感覺到胸前兩隻該死的爪子移走了，李滄行的聲音又在耳邊響起：「這是你最後的機會，再想耍花樣，我可不會再停下了，我在聽著呢。」

屈彩鳳的聲音帶著哭腔：「我不知道誰是你們當中的內鬼，平時給我報信的是陸炳，他現在人並不在這裡，而是去了洞庭一帶，所以**這次告知你們行蹤的是畫眉本人。**」

李滄行反覆念著這個名字：「畫眉？」

屈彩鳳道：「是的，就是他放在你們峨嵋的內鬼，**難道你不知道青山綠水計畫麼？**」

李滄行第一次聽到這個名詞，頓時來了興趣：「沒聽說過，怎麼回事？」

屈彩鳳幽幽地說道：「就是**陸炳訓練了一批間諜打入各大門派**，挑起正邪各派的惡鬥，**每個門派內都有人在，各自都有代號**。在峨嵋的就是畫眉，還有朱雀你們也見識過。」

李滄行不屑地說道：「哼，你以為他在你們巫山派就沒有放過間諜？即使這樣也跟他合作？」

屈彩鳳木然地搖了搖頭：「陸炳找過我們，說我們巫山派不像一般門派那樣對外公開招人，全是師父從小收養孤兒養大，很難打入，所以上次連來我們這裡送信，都是臨時派了朱雀，如果內部有人，何必這樣？」

李滄行還是不信：「你太小看陸炳，也太高估你們巫山派了，我就不信你們不從分寨進人，不信你們的分寨也全是從小收養、沒有問題的孤兒。」

屈彩鳳聽了一愣：「這……」

李滄行的聲音透出一陣不耐煩：「我現在沒興趣聽你們巫山派的事，現在我只想知道**畫眉是誰，如何跟你聯繫？**」

屈彩鳳嘆了口氣：「陸炳跟我說過，他在峨嵋的內線叫畫眉，緊急時她會與我直接聯繫，靠的是**飛鴿傳書，以一個特殊標記的印章為信物。**」

「那張畫眉給你的字條還在不在？」李滄行問。

「在我外衣的內袋中。」屈彩鳳有氣無力地回答，這回她真的是徹底交代了，耳邊聽到一陣翻衣服的聲音。

屈彩鳳的身軀在十二月的寒風中瑟瑟發抖，露在外面如凝脂般的肌膚變得通紅，說話都開始帶起了鼻音：「李滄行，我已經全說了，你快放了我。」

李滄行開了口，但顯然不是在跟屈彩鳳說話：「師妹，找到了嗎？」

沐蘭湘的聲音突然響了起來：「沒錯，大師兄，這回她說的是實話。」

李滄行哈哈一笑：「給她套上衣服吧，好了以後叫我。」

屈彩鳳還沒弄明白這是怎麼一回事，只見眼前一亮，蒙眼的布已經被取下，火堆邊，李滄行負手而立，眼上蒙著一塊黑布，沐蘭湘則滿臉通紅，正在給她鬆綁，順便把身上的披風裹在她只剩下一件肚兜的胴體上。

「李滄行，這是怎麼回事？」

屈彩鳳腦子一下子陷入了迷霧之中，沐蘭湘不是被趕走了嗎，怎麼又出現在這裡？這該死的李滄行為什麼和自己一樣眼睛蒙上了布？她立即恢復了一個女人的好奇心。

沐蘭湘的聲音低得像是蚊子哼：「屈姑娘，大師兄剛才是嚇你的，其實我跟大師兄早就約好了，一直就在附近，他蒙上你的眼睛後，那些無恥行徑都是我做的，大師兄只是發話而已，他不是你想像中的淫邪之徒，給你蒙上眼後，自己也蒙上了眼，我是照他的話做那些……」

沐蘭湘羞得滿臉通紅，跑到了一邊。

屈彩鳳這才明白自己被李滄行耍了，「臭流氓，狗賊」之類的話不絕於口，心裡則為自己清白得保暗自鬆了口氣。

李滄行淡淡說道：「屈姑娘，我可以取下眼上的布了嗎？」

「你這臭流氓最好瞎了眼，一輩子也別看到東西，免得再禍害人間。」屈彩鳳恨恨地說。

「**眼睛瞎了的不是我，而是你屈姑娘。**」李滄行取下眼上的黑布：「你放著師仇不報，卻跟殺師仇人合作，**你真的以為達克林殺你師父只是為了個人恩怨？**你師父在江湖上名氣這麼大，達克林若不是借了錦衣衛的勢力，怎麼可能報仇成功？你跟陸炳打過交道，應該知道**達克林也不過是他手下一個走狗罷了**，沒他的首肯，根本不可能自己行動。來送信騙你師父出去的朱雀，就是陸炳親自安排的，弄了半天，**你連真正的仇人是誰都不知道，不去報師仇，卻跟著峨嵋把仇越結越大，這不是親者痛仇者快是什麼？**」

屈彩鳳雙眼圓睜，絕世的容顏因為憤怒而變得扭曲，牙齒咬得格格作響：

「我不管，臭流氓，你不管再說什麼，我也不會聽你的，你殺我姐妹在前，辱我騙我在後，再想讓我聽你話罷手，那是做夢！你今天最好把我殺了，不然，只要有我屈彩鳳一口氣在，天涯海角我也要你的命。」

她吼完便趴在地上，嚶嚶地哭了起來。

李滄行搖了搖頭，不再看屈彩鳳，走到沐蘭湘身邊拿過字條，在火光下看了看，道：「果然是她。」

沐蘭湘湊了過來，看那字條上的字，訝然道：「這不是許師姐的字跡麼，難道真的是她？」

李滄行沉痛地點了點頭：「我也不希望是她，但事實勝於雄辯。」

地上的屈彩鳳突然笑了起來：「**許冰舒，果然是她！**怪不得幾次跟我們交手，她好像都留有餘地，不盡全力，**原來畫眉是她啊**，可惜給你們挖出來了，以後再幫不了我們。」

李滄行不理屈彩鳳，直起了身，對沐蘭湘說道：「我們走吧。這畢竟是峨嵋的家事，還是讓她們處理的好。」

空中突然響起一個陰惻惻的聲音，似金屬碰撞一樣：「李滄行，你的進步實在讓我吃驚，居然能學到主動設局挖鬼了，看來我當初答應三年不碰你是個失誤。」

伴隨著這聲音，陸炳如大鳥一般的身形凌空降下，落在屈彩鳳身邊，在屈彩鳳還沒來得及開口說話前，陸炳一指戳在她頸部穴道，頓時屈彩鳳再次陷入了昏迷之中。

沐蘭湘花容失色，立即把劍拔了出來，悄悄地在李滄行耳邊問道：「師兄，這就是陸炳嗎？」

李滄行點點頭：「是的，在武當時你不是見過？」

沐蘭湘咬了咬牙：「隔了好幾年，而且當初只顧著運功抵擋他的笑聲，又離得遠，沒認清。」

李滄行的眼中殺機一現：「**記住這張臉**，總有一天我們會找他決一死戰的。」

陸炳饒有興致地負手而立，聽著二人的對話，笑道：「沐姑娘果然是清秀可人得緊，怪不得李少俠一直對你念念不忘，今天算是第一次正面相對，作個自我介紹好了，在下錦衣衛總指揮使陸炳，見過峨嵋李少俠，武當沐姑娘。」

沐蘭湘惱怒道：「我才不想和你這惡賊打招呼呢。你是見陰謀要暴露了，過來想殺人滅口嗎？」

陸炳笑道：「沐姑娘，請你不要誤會，我以前答應過李少俠三年不碰他的，這才不到一年呢。再說我早就到了，你們在折騰屈彩鳳時，我就一直在旁邊看著。李少俠果然好手段，我們詔獄裡那些職業酷吏看來也比不上你，今天的審訊真的很精彩，這也是我一直沒有出聲打斷的原因。」

李滄行道：「我才不相信你會為了看戲誤了正事，陸大人，你不是那樣的人，恐怕你是知道我已經猜到許冰舒的內鬼身分了，才會一直不開口吧。」

陸炳收起了臉上的笑容：「唉，畫眉真是太不小心了，我囑咐過她，要她凡事小心，千萬不能露出把柄，即使不行動，也一定要保護好自己，這次你們臨時決定下山，了因一口氣把三代弟子中最優秀的三個全派了出來，事發突然，很可能有詐，我第一天收到她的消息就知道情況要糟，直接從洞庭趕了過來，沒想到還是遲了一步，她居然主動聯繫屈彩鳳這個蠢貨。」

陸炳看了一眼地上的屈彩鳳，恨恨地說道。

李滄行微微一笑：「哦，陸大人為何會說屈姑娘蠢？」

陸炳沉下臉，恨聲道：「一個沐蘭湘值得三個最優秀的三代弟子親自出馬護送嗎？更何況，如果沐蘭湘在這種時候有急事回武當，你會因為練功的原因不去護送？用腳指頭也能想得出，你李滄行不可能不陪著你的小師妹。你們兩人有兩儀劍法，就憑她這幾個嘍囉，再加上一個老烈火就想截殺，這不是笨蛋又是什麼?!」

李滄行向陸炳一拱手，他對此人雖然恨極，但實在是佩服得緊：

「嗯，陸大人果然高明，如果這計是對你使用，八成是敗了，所以我等是有了充分的情報，得知陸大人與魔教主力都集中在洞庭一帶，這才敢行此計謀，終於僥倖得手。」

陸炳的眼中精光四射：「其實你一出來就應該發現畫眉了，她又是向我報信，又是直接聯繫屈彩鳳，你肯定早有察覺。你既然煞費苦心給自己和林瑤仙易容，必是對此行三人都作了全面監控，她這樣沉不住氣，哪有倖免之理？今天這樣審問屈彩鳳，只不過是要找到直接的證據，也就是那張字條，讓其無話可說吧。」

李滄行笑了起來：「陸大人果然厲害！不錯，確實如此！青山綠水計畫怕是繞不過巫山派吧，陸大人，為了太祖錦囊的事，你也不可能放過巫山派的，**想要從屈彩鳳嘴裡騙出這太祖錦囊的下落，恐怕才是你跟巫山派合作的真正目的吧。」**

陸炳的臉驟然變色，一股殺氣籠罩了他的全身，喝道：「說，對太祖錦囊的事，你知道多少？」

李滄行的手慢慢向劍柄上移動：「呵呵，這回是真想殺人滅口了啊！看來這件事比起你在武林中製造動亂，禍害江湖要重要得多。陸炳，以後我會在這件事上打擊你的，只是我現在確實對此一無所知，不過是聽到過名字罷了，**不過，你今天的行動證實了我的判斷。**」

陸炳死死地盯著李滄行，身上的殺氣卻漸漸消退：「這事你最好不要插手，事關軍國大事，你若亂來，只怕我縱有愛才之心也保你不得，言盡於此，悉聽尊便。」

李滄行也暗暗鬆了口氣，與陸炳打交道以來，**他是第一次感覺陸炳真的動了殺機**，看來此事確實非同小可，直到這時，他才把繃緊的肌肉放鬆下來：「以後的事以後再說。我想問你件事，陸大人，希望你可以照實回答我。」

陸炳冷冷說道：「那要看你問的是什麼。」

李滄行追問：「青山綠水計畫看來是真的，**你在各派中都有人嗎？全是以鳥名為代號？這些內鬼全受你一個人指使？這個計畫的目的就是為了擾亂各派，讓江湖間互相殘殺，以維護朝廷的安全？**」

陸炳點了點頭：「不錯，**青山綠水計畫就是要你們正邪互鬥，只有這樣，朝廷才會安全**，執行計畫的是我多年前挑選的一批人，全部與我單線聯繫，如許冰舒代號畫眉，火練子代號蝮蛇等，**基本上正邪各個大派都有這樣的人。**」

李滄行嘆了口氣：「陸大人，**江湖上如果沒有了門派，人間也就沒有了俠**

義，你世代為將，這個道理會不懂嗎？**為了維護一人的統治，而去陷害千千萬萬無辜的武人，你從不覺得良心有愧嗎？**」

陸炳擺擺手，打斷了李滄行的高談闊論：

「李滄行，我不想再和你為這個問題討論了，作為皇上，作為我，**考慮的不是你們有沒有謀反的打算，而是不能讓你們有謀反的實力**，你在武當的時候，師父叫你打魔教，幾千上萬的人一下就去了，要是哪天你師父叫你去跟著某個王爺造反，你是不是也能提出異議？對你們這些武人來說，尤其是年輕弟子，師父的命令就是真理，他要你做啥就做啥。對不對？」

「可是，我們武當是名門正派，不會亂來的。」沐蘭湘插嘴道。

「沐姑娘，**你能給我個亂來的標準嗎？你爹和你師伯讓你們去打魔教，你們幾千人有一個人提出過問題嗎？魔教的人也是人，你們有剝奪他們的性命的權力嗎？你們這些所謂的正派，打著替天行道的旗子，在外面見到非你同道的就可以隨便殺人，這是不是亂來？**就說剛才，**你和你大師兄聯手用出兩儀劍法，一下子殺了那麼多人，她們難道個個都該死嗎？**」

陸炳這番話說得沐蘭湘啞口無言。

李滄行知道不能在這個問題上和陸炳繼續糾纏下去，換了個話題：「陸大人，你準備怎麼處置許師姐？」

陸炳想了想道：「她這次犯錯太多，按說我不能留她，最致命的一條就是傳書居然忘了用左手書寫，即使你們不查，這張有她筆跡的字條落在屈彩鳳手上，她遲早也要暴露，所以我得把她處理掉。」

李滄行追問道：「怎麼處理？殺了她嗎？」

陸炳搖搖頭：「不，她畢竟忠心耿耿為我們效力多年，也立過不少功勞。雖然現在因為失手而暴露了，但我也不會要她的命，我會把她帶回去，讓她做些捕快的工作，以後你們再見到她，她應該就是公門裡的一個女捕快了。」

李滄行有些不太相信：「哦，陸大人為何這次如此大發慈悲？」

陸炳微微一笑：「**我們錦衣衛不是你想像中的無惡不做，冷血無情**。這些人都是我從小親自訓練養大的，多少都有些感情，只要不主動叛變，供出內情，傷害他人，我都可以安排別的出路。」

「陸大人，你們錦衣衛什麼時候變得這麼有人情味了？我感覺好不習慣啊。」李滄行語帶嘲諷。

陸炳面無表情地道：「你信不信都是這樣，我也不可能為了你李滄行一個人，而改變我們整個錦衣衛傳下來的規矩。李滄行，如果你沒有別的問題的話，我現在就要帶畫眉回去了。」

李滄行長出一口氣，說道：「最後一個問題，**許師姐為何要死心塌地為你賣命？**她有父母，還可以嫁個好丈夫，我見過她帶師妹們練功，就和我帶新進門師弟一樣，看得出是真心喜歡峨嵋，她並不想背叛峨嵋，這樣的人為何要為你所控制？」

陸炳嘆了一口氣，道：「反正畫眉也暴露了，我就跟你直說了吧。在青山綠水計畫裡的那批孩子中，畫眉並不適合當個真正的間諜，不是技能方面，而在於**她太重感情**，**心地太善良**，從小訓練的時候，連一隻小鳥都捨不得掐死，從那刻起，我就知道她早晚會壞事。」

「那你為什麼還安排她做這個？」李滄行好奇問道。

陸炳負手於背後，踱著步說：「當年制訂青山綠水計畫的時候，我也沒料到你們正派能折騰出落月峽之戰這麼大的動靜來，派這些孩子到正邪各派，開始也只是傳遞情報，掌握各派動向。如果只是做這個，畫眉是可以勝任的。再說畫眉心機不深，喜怒哀樂形於色，這樣的人來了峨嵋才不會被懷疑。**當年她父親在陝甘為官時惹了大禍，按律當斬，是我救了她們全家，所以許冰舒才會被送入我們這裡，訓練成畫眉，要讓全家平安，也得繼續為我們效力。**」

李滄行不屑地說道：「陸大人，你好下流，用人家全家的命來要脅一個善良純潔的女孩子給你們當奸細。」

陸炳擺了擺手：「別誤會，她如果不肯做，我不會動她家人的，她是她，她家人是她家人，是她父母出於報恩，才送她來我這裡的，我並沒勉強過她。」

李滄行冷笑道：「那你策劃落月峽之戰，直接害死她未來的夫婿，讓她從此鬱鬱寡歡，這又怎麼說？」

陸炳哈哈一笑：「**落月峽之戰是你們武當挑頭策劃的吧**，跟我有什麼關係？畫眉的未婚夫小王死在魔教手上，說穿了也是**死在你們少林武當這些挑起此戰的所謂名門正派之手，這筆帳為何要算在我頭上？**」

李滄行想想確實如此，一時默然。

陸炳嘆了口氣，臉色居然也沉了下來：

「那戰之後，畫眉就變得憂鬱，我兩次暗中見她，她言談中盡是消極隱退之意，本來我已經安排她近日從峨嵋撤出，一個沒了激情的間諜是做不好我的任務的，沒想到她自己先暴露了。你放心，我說過了不會殺她，會給她安排個出路的，她並沒有在真正意義上害過峨嵋，跟蝮蛇不一樣，我想你對她應該也沒這麼大的仇。」

李滄行點點頭：「陸大人，今天就到此為止吧，洞庭一戰，希望你別再使壞了。」

陸炳無奈地道：「我現在人在這裡，那邊就是想插手，也是有心無力了。」

李滄行走到屈彩鳳身邊，將其扛在肩上，對沐蘭湘道：「回去吧。」

樹林火堆邊圍坐的峨嵋四女各懷心事，相對無言，而那幾名俘虜都被點了穴道，傷處上了藥，被扔在一邊。

柳如煙眼尖，一下子看到李滄行扛著裹得跟粽子一樣的屈彩鳳走了過來，興奮地跳了起來，叫著李大哥就要迎上前，但轉眼間看到李滄行身後跟著的一身紅衣黑袍的陸炳時，不由呆在了原地。

其他三女也都站起身來，許冰舒看到陸炳，驚得身形一晃，險些跌倒，一邊的林瑤仙扶住了她，故意說道：「大師姐，何事讓你如此驚慌？這可不像你啊。」

許冰舒回頭看到林瑤仙冰冷的眼神，便一下子全明白了，再也站不住，頹然跌坐在地上。林瑤仙冷哼一聲，也不去扶。

李滄行把屈彩鳳丟到那幾名受傷的女子身邊，解開了她們的穴道，道：「今日一戰，本非我所願，奈何你們一再相逼，我才不得已下重手，你們的寨主我沒有為難，帶回去吧，以後碰到了，再手底見真章。」言罷轉身而去。

那幾名女子也不答謝，掙扎著起了身，相互攙扶著，一人背起屈彩鳳，便向林外走去。

烈火真君雙腿已斷，也掙扎著起了身，從地上摸到自己的銅錘，艱難地想要靠這個站起來。一名女兵想過去扶他。李滄行腳一動，在地上踢起一把刀，刷得一下向後飛去，直插進老烈火的後心，老烈火噴出一口血，倒在地上，動了兩下便再也不動了。

扶他的那女兵嚇得臉色慘白，只聽到李滄行冰冷的聲音：「我剛才說過，明年今天是你忌日，老烈火。」

那女兵再不敢逗留，擁著屈彩鳳速速退去。

巫山派諸女離去後，陸炳對著癱軟在地上的許冰舒和顏道：「畫眉，和我回去吧。」

許冰舒突然哭了出來：「大人，我還能回哪裡去？我失敗了，對一個間諜來說，只有死才是歸宿。」

「錯不在你，你本不適合做這行，是我勉強你了。你的家人現在過得很好，你不用擔心，來，和我回去吧，我會給你安排一個出路的。」陸炳向許冰舒伸出了手。

許冰舒邊哭邊搖頭道：「大人，你不用再說了，是冰舒過不了心裡的這道坎。冰舒的心，在王公子死的那天就已經死了，這麼多年提心吊膽的日子終於可以結束了，冰舒對不起大人你，更對不起峨嵋的師姐妹們。瑤仙，我不配做你們的大師姐，對你們犯下的罪，希望這樣可以贖清。」

陸炳一聽這話，連忙出手試圖去拉許冰舒，卻見她倒在地上，胸口間插著一柄匕首直至沒柄，眼角流著兩行清淚，已是氣絕。

峨嵋三女從小都跟著許冰舒學過入門武功，此刻雖知其是錦衣衛內鬼，但畢竟多年來姐妹情深，一朝見其死去，均撲到其屍身上痛哭流涕。

林瑤仙極少動情，此刻也是嚎啕大哭，而柳如煙自幼頑皮，受許冰舒照顧亦最多，更是哭成個淚人一樣，死死抱著其屍體不肯放手。

三人情真意切，就連一邊看著的沐蘭湘也暗自垂淚。

陸炳搖搖頭，勉強擠出一絲笑容：「李滄行，你看到了吧，**非我冷血無情，是畫眉過不了自己的良心這一關**，做我們這行確實是要血冷心硬，不可太過感情豐富，她的屍體就交給你們了，至於她的家人，我會安排好的。」

陸炳留下了這幾句話後，人如大鳥一樣飛過各人頭頂，消失在茫茫的夜色之中。

李滄行轉頭看了眼沐蘭湘，抬腳走向樹林的深處，沐蘭湘知他是在召喚自己，擦了擦眼淚，跟了過去。

李滄行帶著沐蘭湘走入密林深處，一直走到聽不到林瑤仙等人的哭聲方才停下腳步，背對著沐蘭湘，蒼藍的月影照在他的身上，顯得說不出的陰森。

沐蘭湘突然有點害怕，這是她和李滄行自幼相處以來，從未有過的感覺。

只聽李滄行的聲音像這冬夜裡的寒風一樣刺耳：「師妹，有什麼想要問我的就說吧，我知道你現在滿肚子都是問號。」

沐蘭湘咬咬牙道：「大師兄，我這次真的是對你好陌生，你現在這個樣子讓我有點害怕。」

「你怕我殺人冷血，怕我手段陰險，怕我心機深沉，還是怕我什麼？或者，**你是怕我真的傷了屈彩鳳，以後你的徐師兄回來了，你不好跟他交代了，是嗎？**」

沐蘭湘皺起眉頭道：「你怎麼又提徐師兄，我每次一提他你就生氣，你不覺得你提得比我還多嗎？算了，我不跟你多說，我確實是一肚子疑問，希望你從頭說起。」

「從頭？哪個頭？峨嵋嗎？」

沐蘭湘點點頭：「對，就從你假扮小師弟上山時說起，你為什麼能變得和他一樣，還有林姑娘怎麼也……」

「那叫**易容術**，我在三清觀學的，用豬皮和顏料作成人皮面具戴在臉上，就像我以前扮李大岩一樣；至於身形，可以通過縮骨法來變化，嗓音可以自己調整，這個解釋可否讓你滿意？」

「明白了，我以前一直不明白你為什麼會一下子變成別人，這次算是徹底清楚了，那你為何要扮小師弟來報信呢，我爹真的出事了嗎？」沐蘭湘擔心地問。

李滄行搖搖頭：「你爹好好的沒事，**這個計策是我和了因師太商量決定的，就是想引出峨嵋的內鬼出來**，如果不用這招，你會乖乖地離開峨嵋回武當嗎？」

沐蘭湘覺得奇怪：「那你怎麼能確定內鬼一定在這幾個人當中？」

「此人可以自由出入你的房中和了因師太的修練室，身分地位在峨嵋必定非同小可，她又極熟悉你我的關係，不出意外，應該就是這幾人之間，所以這回我讓了因師太派她們三人下山，由瑤仙暗中監視，師太則以練劍的名義，將所有弟子集中在廣場，這段時間內，內鬼是無法傳出任何消息的，要是走漏了風聲，只可能是我們幾人當中。」

沐蘭湘長出一口氣，總算是弄明白這件事了：「大師兄，你們怎麼能算到這內鬼會找屈彩鳳來幫忙？」

李滄行道：「按說她要幫手只能找陸炳，但事先我們有情報，最近陸炳人在洞庭無法抽身，所以她要想對你動手，只能就近聯繫巫山派。其實只要有點腦子都會明白，**即使在峨嵋，她也要想辦法在你身上做文章**，眼下你要回武當了，路上**是對你下手的最後機會，怎麼能放過？**再說，這一路上，我、瑤仙、師太都不在，只要聯繫上巫山派或者魔教的人，想傷你或是擒你都是十拿九穩。所以她無論如何不會放棄這次機會，事實也證明了這點。許冰舒下山後，兩次藉故離開我們，一次給陸炳送信，一次給巫山派送信，都被瑤仙跟蹤看到。」

沐蘭湘覺得李滄行現在這種背對自己說話的方式讓自己很不舒服，但還是問道：「那你為何不當場將她拿下？」

李滄行冷笑道：「因為我要引陸炳親自來，要當面問他在峨嵋和巫山派身上布局是不是跟那太祖錦囊有關，這樣我才知道以後要怎麼做，才能真正地反擊到他。而且借這機會，可以引出巫山派的精銳一舉消滅。屈彩鳳經此重創，很長一段時間無法再對峨嵋構成威脅了。」

沐蘭湘納悶道：「大師兄，**你早料到了能擒住屈彩鳳是嗎？**既然你早知許師姐是內鬼，**為何還要多此一舉地刑訊屈彩鳳，還要我……**幫你做那羞恥之事。而且，你是用什麼辦法，可以不開口卻讓我聽到你說話？之前我看你明明沒動嘴，耳邊卻聽到你的聲音時，都懷疑是不是自己產生幻聽了。」

「我先回答你後一個問題，那門功夫叫傳音入密，是我在水下練功時瑤仙教我的，通過振動胸腹的隔膜可以用肚子說話，讓對方聽到。你心裡藏不住事，在擒住屈彩鳳以前，我不能向你托出整個真相，抓到她以後，我就用這辦法叫你聽我的話行事。」

「世間居然有如此武功，真是太神奇了。」沐蘭湘不敢置信地說。

李滄行又道：「至於前一個問題，我有我的考慮。屈彩鳳處處與我們作對，即使明知師父之死與錦衣衛有關，也不肯把首要敵人變成錦衣衛。但你既然寶貝你的徐師兄，我也不好在他回來之前就直接傷了他的女人，所以**只能用這種方式給她個教訓，讓她知道我的手段**，以後在向正派中人下手前，先考慮考慮後果。而且，**我還要弄清楚一件事。**」

「大師兄，你今天晚上說話為什麼這樣怪怪的，而且一直都不肯看著我說話，說話聲音也是這樣冷若冰霜的？還有，你要弄清楚什麼事？」

李滄行突然扭過頭來，用冷冰冰的聲音說道：「我要弄清楚的事就是，沐蘭湘，**我究竟是你的誰！在你心裡，你在乎的到底是我還是徐林宗?!**」

月光下，李滄行面色猙獰，臉上肌肉不斷抽搐著，雙眼瞪得像個銅鈴，連聲音都因為憤怒到了極點而在微微地發抖。沐蘭湘嚇得呆立在原地，連驚呼聲都來不及發出。

瞬間，淚水從她的眼中流下，她撲上前去想要鑽進李滄行的懷抱，想要撒嬌，傾訴自己的委屈，可這次她撲了個空。

「沐蘭湘，在你眼裡，在武當上下的眼裡，**我李滄行究竟算個什麼？只是你們招之則來，揮之即去的一個工具，是嗎?!只要有徐林宗在，武當的掌門之位，還有你，都是他的！**就像這支一直掛在你腰間的笛子，你每天吹著它就會想起徐林宗，你以為我不知道嗎？」

沐蘭湘下意識地摸了下自己腰間的那支竹笛，她從來沒有往這方面去想，也沒想到李滄行對這支笛子這麼在意，剛想開口解釋，卻聽到李滄行的怒吼就似六月的暴雷一樣接踵而至。

「即使他不在，你們也要不停地跟我提醒他的存在，**告訴我他很快就會回來，回武當奪回他的掌門，奪回我的小師妹，對不對?!**」

李滄行上前一步，狠狠地抓緊了沐蘭湘的手臂，沐蘭湘因為害怕想向後退，雙臂卻被抓得更緊了。

「我剛才在逼問屈彩鳳的時候，真氣行遍她全身，你知道我發現了什麼嗎？她的會陰穴暢通無阻，也就是說，她已經不是完璧之身，而是和別人已有夫妻之實了，你告訴我，除了徐林宗，還可能有別的男人嗎？」

沐蘭湘聞之如遭雷擊，死死地盯著李滄行，拼命地搖頭以示不信。

李滄行鬆開了緊抓著沐蘭湘的雙手，仰天大笑，狀若瘋癲：

「哈哈哈哈，武當可真夠公平的，真是正道楷模啊，徐師弟早就跟這屈彩鳳有了夫妻之實，紫光掌門和你爹早就知道了這些，因為這麼大的事，徐林宗不可能不向他們如實稟報。可結果呢，**人家照樣是武當的掌門弟子，失蹤這麼多年還是一樣，只要出現就是未來掌門，而我呢？他們明知道我與你差點成了夫妻是被人下了迷藥，卻仍是以淫賊之名逐我出幫，還要我提著腦袋去臥底，說什麼有朝一日會收我回幫，讓我娶你，我真傻，居然會相信這些鬼話**。哈哈哈哈！」

「大師兄，不是這樣的，一定是有什麼誤會，你一定要相信師伯，一定要相信我對你的感情。」

沐蘭湘已是淚流滿面，她一把扔掉了那支竹笛，跑上前來，抓著李滄行的手拼命地搖著，想要安撫他的情緒，卻被重重地甩開。

「別跟我說這些沒用的，**你自己問問你的心，真的只有我一個人嗎？**你跟徐林宗練兩儀劍法那般親密接觸，你能忘得掉他？今天你對屈彩鳳一而再、再而三地維護，要知道你是俠，她是匪，你殺了她天經地義，可你連我對她下重手都要阻止，**你究竟是要維護正道俠義，還是要維護你跟徐林宗的感情？她用毒刀捅我的時候，我在峨嵋幾乎要死掉的時候你在哪？你說你愛我，為什麼不殺了她證明給我看?!**啊，對，因為徐師兄，如果她捅的是你的徐師兄，而不是我，你一定早就親手殺了她報仇了，不會有任何猶豫，不會有任何手軟，對不對?!」

沐蘭湘「撲通」一下癱倒在地，哭得連說話都變得斷斷續續了：「大師兄，你，你怎麼可以如此⋯說我⋯怎麼可以⋯⋯如此懷疑我對你的感情？難道真的要我把心掏出來給你看嗎？」

李滄行吼道：「用不著，你的心我不想看，你的行動就是最好的說明，從你來峨嵋到現在，**你問過一次我被屈彩鳳傷得如何嗎？如果屈彩鳳這樣傷過你，我一定會殺光巫山派的每個人，為你報仇，這才叫愛！**

「你對我的那算什麼？就是跑到峨嵋成天衝我發脾氣，怪我接近別的女人，別人給我做個喝水的筒子你就吃醋，可你自己成天吹著徐林宗給你做的笛子，你又什麼時候考慮過我的感受？你剛才在我面前扔掉了手裡的笛子，但你真的扔掉了心中的徐林宗嗎？

「我一去別的門派，人家就教我獨門武功，在武當我待了二十年，只學到些什麼狗屁玩意！我一個年輕人短短時間內便在幾個門派查出內鬼，你們武當上下幾年了，連根內鬼的毛都發現不了，是查不到還是根本不想查?!

「這就是你，這就是你們武當對我李滄行做的，你回去告訴紫光，從今以後，**我跟他的約定作廢！**以後他就是跪下來求我回武當，我也不稀罕！至於你，**弄明白自己心裡的想法，再用實際行動來證明給我看你的所謂的愛！**」

李滄行喘著粗氣，大踏步地向林外走去。

「大師兄，不要走，不要走。」沐蘭湘在地上撕心裂肺地叫著。

「放心，師妹，我不回峨嵋，內鬼已除，我沒有留下去的理由，而且，你也不用成天再拿我和瑤仙練功的事情說事，今後天下之大，總有我容身之處。好自為之吧。」

李滄行頭也不回地踏出了林子，兩行清淚盡情地在他臉上流淌。

第十章

東廠高手

李滄行猛然想起一個人來，
高手未必只在江湖草莽中，效力朝廷的也大有人在，
李滄行道：「莫非，閣下就是東廠廠公金不換？」
青衣人「嘿嘿」一笑：「哈哈，
你李滄行年紀輕輕也聽過我金不換，不錯不錯。」

李滄行出了樹林後，奔到一處小溪邊，他把整個頭埋進了溪水裡，希望這冰涼刺骨的溪水能幫他快要爆炸的大腦冷卻下來。

他抬起頭，寒冷的溪水順著後頸灌入了後背，這種寒意讓他發熱的腦子漸漸地清醒下來，然後用盡量平靜的口吻對身後的人說道：

「瑤仙，為什麼一直跟著我？」

林瑤仙白衣勝雪，幽幽地說道：「你早就發現了麼？」

李滄行雙眼血紅，背對著林瑤仙，他不想讓林瑤仙看到自己這個樣子。

「從你一離開你師姐的屍體，悄悄跟上來時我就知道了，你別忘了，我的聽力一向比常人要靈敏，甚至連你下令火化你師姐的屍體，帶回峨嵋這個命令，我都聽到了。」

林瑤仙低下了頭，小聲道：「李師兄，你怪我偷聽你和沐姑娘嗎？」

李滄行站起身，搖搖頭：「不，如果我不想讓你聽到早就阻止了，有些話也是說給你聽的。」

林瑤仙緊咬著嘴脣：「這麼說，**你決定要離開峨嵋了？**」

李滄行嘆了口氣，「正是，內鬼已除，我已無繼續留下去的必要，應該換個地方了。」

林瑤仙的語速變得急促起來，聲音也漸漸地高了上去：

「為什麼，李師兄你為什麼要離開？你剛才不是和沐姑娘說了不再幫助紫光真人尋查各派內鬼了嗎？**難道你跟她說的不是真的？**」

「不管我在不在武當，我都是正派的一員，無論我在三清觀、峨嵋、或者是今後去別的門派，都不會改變這點。**我查內鬼不是為了紫光，而是為了讓正派能再次聯合，消滅魔教，為我師父報仇**，有朝一日，這股力量也會讓陸炳得到他應有的懲罰。」李滄行斬釘截鐵地說著，眼光炯炯有神。

林瑤仙秀眸中淚光閃閃：「難道你就一點也不想留在峨嵋了嗎？李師兄，我們峨嵋上下都不希望你走，而且，而且……」

李滄行轉過頭看著林瑤仙，剛才她揭下面具時，也把外面寬大的尼姑袍給脫下了，露出裡面的勝雪白衫，月光下是如此的嫵媚動人，就像仙女一樣。

她低垂著頭，似乎在做很激烈的內心交戰，突然間像是下了很大決心似的，抬起頭，直視李滄行的眼睛：「而且瑤仙也希望李師兄留下，永遠也不要離開。」

李滄行嘆了口氣，果然小師妹的直覺沒有錯，**林瑤仙在自己即將離開時，終於鼓足勇氣大膽示愛了，但這份愛他無法接受，也不能接受。**

「瑤仙，我知道你對我好，但我們之間是不可能的，你有你的門派，我有我的師妹，這也是我堅決要離開峨嵋的一個重要原因。」

林瑤仙渾身發著抖，突然哭了出來：「為什麼，**難道你剛才說的是在騙人嗎？你既然不想回武當了，不就是表明你已經不愛沐蘭湘了嗎？就算這樣你也不肯看我一眼？**李滄行，你說有些話是故意說給我聽的，難道就是為了這樣玩弄我的感情？」

「瑤仙，你誤會了，故意說給你聽的話，是指我要離開峨嵋這件事；至於跟師妹的話，我本以為你這麼聰明，應該可以明白，看來我估計錯了。」李滄行長嘆一口氣，不再說話。

林瑤仙醒悟了過來：「難道，**你還是深愛著沐蘭湘嗎？你說那些話是故意氣她回武當，讓她不再隨便下山找你，以避免風險？**」

李滄行搖搖頭：「說實話，我也不知道我內心是不是真的這樣想。別的事我都可以事先計畫好，只有這件事，我明明事先想好了要借徐林宗的事氣她回武當，但我自己每次提起來，總是不可遏制自己的情緒，我是真的怒不可遏。

「我也不知道是怎麼回事，只感覺這些話一直悶在我心裡，說出去後痛快了許多。我的本意確實是希望她留在武當，不要再亂跑，受我的牽連，現在很明顯錦衣衛已經開始針對她做文章了，以後恐怕屈彩鳳也會找她麻煩，**她只有一直待在武當才是安全的，我不能讓她有危險。**」

林瑤仙的身子晃了晃，險些要摔倒在地，李滄行本想去扶她，但手伸到一半又停住了，只能看著她倚在一棵樹上，低聲地嗚咽。

良久，才聽到她幽幽地道：「李師兄，你的感覺是對的，你確實仍然深愛著沐姑娘，**因為愛，所以才在乎，所以才不能容忍她心裡還有一絲別人的空間，你怕她對你的愛不純淨，怕她對你的愛會因為徐林宗的回歸而動搖，你怕失去她，所以才會這樣。**是瑤仙錯了，瑤仙不應該試圖介入你們之間，**瑤仙從開始就不應該喜歡上你，但是……我不後悔。**」

林瑤仙擦乾了臉上的淚水，抬起頭來，月光照在她美麗的臉龐上，顯得那麼地動人：「李師兄，你走吧，你的事我會回去稟報師祖，相信她也會尊重你的選擇，峨嵋上下都很感謝你為我們做的一切。」

「謝謝你，瑤仙，我李滄行永遠記得在峨嵋的日子，這段時間我很快樂。」

李滄行從懷中摸出了紫青雙劍的劍譜，交給林瑤仙：「恐怕我無緣與你一起修練這門武功了，瑤仙，希望你能找到真正有緣的人和你一起練習。」

林瑤仙惆悵地接過了劍譜：「李師兄，你這就要走了嗎？今後你有何打算？」

李滄行茫然地說：「我也不知道，只覺得現在挺累的，心裡也是空蕩蕩的，本來我想直接回武當，可現在只能走一步算一步了。華山我應該暫時不會去，也許會去崑崙，也或許會去少林、丐幫，總之，近期內我應該不會留在江南。」

林瑤仙擠出一絲笑容：「那就珍重了，瑤仙代峨嵋上下祝李師兄你一路平安。如果哪天你在外面過得不如意，峨嵋隨時歡迎你回來。還有，沐姑娘你就放心吧，我們會好好地送她回武當的。」

「有勞瑤仙了，珍重。」李滄行說完，頭也不回地向林外走去。

林瑤仙螓首倚在樹上，淚眼朦朧，緊咬著自己的嘴脣喃喃道：「李師兄，**瑤仙這輩子再也不會和別人練這紫青雙劍的。**」

她振作起精神，同樣頭也不回地向林中走去。

臘月初的洞庭，一片風雪，湖畔的岳陽城中，來來往往的行旅客商絡繹不絕，銀裝素裹中，一派繁華景象。

李滄行裝扮成一個三十多歲的瘦小漢子，坐在岳陽樓二樓靠窗的位子上，一個人吃著麵條。

自從離開峨嵋後，已經半個月了，他雖然嘴上說要去北方，但心裡總是想著洞庭的正邪之戰，於是日夜兼程地趕到了這裡。

來此之後他便失望了，從街上一些丐幫弟子和酒樓裡的一些江湖人士們的談話，都顯示了洞庭之戰虎頭蛇尾，正邪雙方都沒有派出大批主力弟子，雖有重量級人物到場，但都忌憚對方的實力，最後不約而同地選擇了撤退。

李滄行一邊吃著麵條，一邊思索著接下來的打算，既然無法在這戰中尋機殺掉一些魔教高手，那便只有找機會加入某個幫派了。

他的腦子在飛速地思考，耳朵卻豎了起來，聽著角落裡那幾名江湖人士的閒扯。

左首的紅臉漢子道：「二位，聽說了沒，半月前洞庭一帶差點一場大戰啊，魔教冷天雄和華山雙煞都親臨此地，聽說後來在君山雙方相遇了，不知為啥沒打起來。」

右道的青衣刀客接上了話：「可能是互有忌憚吧，他們這樣的高手過招，勝負只在毫釐間，沒有充分的把握時突然遭遇，最後十有八九是選擇撤離。上次在巫山派不就是這樣麼，真正打的熱鬧的還是像屈彩鳳、李滄行這些小輩們。」

另一名身穿黃衣，披頭散髮的中年漢子突然道：「他們要是算小輩，那司馬鴻和展慕白的年紀也不大，這又如何說？」

青衣刀客呷了口酒，說道：「王朋友，不一樣，這兩人劍術通神，司馬鴻機緣巧合，幾年前就學得霸天神劍，罕逢敵手，落月峽一戰大發神威，擊斃數十名魔教高手，邪派中人聞其名皆膽寒；至於那展慕白，不知道從哪裡學到一門邪氣十足的劍法，武功突飛猛進，一年前單人獨劍挑了青城派，還殺了魔教長老老六指，這二人已被視為當今江湖頂尖高手，自然不可以年齡妄論。」

王朋友有些不服氣地道：「可那李滄行與屈彩鳳也非等閒之輩，屈彩鳳也會幾招天狼刀法，年紀輕輕就當上了巫山派的寨主，號令江南七省的綠林好漢；李滄行更不必說，此人雖淫名在外，但這幾年所過之處也攪得是雞飛狗跳的，這不，前陣子不是聽說狠狠地教訓了一下巫山派後，又離開了峨嵋派嗎？劉大哥，你消息靈通，給我們說說。」

紅臉的劉大哥一下子來了勁，把嘴裡嚼著的牛肉咽了下去後，又喝了口酒，雙眼放光地說道：

「王朋友的消息也不慢嘛，**這李滄行確實快成了近幾年江湖的傳奇了**，聽說這傢伙落月峽之戰時就企圖迷姦師妹，後來到了武當後還是死性不改，還讓他得手了，最後給趕出了武當。這傢伙先後在三清觀和峨嵋派混過，最後也都離開了。不過聽說此人武功邪門得緊，打敗過錦衣衛副總指揮達克林，魔教大弟子宇文邪也敗在他手上，前不久生擒屈彩鳳，一舉消滅巫山派數十名高手，可謂**英雄出少年**啊。」

青衣漢子與王朋友不約而同地一拍桌子，喝了聲采。

劉大哥又喝了口酒，話鋒一轉：「不過、要是論武功嘛，這李滄行似乎從未學到過霸天神劍和天狼刀法這樣的頂級武功。從江湖傳言來看，他的拳腳功夫不錯，但劍術稍遜，還不能算絕對的一流高手。所以我對所謂他打敗達克林的傳言一直不太相信，而且當時也沒人能見證，也許是他自己吹牛的，再不就是有高人相助。」

「管他呢，就衝著這份碰到達克林這樣的高手也敢挺身而戰的勇氣，就配得上好漢子三個字。我老王服他！」王朋友又是一碗烈酒下肚，臉色也開始向劉大哥靠齊了。

青衣刀客突然道：「聽說屈彩鳳被那李滄行生擒，後來怎麼又給放了？」

劉大哥道：「箇中緣由我也不太清楚。最近一直在流傳，說是半個月前屈彩鳳會合了魔教的老烈火，企圖偷襲峨嵋的人，結果反被李滄行設計反擊，幾乎全殲，這屈彩鳳回寨後，據說大哭三天不見人，三天後發出羅剎令，要求凡巫山派屬下或者是朋友，皆要追殺李滄行，甚至傳說屈彩鳳跟一直想與她們合作的魔教也開出了條件，說是魔教的人殺了李滄行後，巫山派就願意與他們合併。」

青衣刀客聞言一驚：「什麼？這就是說，**只要魔教殺了李滄行，巫山派甘願成為魔教的屬下分舵？**」

劉大哥點點頭：「應該就是這個意思。」

青衣刀客突然哈哈大笑起來：「這李滄行不會是老毛病又犯了，把這屈彩鳳給……哈哈哈！」

劉大哥也跟著笑了起來，不過卻搖搖頭：「我覺得不太可能吧，那次有峨嵋的人隨行，他那個武當師妹好像也在其中。」

青衣刀客還是堅持自己的猜測：「那為啥這屈彩鳳不管其他人，偏偏盯著這李滄行報仇，還開出這種條件？而且，你不是說他離開峨嵋了麼？剛立下這樣的大功就走，會不會……」

王朋友打斷了青衣刀客老李的話：「哎，老李，聽你這一說還真有這可能！哈哈，不過這樣也好，屈彩鳳那個潑婦就該受點這種教訓，看她以後再囂張。」

「他媽的，每年老子押鏢都得抽四成油水給她，去年跟老子的鏢局提前要今年的分子錢，東家哪拿得出來，這婆娘居然派人把鏢局給砸了！害得老子現在只能出來混丐幫，李滄行給老子出了這口鳥氣，再好不過。」

李滄行聽到此處差點笑出聲來，剛喝進去的一口麵湯「噗」地一聲噴在了碗裡，惹得三人同時向這裡看來。

李滄行忙把臉埋在端起來的碗裡，心中在高興之餘也有些吃驚，想不到那屈彩鳳竟然如此剛烈，居然不惜投靠魔教，做人屬下，也要置自己於死地。他的腦海裡又回想起冷天雄那夜的殺氣與凌厲的眼神，不禁有些害怕起來。

「王朋友，說話還是小心點吧，畢竟這裡以前是巫山派的地盤，最近來往這裡的魔教之人也不在少數，**當心禍從口出啊**。」青衣的老李擔心地說。

王朋友酒喝得有些多了，臉已經變得比老劉還要紅，舌頭都大了起來，他重重地把酒碗向桌上一頓：

「怕個鳥，老子現在進了丐幫，諒他們也不敢亂來！這裡畢竟是大勇分舵的所在，咱們闖江湖的沒了個勇字，那還混個屁啊。老子就是看以前的鏢局東家沒點氣概，給土匪婆打了就乖乖交錢，這才一氣之下離開的。」

劉大哥忽然道：「王朋友，聽說貴幫主公孫大俠前幾天也來了岳陽？」

王朋友一邊向嘴裡塞牛肉，一邊含混不清地說道：「是啊，本來說是為司馬大俠他們助拳的，結果沒打成，現在我也不知道他老人家在哪裡。不過前天劉舵主交代下來了，說是幫主要我們打探一下那李滄行的下落，若是發現要設法邀請，二位都是我王老六的朋友，要是碰到了也幫忙傳個話啊。」

「恐怕你們不用討論這個事情了，先擔心一下自己的安危比較實在。」

樓梯口站著一個瘦高的老者，臉色慘白，吊眉細眼，全身裹在一襲黑袍之中，讓人看了有一股說不出的陰森恐怖，三分像人，倒是七分像鬼。

劉大哥手裡的碗「嗆啷」一聲掉在了地上，舌頭彷彿打了結：「鬼，鬼，鬼……」再也說不出下一個字。

那黑衣人陰森森地笑了笑：「是**鬼聖**。」

滿樓的食客一見這架勢，都嚇得奪路而逃，只有李滄行和遠處出菜口那裡的一個青衣人沒動。

李滄行迅速判斷了一下形勢，那鬼聖早在一來時就落在他眼裡，**此人與烈火真君並列為魔教四大法王之一**，**陰風掌**、**搜魂爪與殭屍功一向凶名滿江湖**，幾年前自己剛出道時碰到的血手判官，就是其得意弟子。

若是換了三年前，李滄行自問當然不是其對手，但這幾年自己武功大進，前一陣擊斃老烈火雖是靠了兩儀劍法，但已經有了與其正面一戰的勇氣，而且這酒樓地方狹窄，用兵刃多有不易，正好發揮自己拳腳功夫。

真正讓李滄行擔心的是**遠處那個青衣人**，此人一直背對著大家，完全感覺不到他的氣息，**不知道是敵是友**。想到這裡，李滄行收起了氣息，繼續吃起麵來。

鬼聖同樣環顧了一下四周，看到那青衣人時似乎微微一怔，接著又搖了搖頭，慢慢踱到李滄行的桌前，猛的一拍桌子。

李滄行放在桌上的碗一下子跳了起來，湯汁飛濺地他滿身都是，李滄行佯裝大怒，抬頭罵起來：「你這人怎麼回事！走路也不小心！」

再看到鬼聖那張臉，李滄行嚇得趕緊低頭，不再言語，鬼聖經此一試，判定他並無武功，連起碼的躲閃反應也沒有，心下便無疑慮，轉身走向劉大哥等三人。

劉大哥和青衣的老李已經嚇得面無人色了，不停地在發抖，只有王朋友仍然倔強地瞪著眼，昂首盯著鬼聖。

鬼聖突然露出了笑容，那一口白牙配合著他沒有半分生氣的臉顯得格外的陰森，即使在大白天也讓人背後頓生寒意：「你們剛才說我們是什麼？老夫已經上了年紀，耳朵不太好，能不能再說一遍？」

劉大哥陪著笑臉，小心地說道：「哥幾個有眼不識泰山，不知您老人家在此，對神教多有冒犯，您老大人大量，別跟小輩們一般見識。」

老李也隨身附和：「是啊是啊，鬼聖前輩在江湖上如雷貫耳，跟我們幾個小輩較真，那也太失了您的身分了，哥幾個酒後胡言，您老就把我們當個屁給放了吧。」

鬼聖「嘿嘿」笑了兩聲，不置可否，卻盯著王朋友一直不說話。

王朋友的臉已經脹得通紅，站著又喝了一碗酒，「啪」地一聲把碗在地上摔了個粉碎，朗聲道：「砍掉腦袋不過碗大的疤，老劉，老李，姓王的錯看了你們，如此貪生怕死，不配好漢二字。」

罵完了同伴，王朋友轉向鬼聖，挺胸喝道：「那個什麼鬼聖，老子知道打不過你，魔教是老子叫的，這二位只是跟著老子喝酒罷了，有什麼你衝著老子來，不關他們的事。老子就是叫魔教了，怎麼地！」

鬼聖陰惻惻地道：「很好，很好，好漢子，有血性，你們兩個應該跟人家多學學，知道老夫的規矩吧，自己動手。」

劉大哥和老李臉色一陣青一陣白，頭上青筋直暴，猶豫了很久後，突然雙雙一咬牙，抽出刀來，硬生生地砍掉自己左手的小手指頭，登時血流如注。

「還算識相，滾吧。」鬼聖看也不看二人一眼，任由二人連滾帶爬地下了樓梯。

王朋友的酒有點醒了，但事已至此，再服軟亦是無用，便挺直了腰大聲道：

「鬼聖，爺爺乃是丐幫大勇分舵新晉弟子王老六，魔教就是爺爺叫的，要打要殺衝著爺爺來，皺一下眉頭不算好漢。」

他的話音未落，鬼聖的身形一動，人一下子到了他面前，王朋友只覺得眼前一花，臉上「劈哩啪啦」地就挨了十幾個耳光，頓時兩邊臉頰高高腫起，一張口吐出兩顆斷牙，卻是再也說不出話來。

鬼聖冷冷地說道：「小子，硬剛得有硬剛的實力才行，手底沒活，嘴上沒罩，你在江湖上這麼多年是怎麼活過來的？看你還算有種，也算給公孫豪一點面子，這次就不殺你了，自斷左臂，從我褲襠下爬過去，就饒你一命！」

王朋友雖然已經說不出話來了，卻還是倔強地站著，狠狠地瞪著鬼聖，一動也不動。

這時，只見窗邊的李滄行打了個哈欠：「吵死了，還讓不讓人睡覺了！」

鬼聖突然感覺到一股強烈的殺氣在身後出現，心中暗罵自己大意，居然走了眼，漏過了一個高手。從殺氣的強烈程度看，此人武功非同小可，而且還一直在增長。

鬼聖也不說話，突然身形直接向後飄出三丈，長長的指甲帶起一陣腥風，向著李滄行所在的桌子抓去，「啪」地一聲，木屑飛揚，桌子被生生地拍成兩半，飛了起來。

空中兩條腿迅如雷電，連環向鬼聖的頭部與上路踢去，鬼聖心中暗地吃了一驚，來人的力量與速度極佳，忙運起搜魂爪相抗，掌腿相交之聲不絕於耳，二十餘招後，鬼聖退出七八步才勉強擋住來人的連環飛腿。

李滄行落地之後，也不給對方喘息之機，運起折梅手，直奔鬼聖中門而去，他這折梅手與敵交手越多，自身的領悟與變招也會更上層樓。

這幾年他用這折梅手多次與高手生死相搏，功力早非當年初學時可同日而語，無論是變化還是速度都有了許多提高，若不是忌憚鬼聖的爪上總是帶著中人欲嘔的腥氣，早已經能占據主動了。

鬼聖從未料到對面這瘦小漢子為何突然變成了一個昂藏大漢，而且他看著也就三十四五，卻有如此強的實力，自己的搜魂爪也算馳名江湖的絕技，此刻卻只能勉強維持一個均勢，這要是傳了出去，自己這張老臉還往哪裡放！

想及於此，鬼聖一咬牙，變爪為掌，頓時李滄行覺得刺鼻的腥氣已經不見，周身籠罩在一陣陰森森的冷風之中。

他知道這是**鬼聖的成名絕技：陰風掌，與魔教的三陰奪元掌有異曲同工之妙**，而這鬼聖的內力強過宇文邪不少，浸淫此功亦有數十年，不能再抱當日拖字訣取勝的心思，神火心經運起，渾身上下頓時火熱，沉下心來，見招拆招。

李滄行自從練成冰心訣後，對這種陰氣寒氣的適應能力大大增強，再加上神火心經的催動，已無當日大戰宇文邪時，那種陰風入體時讓人提不起勁的難受感。

又戰了一百多招，李滄行越打越有信心，見招拆招的速度也越來越快，漸漸地處於上風，二人拳來腳往，所過之處桌椅板凳無一倖免。

李滄行心中暗想：這鬼聖雖然拳腳招式不如自己，但畢竟內力深厚，打到現在，眼看兩百招過去後，招數仍未有重複，再戰下去，還不知道打到猴年馬月，而那名青衣人始終不明敵友，看來還得速戰速決，先打倒鬼聖再說。

想到這裡，李滄行一咬牙，賣了個破綻，右手一招撥雲見日故意使老，右肩微微露出一點空隙，鬼聖這等高手哪會放過，雙眼一亮，右掌虛晃纏住李滄行的左拳，左手畫出一個半圓，「啪」地一掌便擊在李滄行的右肩。

李滄行早料到這招，肩頭一沉卸了八分來勢，右拳不再收回，而是直接以折梅手的纏字訣擊出，右臂如水蛇一樣纏上了鬼聖的左手。

鬼聖暗叫一聲不好，想要收臂，哪還來得及！李滄行一下子封住了鬼聖的雙手，使其中門大開，氣運於頭，一頭撞出，狠狠地頂在鬼聖的正胸口。

這正是當日宇文邪重創自己的招式，李滄行對其印象深刻，已經在這半年的時間裡熟練掌握。頭撞上鬼聖心口的那一瞬間，李滄行的耳中甚至可以聽到鬼聖胸骨折斷的聲音。

鬼聖張口噴出一口血霧，濺得李滄行整個後背的衣服都是，李滄行在抬起頭前也吐出一大口血，兩人身形倏地分開。

李滄行喘著粗氣，瞪著已經站立不住，歪歪扭扭地倚著柱子的鬼聖，嘴角間浮上一抹微笑。

就在兩三年前，無論是老烈火還是鬼聖這樣的一流高手，都還是他可望不可及的目標，現在這些人都成了自己的手下敗將，按這個節奏，有朝一日打敗冷天雄、陸炳之類的絕頂高手也不是空想吧。

鬼聖吃力地從嘴裡迸出幾個字：「你，你是何人？」

李滄行一把取下了臉上的面具，露出裡面滿是汗水的本來面目：

「李滄行！你應該聽過。」

鬼聖慘白的臉上肌肉一陣抽搐：「果然是你，怪不得老烈火會死在你的手上。」

「那戰，我打了他一個出其不意，不似今天跟你是硬碰硬的，沒有虛招取巧。鬼聖，你做惡多端，我現在就送你去陪你老朋友。」李滄行調整了下內息，向前一步步逼近鬼聖。

鬼聖突然仰天大笑起來，聲音如夜梟一般淒厲刺耳，李滄行聽了說不出的難受，再一看鬼聖，只見他那張原來三分像人七分似鬼的臉一下子變得完全煞白，沒有一絲的血色。

鬼聖離開了靠著的那根柱子，站立了起來，李滄行清楚地看到柱子上鬼聖剛才靠著的地方，居然浮出幾道深達寸餘、長有兩尺的裂紋，心下駭然。

再一看鬼聖，只見他雙手前伸，膝蓋彎也不彎，像個殭屍一樣凌空飛了過來。李滄行暗叫一聲不好，**只覺一陣強大的陰氣將自己籠罩**，再想使玉環步避開已是來不及，鬼聖的雙掌帶著可怕的綠光向自己的胸口平推而來，就連他的眼珠子也完全變綠，像是鬼火的顏色。

李滄行咬咬牙，運起神火心經，雙掌運起十成的功力，拼了命地向前一推，直接與鬼聖四掌相對，只覺源源不斷的陰氣從掌心傳入體內，而鬼聖齜牙咧嘴的可憎面目卻一直在眼前晃個不停。

「哈哈，臭小子，想要本座的命，你還嫩點，不過能逼得本座使出殭屍功，這麼年你是第一個，他媽的，居然為你這麼個臭小子耗本座十年修為，真是虧大了。」

李滄行此時已經說不出話來，臉上的肌肉在迅速地抖動著，心中卻是暗暗叫苦，與鬼聖這種內力深厚的凶魔硬拼內力，自己是不可能勝出的，更不用說那種陰風入體的滋味實在難受，只怪自己過於托大，沒有料到鬼聖還有這殭屍功，能拼著損耗十年的修為換取全力的反擊。

突然間，只聽一聲巨響，李滄行感覺手頭如山壓力一鬆，腳也可以動了，再不猶豫，一記高鞭腿踢出，將鬼聖逼退一步，一拍後背，衣內背著的紫電劍挾風雷之聲出鞘。

鬼聖何等高手，一見紫光出鞘立馬知道不妙，腳一踩地，整個人向後急速飛去，紫光一下暴漲，倏地又沒入鞘中，鬼聖的身影破窗而出，一根小手指落在窗邊的地板上，還在血泊裡微微地抖動。

等到鬼聖淒厲的慘叫聲消失於遠方後，李滄行終於支持不住，癱倒在地，剛才的那劍，他用上了全部的氣力，甚至一擊之後，他也只夠勉強維持一個架式，此刻不要說鬼聖，就連一個尋常的壯漢他也打不過了。

跌倒在地後，李滄行舉頭四顧，想要尋找剛才鬼聖突然撤力的原因，發現王朋友倒在遠處的角落，正衝著自己在笑，身下已是一灘血泊，一根斷木正插在他的大腿之上。

王朋友艱難地動了動嘴脣，臉上帶著笑意：「李，李少俠，你比傳說的，還要厲害，老王算是開，開眼了，哈哈。」

李滄行心頭一熱：「王朋友，是你救我的？」

王朋友吃力地點了點頭，這一下牽動了他的傷處，咳出兩口鮮血：「咳咳，只怪，只怪俺功夫低微，幫，幫不上忙，只能在一邊乾著急，後來看，看那老鬼跟你拼內力好像占，占了上風，俺也管不了這麼多，抄起把凳子就，就砸他，他媽的就成這樣了。」

李滄行恍然大悟，原來剛才鬥到最緊要之時，是這王朋友砸了鬼聖，雖然他自己被鬼聖內力反彈，受了重傷，但也讓鬼聖手上勁道一松，使得自己有機會出劍。

從這意義上說，這王朋友真是**捨命相救了自己一次**，更何況他本可趁剛才的打鬥跑掉的，李滄行心下不由感激：「王朋友，等我傷好了，一定要跟你大醉一場。」

「哈哈哈，痛快，想不到我王老六也有機會和天下聞名的李滄行一起喝酒，他媽的，死了也值了。」

王老六的聲音漸漸地低了下去，李滄行這才發現他的肚子上早已血流如注，一截尖木頭從他的手指尖露了出來。頭歪在一邊，人已經氣絕，臉上還掛著最後一抹微笑。

李滄行心痛得無以復加，只怪自己一時大意被鬼聖反擊，連累王老六為自己搭上一條命。心中發誓，以後必親手殺了鬼聖為王老六報仇。

正在李滄行懊惱心痛之時，突然聽到有人在一下下地鼓掌，聲音不大，卻是清清楚楚地傳入李滄行的耳中，那麼地清楚，連每下鼓掌的力道都是一模一樣。

李滄行循聲望去，正是那一直坐在出菜口的青衣人，剛才激鬥之餘，李滄行來不及看他，這下只見他緩緩地轉過了身，見此人五十多歲年紀，頭髮半黑半白，兩條眉毛卻是全白，長相算是端正，看得出年輕時一定是個美男子，只是給人一種說不出的陰鷙感覺。

李滄行聽到一個陰陽怪氣的聲音鑽進了自己的耳朵，那感覺似曾相識，卻又說不清是在哪裡聽過：「李滄行果然名不虛傳，難怪陸炳這麼喜歡你，我也喜歡你得緊啊。」

李滄行聽到這不男不女陰陽怪氣的聲音，起了一身的雞皮疙瘩，這居然讓他從王老六之死的悲傷中得到了解脫。他吃力地倚著柱子，勉強站起了身，道：

「閣下何方神聖，有何指教？」

「哎喲，起個身都這麼費勁，還是坐下吧，在地上比較舒服些。」這人寬大的袖子一拂，一陣勁風過處，李滄行撲通一下又坐到了地上，再也站不起身。

李滄行臉如死灰，從剛才那一下便能感覺到此人武功之高，只怕還在鬼聖之上，甚至不在達克林之下，自己正常情況下都不可能打得過他，更不用說現在這種身受重創的局面了，而且從他的言行看，**明顯是敵非友**。

李滄行咬了咬牙，沉聲道：「不管你是敵是友，在你行動前，至少先報上名號來。江湖上的高手我聽說過不少，但閣下武功之高，我卻一個人也對不上號，就算你要殺我，至少讓我做個明白鬼。」

青衣人尖厲的笑聲回落在李滄行的耳邊：「哈哈哈，李滄行，枉那陸炳一直推崇你，常與左右言道你的智謀見識尚在武功之上，錦衣衛中無人能及，甚至惹得他的不少多年部下都心生妒忌。可惜聞名不如見面，今日一見，讓我略有失望**嘛，高手怎麼可能全在江湖之上？難道你眼裡只有正派與魔道麼？那陸炳和達克林這樣的又算是什麼？**」

李滄行猛然想起一個人來，確實，**高手未必只在江湖草莽中，效力朝廷的也大有人在**，李滄行吃力地道：「莫非，莫非閣下就是**東廠廠公金不換？**」

青衣人「嘿嘿」一笑：「哈哈，這還像樣，雖說咱家很少在江湖上走動，但知道我的人也不在少數，只是你李滄行年紀輕輕也聽過我金不換，不錯不錯。」

李滄行飛快地想了想，東廠一向不怎麼插手江湖之事，不知道他為何對自己要有這種敵意，於是開口問道：「金公公，我們以前素不相識，談不上敵也談不上友，今日相遇也算是種緣分，只是不知道公公你有何指教？」

金不換的臉上浮過一絲殺氣：「嘿嘿，年輕人說話挺得體，不過你的話不準確，我們以前確實沒見過，以後估計也不用見了，**因為今天我來就是要你的命的。**」

「為什麼？」李滄行心中雖有準備，但仍吃了一驚，他想要問個答案。

金不換得意地說道：「你五天前在洞庭出現時，我就盯上你了，這幾天一直在觀察你是不是真的給逐出峨嵋了，如果你還要加入個門派，去繼續破壞陸大人的好事，也許我還會放你一馬，可是你還真是在這裡無所事事，這樣的你，就對我沒有利用價值了，這是我殺你的第一個理由。」

李滄行一下子迷糊了：「你和陸炳同為朝廷效力，為何我破壞陸炳的計畫，你反而高興？甚至說我有利用價值？」

金不換咬牙切齒地說道：「哼，陸炳這廝仗著和皇上的特殊關係，一直飛揚跋扈，從不把我們東廠放在眼裡，**我們已經鬥了很久了**，如果你能打擊到他那個青山綠水計畫，我自然會很高興，但現在你已經離開門派了，自然也不可能再妨礙到陸炳。再說了，陸炳對你幾次都手下留情，顯然有招募之心，**既然你當不了我的助力，又有可能未來成為我的敵人，你說我該不該殺你？**」

李滄行不禁默然，他第一次聽說朝廷中的兩大特務系統爭得還如此激烈：「你只說了第一，還有第二嗎？」

金不換向前走了一步，在李滄行面前蹲下，看李滄行的眼神就像在看一個死人：「反正你今天是必死之人了，也不怕你洩露什麼秘密，咱家今天心情不錯，就跟你明說了吧。這第二，**我們和神教有合作關係**，巫山派下了羅剎令追殺你，冷教主接下了這令，我們作為他們的盟友，在方便的時候順便除了你，自然能增進我們與神教的關係，你說是不是？」

李滄行突然覺得不對勁：「那，那剛才你眼見我打傷鬼聖，為何不出手相助？」

金不換不屑地勾了勾嘴角：「呵呵，老鬼一向心高氣傲，要是我出手相助才能勝你，他自己臉上也掛不住，而且殺你可是大功一件，想必老鬼也不希望我搶了去。」

李滄行的心迅速地下沉，他早就聽說過太監的心理上多少都有問題，不能以常理度之，自己今天看來難逃一劫了：「原來如此，還有別的原因嗎？」

金不換咬牙切齒地說道：「不錯，**還有一條原因，我必須殺你。**」

李滄行問道：「是什麼？」

金不換伸出了右手，這隻手白白胖胖，看起來保養得很好，直指著李滄行的手指上戴著一個巨大的翡翠指環：

「你小子豔福太深，淫名太盛，這讓咱家情何以堪？咱家自進了廠，**最恨的就是淫賊，能我所不能**，就衝這點，咱家今天就不能放過你。」

李滄行突然笑了起來：「原來這才是你要殺我的主要原因啊，一個太監如此妒嫉一個淫賊，必欲殺之而後快，今天我真的是長見識了。金不換，在你殺我前，我能問你最後一個問題麼？」

金不換陰惻惻地說道：「有啥就問吧，我的耐心還是不錯的。」

李滄行雖然身處險境，但是好奇心不減，而且他心中還有一絲希望，剛才王老六說公孫豪也來了岳陽，不知道上天是否眷顧自己，能拖到他來幫忙，現在反正東拉西扯，浪費些時間對自己總沒壞處。

「你們東廠**為何要與魔教結盟**。上次落月峽之戰時，你們是不是也出手相助了？」

金不換的臉色微微一變，沒料到李滄行會說這話：

「嘿嘿，李滄行，你還真是挺聰明的，落月峽一戰中不是靠了我們的震天雷，神教很難打贏。而且當日的神教人眾裡有不少都是我們的人。至於為何要與他們結盟，這個原因太簡單了，朝臣們多數跟你們這些正派有聯繫，甚至有不少是直接的資助者，比如少林就和當今首輔夏言關係密切，**這些人自命清高，天天跟我們東廠作對，我們東廠的主要任務就是監視這些朝臣，所以他們資助支持正派，我們就支持神教與他們對抗**，跟冷教主的合作已經有不少年了。」

李滄行恍然大悟，能在死前知道這樁秘密，也讓他心生安慰：「原來如此，那錦衣衛是兩不相幫，你們是直接支持了魔教，**一邊要和朝中大臣為敵，一邊又要和陸炳爭風吃醋**，金公公可真夠忙的啊。」

「別在咱家面前提陸炳那廝，總有一天我要親手殺了這傢伙！」金不換一聽到陸炳就莫名地憤怒起來，連說話都變得咬牙切齒：「好了，該說的都說了，現在咱家就送你上路。」

李滄行輕嘆了口氣，他實在是不甘心就這樣死在這裡，眼見著金不換一步步地逼近過來，他掙扎著向後移動著自己，漸漸地挪到了樓梯口。

金不換似乎很享受這種獵物在臨死前的逃生行為，也不急著出手，嘴角帶著邪惡的微笑，一步步在後面慢慢地跟著，直到李滄行爬到了樓梯口那裡，笑著說道：「你還可以試著滾下這樓梯，到一樓再爬一會兒。」

李滄行知道這次再無倖理，索性也不再掙扎，閉上雙眼等死，眼前滿是沐蘭湘的倩影，他的心在滴血，那天為了讓沐蘭湘回武當，自己那樣傷了她，也不知道她是不是真的會恨上自己。

請續看《滄狼行》5 亢龍有悔

滄狼行 卷4 太祖錦囊

作者：指雲笑天道
發行人：陳曉林
出版所：風雲時代出版股份有限公司
地址：10576台北市民生東路五段178號7樓之3
電話：(02) 2756-0949
傳真：(02) 2765-3799
執行主編：朱墨菲
美術設計：許惠芳
行銷企劃：林安莉
業務總監：張瑋鳳

初版日期：2021年01月
版權授權：閱文集團
ISBN ：978-986-352-910-1
風雲書網：http://www.eastbooks.com.tw
官方部落格：http://eastbooks.pixnet.net/blog
Facebook：http://www.facebook.com/h7560949
E-mail：h7560949@ms15.hinet.net
劃撥帳號：12043291
戶名：風雲時代出版股份有限公司

風雲發行所：33373桃園市龜山區公西村2鄰復興街304巷96號
電話：(03) 318-1378
傳真：(03) 318-1378
法律顧問：永然法律事務所 李永然律師
北辰著作權事務所 蕭雄淋律師

行政院新聞局局版台業字第3595號 營利事業統一編號22759935

國家圖書館出版品預行編目資料

滄狼行／指雲笑天道 著. -- 初版 -- 臺北市：風雲時代，2020.11- 冊；公分

ISBN 978-986-352-910-1（第4冊；平裝）

857.7 109013225